Klett-Cotta im Ullstein Taschenbuch

W0386141

Klett-Cotta im Ullstein Taschenbuch
Ullstein Buch Nr. 39054
im Verlag Ullstein GmbH,
Frankfurt/Main – Berlin – Wien
Ungekürzte Ausgabe
Umschlagentwurf: Andreas Brylka
Alle Rechte vorbehalten
Lizenzausgabe mit freundlicher Genehmigung
der Verlagsgemeinschaft
Ernst Klett – J. G. Cotta' sche Buchhandlung
Nachfolger GmbH, Stuttgart
Die Originalausgabe erschien 1977
unter dem Titel ›Property Of‹
im Verlag Farrar, Straus and Giroux, New York
© by Alice Hoffman, 1977
Über alle Rechte der deutschen
Ausgabe verfügt die
Verlagsgemeinschaft
Ernst Klett – J. G. Cotta' sche Buchhandlung
Nachfolger GmbH, Stuttgart
Printed in Germany 1982
Druck und Verarbeitung: Mohndruck
Graphische Betriebe GmbH, Gütersloh
ISBN 3 548 39054 4

Januar 1983

CIP-Kurztitelaufnahme der Deutschen Bibliothek

Hoffman, Alice:
Auf dem Rücken: Roman/Alice Hoffmann.
Aus d. Amerikan. [übers. von Wolfgang Krege].
– Ungekürzte Ausg. –
Frankfurt/Main; Berlin; Wien:
Ullstein, 1983.
(Ullstein-Buch; Nr. 39054:
Klett-Cotta im Ullstein-Taschenbuch)
Einheitssacht.: Property of ‹dt.›
ISBN 3-548-39054-4

NE: GT

Alice Hoffman

Auf dem Rücken

Roman

Aus dem Amerikanischen
übersetzt von
Wolfgang Krege

Klett-Cotta im Ullstein Taschenbuch

Meinen Dank
Maclin Bocock und Albert J. Guerard
und Patricia Crowe –
für viele Freundlichkeiten
während der Arbeit an diesem Buch

JANUAR

1/ WOLFSNACHT

1

»Weißt du was?« sagte ich, »ich komme mit.«
Schnee fiel, und der Mond warf grelles Licht auf die Avenue. Es war die Nacht der schliddernden Reifen, die Nacht der Waisen auf den Straßen. Ich wartete auf seine Antwort.
»Hau bloß ab«, sagte Danny der Liebe.
»Danny«, sagte ich, »was ist das für eine Antwort? Das laß ich mir nicht bieten.«
»Na«, sagte Danny, »bleibt dir aber nichts andres übrig.«
Ich suchte nach Worten, die überzeugten. »Heh«, sagte ich, als wir dort vor Montys Milchbar standen, die Dunkelheit der Januarnacht um uns her, »ich kann doch auf mich aufpassen.«
»Was weißt denn du?« sagte Danny der Liebe. »Du weißt doch von gar nichts.«
Aber was machte ich mir daraus? Jetzt war keine Zeit für die Sprüche dieses Milky Way-Schluckers, Fahrer eines siebenundfünfziger Pontiac. Jetzt nicht.
»Allerhand weiß ich.« Ich lächelte ihn an.
Der Liebe lehnte sich an die Mauer vor Montys Tür und nahm einen Schluck Ginger Ale. Drinnen war Monty am Zumachen; er scheuchte die Knaben fort, brummte über seinem Gin and Tonic vor sich hin und wischte mit einem uralten Geschirrtuch das Linoleum der Theke ab.
»Das soll 'ne Drohung sein?« sagte Danny der Liebe.
Ich war still und lächelte meinen alten Freund an, den Lieben.
»Wenn du mir drohen willst, kann ich dir nur eins sagen«, sagte der Liebe. »Versuch's nicht!«
Aber ich kannte ihn doch, Danny den Lieben, und ich hatte keine Furcht. Ich machte mir eine Zigarette an und stieß den Rauch hinaus in die Winterluft.

»Was meinst du denn, was du weißt, Mädchen?« Danny schluckte an seinem Ginger Ale. »Beweisen kannst du mir nichts.«
»Deine Mama würde weinen«, sagte ich, »wenn sie wüßte, was ich weiß.« Ich atmete langsam den Rauch aus.
»Du redest mir zuviel, dich kann ich nirgends gebrauchen«, sagte Danny.
Schwaches Argument. Hatte ich nicht oft genug zugesehen, wie er es machte, wenn er das Öl seines Pontiac wechselte? Hatte ich nicht für ihn die Apotheken abgeklappert, hustend wie der Teufel? Hatte ich nicht ganze Regale voll Romilar und dutzendweise Schokoladenriegel für den Lieben gekauft?
Ich war still.
»Du weißt, du redest zuviel«, sagte der Liebe.
»Heh, ich bin nicht blöd«, sagte ich zu ihm.
Danny der Liebe drehte mir den Rücken zu. »Da, sieh mal«, sagte er. Das Neonlicht spiegelte sich in den Worten, die rot und golden auf dem Rücken seiner Jacke standen.

THE ORPHANS

Danny drehte sich wieder zu mir um. »Denen kannst du nicht dumm kommen«, vertraute er mir an.
»Ich kann mich benehmen.« Ich lächelte. Jede Lüge für die Waisen.
»Heut nacht schon gar nicht«, sagte Danny weiter.
Heute war die Nacht, an die man sich vor den Türen aller Milchbars der Avenue erinnert. Die Wolfsnacht. Die Nacht, als die Waisen ihre Feinde am Südende der Avenue jagen gingen — die Wölfe; eine Nacht, die man feiert, wenn Schnee in den Gassen liegt und der Mond weiß leuchtet.
»Ich schwör dir, Danny«, sagte ich, »ich mach dir keinen Ärger.«

»Vielleicht, wenn du mir ein bißchen Respekt zeigen könntest«, sagte Danny der Liebe.
So, er verlangte seinen Preis dafür, daß er mich zu den Waisen mitnahm. Konnte er haben.
»Ich hab doch Respekt vor dir«, sagte ich.
»Nee, hast du noch nie gehabt.« Danny wickelte Mandel-Schokolade aus. »Nie, seit wir klein waren.«
Schön, stimmte. Aber ich mochte ihn trotzdem. Auch wenn die Mischung von Kodein und Schokolade ihm das Hirn vermanscht hatte.
»Du denkst eben, du bist schlauer als ich«, sagte Danny.
»Ach was, Danny, ich hab nie gesagt, daß mit dir nichts los ist. Ich hab nie gesagt, ich hab kein Respekt vor dir.«
Eis bildete sich an meinem Stiefel, Monty hatte das Neonlicht des Ladens schon heruntergeschaltet, und die Wolfsnacht würde bald um sein, wenn Danny nicht aufhörte, Schokolade zu fressen und sich belämmert zu fühlen. Was konnte ich denn noch sagen? Ich wollte *diese* Wolfsnacht und keine andere — diese Nacht, wo ich siebzehn war und die warme Luft wie Rauch aus den Gullys stieg und das Eis wie Glas funkelte auf der Straße.
»Verflucht, du bist doch bei den Waisen, oder? Denkst du, die würden dich haben wollen, wenn du blöd wärst?«
Doch, würden sie; Danny war immer gut für ein Alibi oder um einen wohin zu fahren, ich wußte Bescheid. Aber Danny der Liebe mußte das nicht wissen, warum denn?
»Klar.« Danny nickte. »Klar.« Er lächelte.
Gut so. Vorläufig hatte ihm mein Reden etwas Verstand beigebracht.
»Laß mich mitkommen«, sagte ich.
»Dies eine Mal«, stellte Danny klar. »Schön. Aber nur heute nacht.«
Mehr wollte ich nicht. Ich wußte, heute war die Nacht für mich, voller Rauch, Winter und Wölfen. Heute war meine Nacht.

»Alles so, wie du sagst, Danny«, beruhigte ich ihn.
Es wurde spät, und Monty saß irgendwo in seinem dunklen Laden und trank einen Gin nach dem andern. Die Knaben aus der Nachbarschaft hielten sich in sicherem Abstand von uns und lasen scheu das Wappen auf Dannys Rücken. »Alles so, wie du sagst«, wiederholte ich.
Danny nickte und ging los, die Avenue entlang; ich hinterdrein. »Nimmst du nicht den Wagen, Lieber?« fragte ich.
»Bist du verrückt?« sagte er. »Bist du verrückt? Das ist eine geheime Versammlung der Waisen. Da könnten die Wölfe ja meinem Wagen hinterherfahren. Wir laufen.«
Ich folgte ihm durch das Gewirr der Gäßchen, die zu dem Treffpunkt der Waisen führten.
»Merk dir, du schaust keinen an«, sagte Danny. »Und egal, was passiert, du sagst kein Wort zu dem Dolphin.«
Also der würde heut auch dasein. Daran hatte ich nicht gedacht. Wie konnte der Liebe, dieser Idiot, mich mitnehmen, wenn auch der Dolphin da war?
»Und wenn der Dolphin nun mit mir redet?« fragte ich.
Danny der Liebe blieb jäh stehen. Schnee fiel, und während Danny nach einer Zigarette suchte, bedeckten sich unsre Stiefel mit Weiß. Wir waren nun nah an der Stadtgrenze, auf dem Gebiet, das als Territorium der Waisen galt, nördlich von einer unsichtbaren Trennlinie durch die Avenue.
»Herzchen«, sagte Danny der Liebe, »da mach dir keine Sorgen. Der Dolphin wird nicht mit dir reden, klar? Keiner wird mit dir reden. Wenn wir beide Glück haben, dann merkt gar keiner, daß du da bist. Die Waisen sind da sehr eigen drin, mit wem sie reden. Also halt bloß den Mund!«
»Hör auf!« sagte ich zu dem Lieben.
»Naja«, sagte Danny. »Du bist nur ein Mädchen, und nicht mal unsere Eigenen sprechen bei Versammlungen.«
»Ha!« sagte ich. Was hatten die Eigenen mit mir zu tun? Diese Mädchen in Mascara, Leder und Schweigen, die den Waisen angehörten.

»Schau«, sagte Danny. »Nach McKay ist der Dolphin der wichtigste Mann. Und der Dolphin spricht nicht mit vielen.«
Meinetwegen, dachtc ich. Warum sollten die Worte des Lieben mich kränken? Nicht jede saß eben in der Wolfsnacht mit McKay und dem Dolphin in einem Raum beisammen. Besonders McKay. Warum lügen? Dies war die Nacht, auf die ich gewartet hatte — um endlich McKay kennenzulernen. Was ging mich das Wolfsrudel an? Was wollte ich von Rache und Blutvergießen auf den Straßen wissen? McKay war es, Präsident der Waisen seit dem Tod von Alf Cantinni vor vier Jahren, um den es mir ging. »Freund von dir, McKay?« sagte ich zu Danny, als wir durch den Schnee gingen.
»Klar«, sagte Danny. »Er sagt Bruder zu mir.«
»Sagt er denn das nicht zu allen?« fragte ich.
»Ha!« sagte Danny der Liebe.
»Wie gut kennst du ihn denn? Ich meine, redet er viel mit dir?« sagte ich.
»Hör auf mit den Fragen«, sagte Danny.
Der Liebe brauchte mir keine Antworten zu geben, und er wußte wohl auch keine. Die Waisen hatten ihre Geheimnisse. Was ich über sie wußte, wußte ich von Danny oder aus den schnapsumwölkten Geschichten, die Monty jeden Morgen erzählte, wenn wir bei ihm an der Theke Kaffee tranken und er die Gerüchte wiederholte, die ihm der Wind der Avenue zur Tür hereingeweht hatte.
Wie die Knaben aus der Nachbarschaft konnte ich nur das Wappen lesen, das die Waisen auf dem Rücken ihrer Leder- oder Jeansjacken trugen. Jacken, die ich schon gesehen hatte, lungernd, lümmelnd, streunend, an den Straßenecken, vor dem Tin Angel, vor der Tür bei Monty.
McKay — von dem wußte ich mancherlei. Ich hatte mir die Aufschrift auf dem Rücken seiner Lederjacke eingeprägt.

PRESIDENT OF
THE ORPHANS

Ich konnte seinen Namen singen, ich erkannte ihn am Klang seiner Absätze auf dem Zement, ich konnte im Schlaf die Nummer seines neunundfünfziger Chevrolet aufsagen.

McKay — Präsident der Waisen mit siebzehn, vereidigt in Alf Cantinnis Todesnacht. Eine Stunde nach Cantinnis Totalschaden mit seinem Corvette hatte die Avenue gewußt, daß McKay jetzt Präsident war; seit vier Jahren kannte die Avenue seinen Namen.

Der Erste nach ihm war jetzt der Dolphin; Geheimnisse umhüllten ihn wie die Eisschicht den Zement der Straßen im Januar. Über den wollte ich lieber nichts wissen. Manche sagten, und vielleicht war es Monty, von dem die Geschichte ausging, mit der Wolfsnacht angefangen habe vor ein paar Jahren der Dolphin. Manche sagten, so hätten damals auch die Tätowierungen auf seiner Haut angefangen. Aber manche sagten vieles.

Meine einzigen Gewährsleute waren Danny der Liebe und Monty; ich erfuhr von allem nur durch einen Nebel von Hustensaft und Gin. Jetzt wollte ich selbst sehen. Ich hatte genug davon, mir an dem alternden Pontiac des Lieben Ölflekken zu holen, wenn ich Näheres über die Unternehmungen der Waisen erfahren wollte, genug davon, Montys irische Lügenmärchen zu enträtseln, wenn er den Knaben ihre Milch-Shakes und mir die Gerüchte mixte. Ich wollte es selbst wissen.

Jetzt kamen wir an den Stadtrand, die letzte Grenze vor dem Hoheitsgebiet der Waisen. Der Liebe zögerte. »Bist blind«, sagte er. »Ab sofort.«

»Klar«, sagte ich. Aber ich machte mir Straßen- und Gassenkarten, Pfeile wildverschlungener Richtungen, ins Futter meiner Jackentasche. »Klar«, sagte ich.

Wir kamen an St. Anne vorbei. Bunte Lichter blitzten, und der Klang einer Temptations-Platte strömte aus der Kirche auf die Straße.

»Knights of Columbus«, sagte der Liebe. »Wollen die Jugend in der Wolfsnacht von der Straße bringen.«
Wir waren jetzt verschworen, also blinzelte Danny der Liebe mir zu. Gruppen auf den Stufen vor der Kirche; unter den Tänzern wurden Wermutflaschen in braunen Papiertüten herumgereicht. Als Danny und ich kamen, ließ die Menge uns durch, mit halblauten Worten über die Waisen und mit Blikken nach dem Wappen auf Dannys Jacke. Danny der Liebe schlug den Kragen hoch gegen den Wind und blinzelte mir noch einmal zu.
Wenn diese Tänzer gewußt hätten, was Danny der Liebe für ein Waise war! Ich kannte ihn, und vielleicht hatte ich deshalb keine Furcht, als wir einen Häuserblock hinter St. Anne von der Avenue in ein Gäßchen einbogen. Dachte ich mir, die Waisen waren alle so wie Danny? Schlauer vielleicht, aber mit weichen, schokoladeüberzogenen Herzen.
Danny hielt an.
»Das Klubhaus?« flüsterte ich.
Er nickte. »Vergiß gleich wieder, daß du's gesehn hast«, sagte er.
Es war der Keller der Filiale von Mundas Spirituosengeschäft. Das Haus der Waisen. Aber als Danny die Zementstufen zum Kellergeschoß hinunterstieg, blieb ich zurück.
»Heheh«, flüsterte Danny der Liebe.
Ich ging ihm nach, dann legte ich die Hand auf das kalte Metall des Geländers und zögerte.
»Heh!« Die Stimme des Lieben klang kratzig.
Also ging ich hinterdrein. Was blieb mir übrig? Manchmal ist es zu spät; man geht einfach eine vereiste Treppe hinab, die Hand auf dem Metallgeländer, ins Dunkel, wo kein Neon hinreicht. »Danny?« flüsterte ich.
»Ist ja gut«, antwortete der Liebe.
Ich fand Dannys Arm und hielt mich an ihm fest, und wir warteten vor der Tür zum Klubraum der Waisen; beide wußten wir, die Tür würde aufgehen, ohne daß wir klopfen müßten.

Manchmal weiß man, die Tür wird aufgehen, wenn man sich nur davorstellt und wartet.
Licht kam heraus und fiel auf den Zementboden, wo wir standen. Ich klammerte mich an den Arm des Lieben, der Ginger Ale trank und blinzelte.
»Was ist, Lieber, wartest auf Juli?« sagte jemand.
Danny der Liebe kicherte. Nie das Richtige, kichern, wenn man die Feigheit sehn kann. Sogar ich wußte das.
»Wir bewundern eure stilvolle Umgebung«, sagte ich. Egal was, nur Reden, wie Monty oft gesagt hat, Reden ist der beste Schutz.
»Ah so?« Die Stimme an der Tür klang eklig.
»Wer ist das?« flüsterte ich Danny dem Lieben zu.
»Bloß Tosh«, flüsterte Danny, und nun erkannte ich den kahlrasierten Schädel eines von McKays furchtbarsten Soldaten. »Der ist halb so wild.« Der Liebe schluckte Ginger Ale.
»Abend, Lieber«, sagte eine Stimme hinter uns auf der Treppe. Danny drehte sich um. Ich blickte auf den Zementboden, wie mir angeraten.
»Abend, McKay«, hörte ich den Lieben sagen.
So. McKay. Ich vergaß den Zementboden und Tosh in der Tür und das schmelzende Eis, das mir in den Stiefel sickerte. Ich vergaß meine Angst vor den Gassen, ich vergaß die Texte aller Lieder, die ich kannte. Und ich dachte nur noch daran, wie viele Mädchen in Brooklyn und Queens sich mit Rasierklingen McKays Namen in den Schenkel geritzt hatten. Sein Name, von Herzen eingerahmt, in den U-Bahnwagen und in den Toiletten. President Of. McKay. Ich konnt es nicht lassen, ich drehte mich um.
»Kalt, die Wolfsnacht, Bruder«, sagte McKay zu Danny dem Lieben.
»Und wie«, murmelte der Liebe.
Ich vergaß mich selbst, vergaß, daß auch ich hier auf dem kalten Treppenflur stand, mit Danny und McKay. McKay — nun,

übel sah er er nicht aus, aber schlimm. Sein langes, dunkles Haar fiel auf den Kragen seiner Lederjacke herab; er hatte keine Narben im Gesicht wie die meisten anderen Waisen. Mir war schon klar, warum so viele Beine seine Initialen trugen.
Und dann erinnerte ich mich, daß ich da war, in dieser Gasse, denn McKays Auge hatte mich gesehen, und er nickte. Dem Lieben hatte ich versprochen stillzubleiben, daher nickte ich bloß zurück. McKay trat an uns vorbei ins Licht, das aus der Tür fiel. Die Buchstaben, rot und golden, schimmerten auf seinem Rücken, die rosa Motorradbrille, die er trug, funkelte elektrisch. McKay machte die Tür zum Klub weiter auf, grüßte Tosh, und dann, mit dem Rücken zu uns und die Buchstaben »President Of« im Lichtschein, sprach er.
»Wenn du schon spitz auf die Umgebung bist«, sagte er — McKay bildete tatsächlich diese Worte in seiner Kehle — »dann warte nur, bis du erst die Innendekoration siehst.«
Also hatte er mich gehört, McKay, hatte zu mir gesprochen. Vielleicht hätte ich überrascht sein sollen, aber ich war siebzehn, und der Mond hatte einen Hof von Frost, und ich hätte mir gar nicht vorstellen können, daß McKay nicht mit mir sprach. Ich hätte mir nicht vorstellen können, daß die Wolfsnacht nicht für mich sein sollte. Aber Danny der Liebe war verblüfft; er ließ das Kinn hängen, und seine Lider zuckten.
»Es zieht«, sagte Tosh, der auf den Flur hinausgetreten war, um den Lieben am Jackenkragen in den Keller zu holen. Ich ging hinterdrein — ich weiß nicht, ob hinter Tosh oder dem Lieben. Eine Waisenjacke sieht aus wie die andere, wenn man erst den President Of gesehn hat.
Manchmal weißt du einfach, ob die Nacht die richtige ist oder nicht; manchmal weißt du's nicht. Ich war mir nicht sicher. Und als ich dieses erste Mal in den Klub kam, da machte ich's, wie McKay mir geraten hatte. Ich besah mir die Inneneinrichtung, hauptsächlich deshalb, weil ich niemand in die Augen sehen wollte. Apfelsinenkisten und Matratzen, Holzstühle

und Plakate mit angerissenen Ecken, auf denen Autorennen und Karambolage-Derbies angekündigt wurden; auf manchen stand in Kleindruck McKays Name nebst Angaben über seinen Chevrolet. Kissen, Polster, Rauch. Ich glaube, Klubkeller sehen überall so aus.
Nur war dieser Keller hier mit den Waisen und den Waisenmädchen bevölkert. Ich hatte sie noch nie alle beisammen in einem Raum gesehen. Ein kleiner Raum mit dampfenden Wasserrohren an der Decke, ein Raum voller Leder, dunkler Blicke und Rauch. Und jetzt, als ich neben Danny dem Lieben auf einem Polster saß — ich mochte nicht einmal ihm in die Augen sehen —, da hatte ich nur eines im Sinn. Ich wollte fort.
Und dann sprach McKay. Er saß auf einer Kiste an der Zementwand, die Beine auf einem Schemel, das lange Haar immer wieder mit der Hand aus der Stirn zurückschiebend. Er lächelte ins Dunkel des Raumes hinein, und ich dachte nicht mehr ans Fortgehn.
»Brüder«, sagte er. Der Lärm im Keller ließ nach; sogar die Luft schien sich vom Rauch zu klären.
Über den Raum verteilt konnte ich die Waisen sehen; sie waren still. Tosh mit dem kahlrasierten Schädel — er war eben nach achtzehn Monaten von fünf Jahren Höchststrafe aus dem Bau gekommen (Delikt: Brandstiftung, Opfer: der Mustang seines Schwagers) — lag auf dem Boden. Nicht weit von Tosh saß T.J., ein anderer Waisensoldat. Es hieß, daß T.J. immerzu neue Körperteile einbüßte. Zuerst eine Hand, als er auf einen Güterzug aufspringen wollte, um kostenlos nach Elizabeth in New Jersey zu fahren. Dann ein paar Zehen, als eine Harley, die einer von den Wölfen fuhr, ihm Tanzstunde gab. Und jetzt sah ich, daß er über dem linken Auge eine schwarze Klappe trug. Bei jedem andern hätte ich das für Effekthascherei gehalten, aber bei T.J. hieß es vermutlich, daß sein Aufapfel jetzt irgendwo im Rinnstein lag.
Die anderen Waisen — Jose, Little Doug, Menza und die üb-

rigen — hatte ich meist schon in ihren Wagen über die Avenue preschen oder vor irgendeiner Tür herumstehen sehen. Doch jetzt, im Dunkeln, in der Kälte, in der Nacht, mit den Jacken und ihren Farben drauf, mit den Sonnenbrillen, den Zigaretten, jetzt, wo ich ihnen so nah war, jetzt wußte ich, warum der Wind der Avenue ihre Namen nur flüsternd mitführte. Rund fünfzehn Schatten waren das jetzt, aufgereiht an den Wänden, im gleichen Raum mit mir. Und weiter hinten, an der entferntesten Wand: die Eigenen der Waisen. Die Mädchen saßen in einer Reihe im Dunkeln, in hohen schwarzen Stiefeln, alle still und die Augen auf McKay gerichtet. Ich hatte sie schon oft bei Woolworth gesehen, wo Halstücher in ihren Beuteln versanken und Wimperntusche von den Regalen in ihre Jackentaschen sprang. Ich hatte sie schon oft an dieser oder jener Straßenecke gesehen, wie sie schweigend auf die Waisen warteten, das Wahrzeichen auf dem Rücken:

PROPERTY OF
THE ORPHANS

Der Liebe behielt recht: Die Waisen beachteten mich nicht, doch spürte ich, wie die Mädchen hin und wieder die Augen von McKay ließen und einen Blick für mich abzweigten. Meinetwegen, ich schaute gleichfalls hin. Starry kannte ich. Ihren Ruf als Einzelgängerin, als Kämpferin, als Eigentum Nummer Eins kannte die ganze Avenue. Heut nacht war ihr helles Haar aus dem Gesicht zurückgeschoben, und sie war nicht geschminkt. Sie sah nicht älter als vierzehn aus, aber vermutlich war sie näher bei zwanzig. An der Art, wie sie aus einer Flasche Tequila trank und mit ihren blassen Augen den Raum überwachte, konnte man sehen, daß sie kein Kind mehr war.

Neben Starry saß Irene La Hoy, die eine Zigarette rauchte

und gleichzeitig Kaugummi kaute; sie wog mindestens doppelt soviel wie Starry. Auch Irene hatte ihren Ruf auf der Avenue, nicht nur wegen des Gewichts. Sie war bekannt für Freundlichkeit gegen Ausreißer, Penner, Hunde und Verlierer; es hieß, sie könne gut kochen und sei leicht zu haben. Die andern Eigenen waren für mich nur Schatten im Dunkel des Raums; zu sechst oder siebent saßen sie hinter Starry und Irene.

»Brüder«, fing McKay noch einmal an. »Abend, in dieser Wolfsnacht.« Gemurmelte Grüße waren das Echo. »Heute nacht«, sagte McKay, »werden die Wölfe bedient. Heute nacht lernt das Rudel unsere Farben kennen.«

Nicht schlecht, dachte ich.

»Heute nacht«, sagte McKay mit einem Lächeln, »können sie rennen, aber ein Versteck finden sie nicht.«

»Kannst du laut sagen«, pflichtete Tosh bei.

»Hört zu«, sprach McKay weiter. »Das ist heute die Nacht der Waisen. Sie gehört den Waisen und noch einmal den Waisen.«

Dies fand allgemein Zustimmung, und Danny der Liebe flüsterte: »Das ist schon einer, nicht?«

Und dann, irgendwo in der Nähe, zersplitterte Glas auf der Straße. McKay hielt den Arm hoch, damit wir still wären. Konnte das ein Angriff des Rudels sein? Ich war McKay nicht untreu, aber auf die Bekanntschaft mit dem Rudel konnte ich verzichten, besonders hier, auf dem Gebiet der Waisen.

Die Tür ging auf, und Martin Storm, der Marinemartin, kam schnell herein. Er nahm Haltung an und grüßte McKay mit einem Kopfnicken. »Schwestern.« Er nickte den Eigenen zu.

»Was gibt's denn da auf der Straße?« fragte T.J. und zupfte an einem Jackenärmel, an einer Hand, die nicht da war.

»Bei Munda«, sagte Martin. »Ein paar Jungen von dem Kirchentänzchen drüben haben die Fenster eingeschmissen.«

»Kein Alarm?« fragte McKay.

»Nichts«, sagte Martin.
»Die Menne nicht da?« fragte Tosh.
McKay lachte. »Auf was warten wir. Da müssen wir unsern Vermieter schützen.«
Auf dieses Zeichen hin strömten die Waisen aus dem Klubraum, die Treppe hinauf.
»Bleib du hier«, sagte Danny der Liebe, als er ebenfalls hinausging.
»Ha«, sagte ich, »kommt nicht in Frage.«
»Du hast gehört, was ich sage«, sagte der Liebe.
Aber Irene La Hoy hatte mich schon am Arm gepackt, und wer hätte ihrem kraftvollen Griff widerstehen können?
»Halt dich zu den Eigenen«, sagte Irene, und sie blinzelte.
Draußen auf der Straße hatten Tosh, Jose und noch ein paar andere schon die Kirchenjungen verjagt, die bei Munda eingebrochen waren. Nun stürmten die Waisen durch die Fenster in den Laden, griffen sich Flaschen, johlten und lachten im Dunkeln. Irene La Hoy ließ meinen Arm los und zwängte ihre Fülle durch die zersplitterte Scheibe.
Starry war hinter mir. »Hoffentlich bleibt sie nicht stecken«, sagte sie vergnügt.
Starry und ich folgten Irene und dem Geräusch auf dem Boden platzender Flaschen. Die Luft war voller Alkoholgeruch. Starry und ich sahen zu, wie sich Irene über das Gestell mit den Kartoffelchips hermachte. Sie griff sich Beutel mit verschiedenen Sorten, riß einen mit den Zähnen auf und begann zu mampfen. Dann verschwand Starry stillschweigend, um sich die Jackentaschen mit Tequila und Harveys Bristol Cream vollzustopfen.
Irenes Mund kam zur Ruhe; sie stand in dem Laden, ringsum irres Gelächter und das Krachen der Flaschen, die die Waisen auf den Kachelboden schmissen. Sie drehte rasch den Kopf und schlug sich mit der Faust an den Schädel. »Was denn«, schrie sie, »keine Stippe?«
Als Irene ein Gefrierfach nach Muscheln mit Zwiebeln

durchzuwühlen begann, kam ich mir verloren und allein vor in dem Gejohle. Ich ging weiter nach hinten, um mir ein paar Kartons Zigaretten zu suchen und dem Waisenlärm zu entgehen.

»Einen Drink?« sagte er.

Es war McKay, der auf dem hintersten Kassentisch saß, dem Tumult ringsum zuschauend und in Ruhe aus einem kristallenen Weinglas Dewar's trinkend. McKay mußte man heißen. In diesem Durcheinander hatte er Kristallgläser gefunden! Es stimmte, er war schon einer.

»Weiß nicht«, sagte ich, »hier gibt's ja sonst nichts zu stippen.«

McKay lächelte, während er etwas Whiskey in ein zweites Glas goß. Er nickte. Doch, er war schon einer. Ich lächelte auch und nahm das Glas.

»Wie kommt's, daß du mit dem Lieben da bist?« fragte McKay. »Der Liebe ist schon richtig«, fuhr er fort, »nur Hirn hat er keins.«

»Sagt man so.« Ich nippte an dem Glas.

»Gehörst du zu ihm?« sagte McKay.

»Ich gehör zu niemand«, sagte ich. McKay lächelte auf mich herab. Belustigt? Mal sehen, ob McKays Heiterkeit vorhielt.

»Ich gehör zu mir«, sagte ich. Ich gehör zu mir, nicht schlecht. Gar nicht so schlecht.

»Versteh schon«, sagte McKay. Er trank und trommelte mit der Handfläche einen Takt auf dem Kassentisch. Unter und über den Augen war McKay rosa.

»Heut nacht«, sagte ich. »Was spielt sich ab heut nacht zwischen den Waisen und den Wölfen?«

»Das ist meine Sache«, sagte er.

»Versteh schon«, sagte ich.

So ging das nicht weiter.

»Warum wartest du nicht hier, bis ich zurück bin?« sagte McKay. Er schaute vor sich hin in die Luft, auf den Haufen der tobenden Waisen. Ich nahm an, er sprach mit mir.

»Hast du was gesagt?« sagte ich.
»Warte hier«, sagte McKay.
Auf McKay warten? Er hätte nur einmal nach mir zu husten brauchen, und ich hätte gewartet, und wäre er auch in einem Ruderboot zu den Galápagos unterwegs gewesen. Die paar Stunden, bis er zum Südende der Avenue und zurück gefahren war, würde ich schon herumbringen.
»Ich überleg es mir«, sagte ich.
McKay lächelte; aber er lächelte nicht mehr, als ich sagte: »Weißt du genau, daß du zurückkommst? Kid Harris soll ja kein Kind sein.«
Kid Harris war der Präsident des Rudels, und seinen Namen nannte man in McKays Gegenwart besser nicht.
»Ich hab gesagt, ich bin zurück«, sagte McKay ruhig. »Und ich hab gesagt, warte hier. Aber mach, was du willst.«
Ich brauchte kein Zureden, und wenn, seine Worte hätten gereicht. McKay trank seinen Schnaps im Schutt von Mundas Laden.
»Ich denk drüber nach«, sagte ich.
»Denk gar nichts«, sagte McKay.
»Ich bin's so gewöhnt«, erklärte ich McKay. Er drehte sich um und sah mich an. »Denken«, sagte ich, »aber nur manchmal.«
»Trink noch einen«, sagte McKay.
Ich sah Danny den Lieben, wie er mit Familienpackungen Süßigkeiten unter dem Arm hektisch den Laden nach mir absuchte. Ich fragte mich, was ich gegen seine Aufregung tun könne, als er uns sah.
»Tu mir doch das nicht an!« sagte der Liebe und fummelte nervös an seinen Packungen herum.
»Was denn?«
»Jesses! So zu verschwinden.«
»Sie paßt schon auf sich auf«, sagte McKay.
Tatsache? Ich blinzelte dem Lieben zu, aber er schien immer noch aufgeregt.

»Nur Ruhe«, sagte McKay zu ihm.
»Ich weiß nicht«, sagte Danny und starrte uns beide an. »Ich weiß einfach nicht, ob ich Vollmilch nehmen soll oder Erdnuß.«
»Entscheide dich später«, sagte McKay. »Denn jetzt, Bruder, wird es Zeit, daß wir die Knaben hier zusammenkriegen. Und du bist der Mann, der das macht.«
Danny nickte wie wild. »Klar«, sagte er. »Klar, McKay.«
Ich ging hinter McKay her aus dem Laden. Ein- oder zweimal stolperte ich über Gerümpel und Flaschen und stieß mit Waisen zusammen, ehe wir wieder in der Nachtluft waren. Draußen war immer noch Winter, und als wir zusammen auf der Straße standen, war ringsum Eis, und die Nacht war voller Rufe und Schreie.
Starry erzählte ich später, Angst hätte ich nicht gehabt. Das war gelogen, natürlich. Denn in jener Nacht, in jenem Gäßchen, McKays Arm um mich, im Halblicht der Neonröhren vor dem Spirituosenladen sah ich zum ersten Mal dem Dolphin ins Gesicht.
»Abend, McKay.« Der Dolphin sprach leise, und ich konnte nicht gleich erkennen, wo seine Stimme herkam.
Und dann sah ich ihn, vor uns an die Mauer gelehnt, die Augen hinter einer schwarzen Sonnenbrille, das Leder seiner Jacke im Neonlicht schimmernd. Er zog langsam an einer Zigarette. Ich konnte die berühmten Tätowierungen auf der Haut seiner Handgelenke und seines Halses sehen.
»Abend, Dolphin«, sagte McKay.
»Hier soll's Schnaps geben«, sagte der Dolphin, und McKay lachte. »Aber meinst du nicht, die Zeit für solche Späßchen ist um? Es wird Ernst, heute nacht — wenn diese Knaben das Wort vielleicht kennen.«
Der Dolphin trat näher zu uns heran, und ich drängte mich dichter an McKay. Auf der Avenue wurde getuschelt, der Dolphin solle die Wolfsnacht eingeführt haben, in einer Januarnacht, als einer von den Wölfen ihm ein Fläschchen

Säure ins Gesicht geschüttet hatte. In einer Nacht mit Frost und Mond und Eiseskälte und glitschigem Zement auf den Straßen. Und das Ende vom Lied soll gewesen sein, daß der Wolfsjunge die Sonne über der Avenue nicht mehr aufgehen sah. So hieß es. Und über den Tresen seiner Milchbar hinweg hatte Monty geflüstert, in derselben Nacht sei auch der blaue Schmetterling geboren worden, der über die Narbe gemalt war, welche die eine Wange des Dolphin ganz bedeckte. Derselbe Schmetterling, der heute nacht glitzerte wie Eis.
»Hast du auch dein Späßchen, McKay?« sagte der Dolphin.
»Muß einmal sein«, antwortete McKay.
»Und muß bald einmal sein, daß du sie wieder loswirst«, sagte der Dolphin. Er hatte mich noch nicht angesehen und sah mich auch dann nicht an, als ich sprach.
»Das wär leichter gesagt als getan«, sagte ich und schmiegte mich eng an McKay, so daß ich seinen Hüftknochen spürte.
Danny der Liebe hätte geweint über meine Worte, hätte geschworen, mich nie, nie wieder nirgendwohin mitzunehmen.
McKay lächelte.
»Glaub ich nicht«, sagte der Dolphin und blickte weiter McKay an. »Ich könnte die hier so schnell loswerden, daß niemand sich erinnern würde, sie gesehen zu haben.« Der Dolphin strich sich übers Gesicht. Er verzog den Mund, und der blaue Schmetterling schien zu flattern. Wie Eis, wenn es sich bewegt.
Ich nickte bloß zu dem Dolphin hin und legte die Hand auf McKays Schulter. Genug geredet — was der Dolphin zu mir sagte, war deutlich. Sollte meine Antwort es auch sein. Ich machte mir eine Zigarette an und warf das Streichholz in den Rinnstein. McKay nahm die Zigarette von mir und zog.
Der Dolphin nickte McKay zu. »Wenn du sagst, es ist Zeit, dann ist es Zeit.«
»Ich sage, jetzt«, sagte McKay.
McKay wußte, daß der Liebe niemals die Waisen zusammen-

rufen konnte, nach all dem Schnaps. Der bekam nicht mal sich selber zusammen. Als aber der Dolphin zum Laden hinging, da wußten McKay und ich, in ein paar Minuten würden alle Waisen in einen Chevy oder Ford gestiegen sein. Ein paar Minuten, und die Zündschlüssel würden umgedreht, die Motoren gestartet, und die Jagd über die Avenue finge an.
»Du weißt, es muß nicht sein, daß du auf mich wartest«, sagte McKay.
Warum betonte er immer, daß ich die Wahl hätte? Wie viele Stunden hatte ich ihn nicht aus Fenstern im zweiten Stock beobachtet, wie viele Seiten Dialog waren geplant, auf wie viele Weisen konnte ich seinen Namen schreiben? Da war keine Rede von Wahl. Da war auch keine gewesen, als ich mit der Hand am Geländer auf der Treppe zum Klub stand. Ich hatte keine Wahl, vom ersten Tag an nicht, als ich ihn sah.
»Du mußt wissen, daß ich keine Eigene nehme«, sagte McKay. Er kämmte sein Haar. »Ich finde das zu hinderlich.«
»Tatsache?« sagte ich. »Du bringst mich noch zum Weinen«, sagte ich zu ihm.
»Mach ich«, sagte McKay.
Ob er das glaubte? Und ich küßte ihn. Zum ersten Mal küßte ich ihn.
»Wart ab«, sagte ich. »Wart ab, und wir werden sehen, wer weint.«
»Bis früh bin ich zurück«, sagte McKay. Und schon waren die Waisen aus dem Laden heraus und ließen die Motoren an. Die Jagd auf das Rudel in der Wolfsnacht hatte begonnen. Am Steuer des schwarzen neunundfünfziger Chevrolet, der McKay gehörte und mit dem er Rennen fuhr, saß der Dolphin. Er ließ den Wagen an den Bordstein schliddern, und der Motor lief auf vollen Touren.
»McKay«, rief der Dolphin.
Die Tür des Chevy sprang auf, und McKay glitt auf den Rück-

sitz. Er sank tief in das Samtpolster ein und lehnte den Kopf zurück. Wohin die Augen des Dolphin blickten, war schwer zu sagen, aber sie müssen auf McKays Bild im Rückspiegel gerichtet gewesen sein, denn sobald McKay mit dem Kopf nickte, schoß der Chevy davon, schnell wie Licht, die Avenue entlang. Die andern Wagen, die den Waisen gehörten, folgten im Zuge, und Eissplitter flogen wie Geschosse durch die Luft. Und ich stand in der Nacht und wartete.

Du merkst schon, ich war verliebt.

Was soll ich noch sagen? Ach, was war ich dumm! Ist das der richtige Ton? Willst du das hören? Ich kann's nicht sagen. Hör zu! Es war nicht nur McKay. Sie waren's alle, jeder Einzelne, in gewisser Weise sogar der Dolphin. Von der Nacht an dachte ich nur noch an die Waisen, nur noch an McKay. So ist das doch, Liebe, oder nicht? Mit Liedertexten und einem Namen, den man hundertmal auf hundert Blätter schreibt.

Ach so. Das schwarze Leder kannst du nicht vergessen, in das die Worte alle gesteppt sind. Dann vergiß eben nicht. Du willst was über Rauschgift hören? Ich erzähl dir was über Rauschgift. Du willst Worte über Sex? Die kann ich dir sagen. Was du nur hören willst. Ich kann dir mein Herz ausschütten, ich kann auf Spitzen tanzen, gib nur ein Zeichen! Und lügen kann ich, so gut wie tanzen. Geschichten über Orgien und Verrat und Messerstechereien auf der Straße. Die Lage der Avenue und die Adresse des Klubhauses – wenn du willst, daß ich lüge. Denn die Wahrheit ist, McKay war verliebt in seine Idee von den Waisen, seine Idee von sich selbst. Und ich war verliebt in beides. Das ist alles.

Ich war verliebt in sie seit jener Nacht, vermutlich aber auch schon vorher, ehe ich Namen wußte. Ich konnte es nicht ändern, denn die Stimmung war festgeworden, der Bannkreis gezogen, und bei dem Wind der Avenue um mich her und dem Eis wie Spiegelglas hatte ich gar keine Wahl.

Kannst du das alles sehen? Kannst du McKay sehen, in jener Wolfsnacht, wie er in so einem Chevrolet sitzt, sich in das braune Polster lehnt, eine Zigarette raucht, wie er seine Feinde durch die dunkle Nacht hetzt? Siehst du den narbigen Dolphin, wie er den Chevy über die Avenue steuert, den schwarzen Handschuh auf dem Lenkrad? Und den Lieben, ein Kodeinlächeln im Gesicht? Vermutlich saß er in jener Nacht vorn neben dem Dolphin. Ich weiß auch nicht, ich hab nicht alles gesehen, ich kann dir nicht alle Einzelheiten erklären. Von da, wo ich stand, sah ich nur das rote Glimmen der Rücklichter, wie sie über die Avenue glitten.

Von da, wo ich stand, konnte ich nur Atemstöße hören, Worte, die eine Liebesgeschichte waren. Nicht mehr. Und nicht weniger. Und so wartete ich auf der Straße. Ich wartete eine ganze Weile, rauchte eine Zigarette, hielt nach dem Morgen Ausschau, nach McKay. Aber bis zum Morgen waren es noch Stunden, und ich erinnerte mich, daß es Winter war und daß ich fror. Also ging ich zum Klubhaus zurück und machte zum zweiten Mal die Tür auf.

Radiomusik spielte leise, und die Stimmen der Waiseneigenen übertönten die Liedertexte. Starry stand mitten im Raum; ihr bleiches Haar schwamm im Kreis, als sie den Kopf zurückwarf und aus einer Tequilaflasche trank, die jetzt fast leer war. Als ich in den Raum trat, kalte Luft und ein Zuschlagen der Tür im Gefolge, die meine Gegenwart ankündigten, wurden die Eigenen still. Starry schluckte, bis die Flasche leer war, dann drehte sie sich um und sah mich. Sie lächelte. »Da bist du ja, Schwester«, sagte sie.

2

»Wir haben unsere Pflicht gegen die Waisen«, sagte Starry.

Ich nickte, machte mir eine Zigarette an und sah nach der Uhr an der Wand. Sie waren inzwischen sicher schon am Südende der Avenue, auf der Seite der Wölfe.

»Wir haben einen Ruf zu wahren«, fuhr Starry fort.

»Ich weiß, ich tu auch mein Bestes, um meinen Ruf zu wahren«, sagte Irene La Hoy. Es gab Gelächter. Den Doppelsinn hatten wir alle begriffen, es war gar nicht nötig, daß Irene mich anstieß und kicherte.

»Das ist nichts Persönliches«, sagte Starry. »Wenn McKay dich sehen will, geht mich das nichts an. Aber red du Mist über die Eigenen, und wir hauen dir das Herz aus der Jacke.«

War das alles? Dies also war Starrys Rolle – der Neuen Bescheid sagen. Da wollte ich lieber nicht mitmachen. Ich wollte bloß auf McKay warten und in Ruhe gelassen werden. Also lächelte ich.

»Persönlich«, sagte Starry, »kann ich dich gut leiden.«

»So?« sagte ich. Dachte sie denn, ihre Meinung sei mir wichtig? »Warum?«

»Warum nicht?« sagte Starry. »Ich kann dich gut leiden, bis auf weiteres. Ich kann mich irren, aber trau mir ein Urteil zu.«

Sie war so, wie man von ihr sagte: ziemlich frech für eine von einsfünfzig und etwas über neunzig Pfund, mit Strähnen ungekämmten, bleichen Haars, und ohne daß einer von den Waisen sie persönlich beschützte. Es hieß, Starry brauche keinen Beschützer; sie könne sich selber wehren.

»Ich mach euch keinen Ärger, wenn ihr mir keinen macht«, sagte ich.

»Werd nicht gleich so giftig«, sagte Starry. »Ich sag dir's doch, es ist gar nicht persönlich; denk nur dran, du gehörst nicht zu den Eigenen, und in dem Augenblick, wo McKay sagt, du sollst verschwinden, da bist du verschwunden.«

»Soll mir recht sein, Schwester«, sagte ich. In dem Augenblick, wo McKay sagte, ich solle verschwinden, würde ich den Keller und all seine Bewohner für immer aus meinem Gedächtnis radieren.
Irene La Hoy verteilte Salami auf Schwarzbrot und abgepackten Whiskey-sauer, alles von Munda. Ich nahm einen Becher und ein Sandwich. Irene lächelte mir zu. Schön, die war auf meiner Seite. Bloß, welches war denn meine Seite? Was machte es mir? Die Eigenen gingen mich nichts an; ich wartete auf McKay.
Starry rief zu einer informellen Versammlung der Eigenen auf. Ich konnte sehen, warum Starry Eigentum Nummer Eins war — sie gehörte zu niemandem als zu sich; am wichtigsten waren ihr noch die Waisen. Bis zum Tode von Alf Cantinni war das Eigentum Nummer Eins immer Eigentum des Präsidenten gewesen. Aber McKay hatte das alles geändert. Cantinni war tot, seine Eigene, Wanda, war mit einem Rugby-Helden nach Florida abgehauen, und McKay nahm keine Eigene. So blieb Starry übrig. Sie war von allen die frechste, die kleinste und die gescheiteste. Man konnte sagen, die Waisen waren gut bedient. Besonders, wenn man Starry mit den anderen Eigenen verglich. Ich sah mich um und konnte nun auch denen Namen geben, die vorher bloß Schatten gewesen waren.
Leona hatte ich schon auf der Avenue herumlaufen sehen; sie war Toshs Eigene. Wie Tosh selbst hatte auch Leona etwas eigentümlich Tranäugiges an sich; bei ihm sah das gemein aus, bei Leona bloß müde. Ihr langes, dunkles Haar hing ihr ins Gesicht; sie rieb sich mechanisch die Nase, und dann zuckten ihre Backenmuskeln.
Rechts von Leona saß Gina, die bei Monty hinter der Theke arbeitete; sie mixte die Eierflips und klaute aus seiner Registrierkasse. Mit Gina hatte ich schon gesprochen. Oft hatte ich ihr schon gesagt, wenn sie mir zu wenig herausgeben wollte: »Ich krieg noch 'ne Kleinigkeit von dir«.

Oft hatte sie mir schon gesagt: »Was hörst du dir bloß Montys dußlige Geschichten an?« Gina war die Eigene von T.J.; die ewige Neugier und Sorge, welchen Körperteil T.J. als nächsten einbüßen würde, hatte die Angewohnheit eines dauernden Flatterns der Augenlider hervorgerufen.
»He, Gina«, sagte ich — schließlich hatte sie mich ja schon oft genug bei Monty gesehen, und ich glaubte es mit der Konversation versuchen zu können — »ich hab nicht viel Lust, bei einer privaten Sitzung von euch Eigenen dabeizusein. Das geht mich nichts an.«
Gina starrte mich an, als sähe sie mich zum ersten Mal. »Dann hör doch nicht hin«, sagte sie. Hätte ich mir auch selber sagen können.
Wollte ich denn Einzelheiten über Irenes Abtreibung wissen? Interessierten mich die Eigenen des Rudels? Die anderen, deren Namen ich erfuhr, Black Susan, Marie und Kind die Holde — die Stillste von allen, die ein ganz eigenes Lächeln hatte, wenn sie McKay ansah —, wollte ich denn ihre privaten Gespräche mitanhören, nur damit sie später um so mehr Grund hätten, mich zu verprügeln? Also blendete ich das alles aus und verschanzte mich hinter den Seiten und Fotografien von *Rona Barrett's Hollywood.*
Nach einer Weile merkte ich, daß nur noch ein paar von den Eigenen im Keller waren. Sogar Leona war fort, und Starry, Gina, Irene und ich waren still und warteten. Starry setzte sich auf ein Polster und hörte mir zu, wie ich mit den Klatschseiten raschelte.
»Ich muß das so machen«, sagte Starry.
»Was machen?« fragte ich. Wenn sie sich sozusagen entschuldigen wollte, so dachte ich nicht daran, es ihr leicht zu machen.
»Ich bin einfach zu klein als Nummer Eins«, sagte Starry. Sie machte eine neue Flasche Tequila auf. »Lieber Himmel, jede hier im Raum könnte mich fertigmachen, mit Leichtigkeit.

Darum mache ich so ein bißchen auf gemein. Versteh mich, das ist mein Stil, ich meine das nicht persönlich.«
»Klar«, sagte ich.
»Alles nur wegen der Größe.« Sie nickte.
Was sollte es mir nützen, Starrys Worte nicht zu verstehen?
»Klar«, sagte ich. »Nicht persönlich.«
»Wenn du mit McKay gehn willst, mir ist das recht. Auch wenn du niemand bist.«
»Danke«, sagte ich.
»Ein paar werden dir einreden wollen, weil ich doch die Nummer Eins bin, daß etwas ist zwischen McKay und mir. Quatsch! Es ist bloß, daß wir beide eben die Besten sind. Als Cantinni hin war, wurde McKay gewählt. Als Wanda abgehauen ist, wurde ich gewählt. Und du, wenn du nicht blind bist«, sagte Starry, »dann paßt du auf Leona und auf die Holde auf. Das sind zwei Huren! Und die Holde ist auf das Nummer Eins-Schild aus, egal was sie anstellen muß, um es zu kriegen.«
Starry hätte ihre Kabinettsrede nicht an mich zu verschwenden brauchen: Ich hatte nicht vor, mich auf die Politik der Waiseneigenen einzulassen. Kinds grünen Blick auf McKay hatte ich bemerkt, aber da war sie nur ein Schatten für mich gewesen, und das würde sie bleiben, solange McKay nicht zurückblickte.
»Danke für den Rat.«
»Ist eigentlich kein Rat«, sagte Starry, »mehr sowas wie eine Warnung. Schau, wegen McKay wirst du noch weinen. Aber wegen irgendeinem muß es ja sein, warum also nicht McKay? Wenigstens sieht er gut aus.« Starry zwinkerte.
»Ich werd's mir merken«, sagte ich. »Und du merk dir, ich bin nicht Leona und ich bin nicht die Holde und ich geh nicht darauf aus, Eigentum Nummer Eins zu werden. Die Wahrheit ist, ich mach mir keinen Fatz aus dem Eigentum.«
»Dich interessiert nur McKay.«

Ich glaubte, Ansätze zur Verständigung zu erkennen. »Nur McKay«, sagte ich, und Starry nickte.

So warteten wir im Klubkeller, und es wurde immer später. Der Mond sank, und draußen war Wolfsnacht. Wir wußten's und ließen's uns nicht merken. Ich blätterte eine Seite der Illustrierten nach der andern um, Irene und Gina erzählten Witze, und Starry saß da, die Knie straff an den Leib gezogen, spähte in die Luft und trank Tequila. Gina und ich warteten auf jemand Bestimmten, Irene auf irgendeinen von den Waisen. Aber Starry hätte mit draußen auf der Avenue sein sollen. An den weißen Knöcheln ihrer geballten Faust konnte ich sehen, daß sie darauf wartete, Einzelheiten von dem Kampf zu hören, an dem sie hätte teilnehmen sollen. Sie würde auch darum kämpfen, Eigentum Nummer Eins zu bleiben, aber draußen auf der Straße, wo sie hingehörte, hätte sie noch härter gekämpft.

Draußen hörten wir Reifen quietschen. Vielleicht wegen des Whiskeys, den ich getrunken hatte, vielleicht weil es so spät war, war ich in einen unruhigen Schlaf gefallen. Ich träumte eine Weile, und irgendwo in diesem Traum hörte ich, wie die Tür aufging und gegen die steinerne Wand des Klubkellers knallte.

»Die Tür!« schrie Starry. Aber es war zu spät, wie immer, wenn einem ein vergessener Riegel einfällt. Aufwachend sah ich die Wölfe die Treppe zum Klubkeller der Waisen herabkommen. Aufwachend verwünschte ich Danny den Lieben, diesen Idioten, der mich zur Wolfsnacht mitgeschleppt hatte.

»Schmeißt sie raus!« brüllte Starry. Aber wer sollte das besorgen? Irene hatte zu viele Whiskey-sauer getrunken, zu viele Sandwiches gegessen; sie konnte nur noch zittern. Ich? Das war nicht meine Sache. Sicher war ich auf Seiten der Waisen, aber ich hatte auch nichts gegen das Rudel.

Es waren nur fünf. Obwohl ich ihn noch nie gesehen hatte, konnte ich sagen, daß Kid Harris einer von ihnen war. So etwas hatte ich nicht erwartet. Ich machte mir eine Zigarette an — was hätte ich sonst machen sollen? Starry ging auf die Wölfe los, und eine von Kid Harris' Handschuhhänden stieß sie mühelos gegen die Wand. Ich beschloß, meine Marlboro zu rauchen und abzuwarten, was passierte. Manchmal ist es besser, man rührt sich, manchmal nicht. Starry stand an der Wand, die Hand in die Hüfte gestemmt, und auch sie machte sich eine Zigarette an.

Einer von den Wölfen machte die Kellertür zu, und wir hörten es klicken, als er abschloß.

»Da wär'n wir«, sagte Kid Harris. Der Feind der Waisen stand vor uns, in schwarzem Leder, gestiefelt, mit langem rotem Haar, das bis auf den Kragen eines rosa Hemds herabfiel. Ich teilte Starrys Gefühl, als sie vor ihm auf den Boden spuckte, ein paar Zoll vor Kids Stiefeln. Seine schwarzrosa Garderobe, das gemütliche Kinocowboyplatt, das er sprach, und das Grinsen auf seinem Gesicht waren allesamt widerlich.

»Mach das noch mal, und dir platzt der Kopf«, sagte Kid Harris zu Starry. Jetzt, wo ich ganz wach war und Starry sich schwer auf eine Apfelsinenkiste setzte, konnte ich Blut in Kid Harris' Gesicht und Spuren des Kampfes auch bei den anderen erkennen. Mit Sicherheit waren die Wölfe und die Waisen sich schon begegnet. Die Messerwunde in Kid Harris' Gesicht war noch frisch, und er hielt ein Taschentuch drauf. »Siehste das hier?« sagte er zu mir.

»Nicht zu übersehn«, sagte ich.

Kid Harris reckte einen Arm in die Luft. Als die Hand vor meinem Gesicht herunterkam, war ein Messer aufgesprungen.

»Und siehste das hier?« Kid Harris griente.

Ich nickte.

»Der Dolphin, der hat einen Schnitt zuviel gemacht heute«, sagte er.

Ich nickte. Ich war ganz einverstanden.

»Da muß einer für zahlen.« Kid Harris betastete sein Gesicht. »Ich laß mir nicht die Schuld am Tod von Cantinni anhängen, das ist schon Jahre her. Ich bin keine Zielscheibe für dem Dolphin seine Vendetta. Da muß einer für zahlen.«
»Aaach«, sagte Starry, »so ein hübscher Junge warste, und nu's aus!« Sie lachte ganz laut.
Irene und Gina bekamen immer weitere Augen, als Starry nicht aufhörte, über Kid Harris zu lachen. Frech war sie, aber was sollte das? Wir hatten keinen Schutz gegen die Wölfe, und Kid Harris war ja sowieso nur hinter dem Dolphin her. Den Dolphin brauchte man nicht zu schützen — so sah ich es. Aber ich wußte, Starry sah das anders. Sie hatte ihre Pflicht gegen die Waisen.
»So rum willst du's haben?« sagte Kid Harris.
»Mann, von dir will ich's nirgends rum haben«, sagte Starry.
Kid Harris ging zu Starry hin, blickte von oben auf sie hinab und schlug ihr mit der Faust ins Gesicht. Keiner vom Rudel rührte sich. Ich hörte, wie Gina ein leiser Aufschrei herausfuhr. Starry hatte gewußt, was kam. Sie war gefaßt gewesen und hatte die Gewalt des Schlages ruhig abgewartet.
Ich war nicht so gefaßt. Mir kamen Gedanken — was wenn sie nun Zähne verlor, wer würde das bezahlen? Der Dolphin? McKay? Die Röntgenuntersuchung würde teuer werden, die Kronen noch teurer. Starry sah bloß zu Kid Harris auf. Blut lief ihr vom Mund herab. Sie rührte sich nicht. Vielleicht taumelte sie ein klein wenig, aber sie hielt sich aufrecht und sah Kid Harris ins Gesicht.
Ich nahm die Tequilaflasche und stand auf.
»Du Bastard«, schrie ich und schlug den Boden der Flasche an einem Stuhl ab. Ja doch, ich war ganz außer mir; ich hatte noch nie jemand ein so kleines Mädchen wie Starry schlagen sehen. »Wieviel Schrammen passen noch in deine Fresse?« sagte ich. Wo ich bloß die Worte hernahm?
»Keine, die du mir machst.« Kid Harris hatte sich zu mir hingewandt, und er lachte.

»Ich schneid dich«, sagte ich, als Kid Harris auf mich zukam.
»Machst du nicht«, sagte Kid Harris.
Wie sollte ich auch. Das begriff ich, als ich heruntersah. Die Flasche war nicht die gezackte und mörderische Waffe, die sie hatte werden sollen, denn sie war ganz zersplittert, und ich hatte nur Scherben und Blut in der Hand.
Da fing ich an zu lachen. Meine Hand voll Blut, das über die Lebenslinie lief. Ich hier im Klubkeller der Waisen, als Rächerin von Starry, weil sie zu klein war, in Selbstverteidigung mit ein paar Glasscherben. Ich gegen Kid Harris. Ich konnte nicht anders, ich lachte dem Kid ins Gesicht.
In dem Augenblick war es, daß er mich schlug. Ich fiel hin, der Zement war kalt an meinem Rücken. Als ich hochsah, konnte ich nur das Lächeln auf Kid Harris' Gesicht sehen, wie er den Arm hob. Und ich war gespannt, ob er jetzt das Messer in der Hand hatte, ob er es müde war, auf den Dolphin zu warten, und beschlossen hatte, mein Gesicht als Ersatz zu nehmen.
Ich hatte keine Furcht. Wenn irgend etwas, dann war ich neugierig. Würde er mir einen Schnitt machen? Oder nicht? Würde ich aufschreien? Alf Cantinni, das war ein Name, zu dem ich nie das Gesicht gesehen hatte; was ging mich sein Tod an? Überhaupt, was ging dies alles mich an?
»Starry!« rief eine Stimme von draußen vor der Tür. Harris' Hand hielt auf halbem Wege inne; das Rudel stand still.
»Starry, Herzchen, bist du da drin?« sagte die Stimme.
Kid Harris hob den Kopf zu Starry hin. »Wer ist das?« flüsterte er.
»Jose«, sagte Starry. »Bloß Jose. Ich sollte hier auf ihn warten.« Aber die Stimme vor der Tür klang nicht wie die von Jose.
Auf ein Zeichen von Harris ging einer zur Tür. »Nicht«, sagte Starry. »Mach die Tür nicht auf!«
Harris lächelte nur und trat von mir weg, um eine ungeöffnete

Flasche Schnaps vom Boden aufzunehmen. »Gleich sehen wir einen Waisen tanzen«, flüsterte er.
Einer der Wölfe machte die Tür auf, und kalte Luft strömte in den Klubkeller. Ich krümmte den Rücken, stützte mich auf die Ellbogen, und vielleicht zur gleichen Zeit wie Kid Harris wurde mir klar, daß Starry sicher nicht auf Jose warten sollte. Starry grinste, und Kid Harris drehte sich auf der Ferse herum.
»Laß die Tür zu«, brüllte er. Aber es war zu spät. Jose würde nicht allein an der Tür sein. Und es war zu spät.
Nicht Jose, sondern McKay stand in der Tür.
»So, finden wir den Wolf zweimal in einer Nacht?« sagte McKay.
Ich kann dir sagen, das gab mir den Rest. Sollte ich vorher McKay noch nicht ganz verschrieben gewesen sein, jetzt war ich's.
Der Dolphin trat jetzt neben McKay, und nie hätte ich gedacht, ich könnte ihn mit einem Lächeln, mit einem Aufatmen begrüßen. Die Waisen, in voller Fahnenstärke, warteten schweigend hinter dem Dolphin und McKay. Die Wölfe drückten sich beiseite und schienen nervös auf einen Befehl, irgendeinen, von Kid Harris zu warten. Nein, dies war heut nicht ihre Nacht.
»Ist nur fair«, sagte Kid Harris. »Du weißt, was Ehre heißt, McKay.«
»Ehre?« sagte McKay. »Ist das Ehre, wenn ich ins Klubhaus der Waisen komme und finde die Wölfe vor? Wenn ich die Wölfe auf meinem Territorium treffe? Ist das Ehre, wenn ich so was sehe?«
Ich schaute mich um in die Richtung, in die McKay zeigte. Aber er zeigte auf mich, und ich dachte wieder daran, wie kalt der Fußboden war, und ich stand auf und setzte mich zu Irene und Gina.
»Warum lag sie auf dem Boden?« sagte McKay.
»Du kannst reden!« sagte Kid Harris. »Ihr Waisen kämpft

wie die Ratten im Gully, geht in *unserm* Territorium auf Zerstörung aus, macht Ralph fertig, als er auf nichts gefaßt war — war erwartet ihr denn? Soll ich euch 'ne Karte schreiben, dankeschön für den Besuch?« Kid Harris rieb sich das Gesicht. »Und das hier«, sagte er, strich sich über seine Wunde und sah den Dolphin an, »das vergeß ich so bald nicht.«
Der Dolphin lächelte. »Sollst du auch nicht vergessen«, sagte er. »Vergiß das bloß nicht.«
Jetzt konnte ich Danny den Lieben sehen und Jose. Zwei oder drei von den Waisen fehlten; es war eine harte Wolfsnacht gewesen. Draußen auf der Avenue fingen die Morgengeräusche an. Die Decke der Dunkelheit hob sich, und die Wolfsnacht war fast schon gestern. Fast.
»Das reicht für eine Nacht«, sagte McKay. »Für einen Mann ohne Ehre haben wir Mitleid.« McKay lächelte.
»Scheiß auf dein Mitleid.« Kid Harris versuchte ebenso gelassen zu lächeln wie McKay.
»Mitleid für die Besiegten«, flüsterte McKay. Die Waisen lachten. »Mitleid für die Wölfe, die sich nur mit unsern Eigenen schlagen.«
»Ich hab genug für heute«, sagte der Dolphin. Er machte sich eine Zigarette an und blies Harris den Rauch ins Gesicht. »Was von ihm übrig ist, krieg ich ein andermal. Wenn er nicht drauf gefaßt ist.«
»Ich hab kein Mitleid«, sagte Starry. Und sie trat zu dem Dolphin und zu McKay. McKay nickte, als er das Blut in ihrem Gesicht sah; einer ihrer unteren Schneidezähne war heraus, und aus ihrer Nase tropfte Blut. McKay nahm seine Motorradbrille ab; er berührte Starrys Wange mit der Hand.
»Ja«, sagte er. Einen Augenblick lang sah er mir in die Augen. »Ja«, sagte McKay noch einmal.
Tosh und noch einer von den Waisen führten Harris an die Wand des Klubkellers. Harris stand da, breitbeinig und die Hände nach oben an die steinerne Wand gelegt.
»Die Wolfsnacht ist um«, rief einer von den Wölfen.

»Für mich nicht«, sagte Starry. Sie stellte sich dicht neben Harris, und dann nahm sie einen hölzernen Fußschemel und reichte ihn McKay. McKay nickte und wartete, bis Starry den Keller verlassen hatte. Als sie die Tür hinter sich zugemacht hatte, ging McKay zu Harris hin.
»Bruder Wolf«, sagte McKay, »mit den Händen faßt du keine mehr an, wenn ich fertig bin.«
McKay hob den Schemel hoch und stieß ihn auf Harris' Hand. Noch einmal. Und noch einmal. Tosh drückte die Hand an den Zement, und Harris schrie, zuerst vor Wut und dann vor Schmerz, als unter McKays Stößen die Knochen brachen. Jetzt hielt Tosh Harris' zweite Hand an den Stein. Ich mußte wegsehen.
Danny der Liebe kam zu mir. Er legte mir den Arm um die Schulter und holte eine Milky Way und ein Kleenex heraus.
»He, Lieber«, flüsterte ich, und ich lehnte den Kopf an seine Schulter.
»Tut mir leid«, sagte Danny.
»Mir nicht«, sagte ich und streichelte ihn unterm Auge, wo er eine Schramme hatte. »Mir ganz gewiß nicht«, sagte ich ihm. Es stimmte. Was auch mit mir sein mochte, leid tat mir nichts.
Denn du weißt ja, ich wartete auf McKay.

2/IM BANNKREIS

1

Ich wußte keine Beschwörungen, Zaubersprüche, Liebesformeln. Was also konnte ich tun? Es war gut möglich, daß sich McKay nicht mal mein Gesicht gemerkt hatte. Was dann? Chancen zu nutzen, Risiken einzugehen, war nicht meine Art. Ich wußte nur, daß Worte oft den stärksten Bann legten; welche Worte aber taugten für McKay? Ich war mir nicht sicher.

McKay trank Kaffee, und vor dem Fenster des Klubraums waren die Rolläden hochgezogen worden, so daß Morgenlichtstreifen auf ihn fielen. Die meisten von den Waisen waren noch nicht gegangen. Gestalten regten sich auf den Matratzen, und Schatten redeten leise in den Ecken des Raums. Danny der Liebe schnarchte ein Weilchen, den Kopf auf meinem Knie, dann schlief er fest und geräuschlos. Darauf hatte ich gewartet. Ich schob dem Lieben ein Kissen unter den Kopf, ehe ich aufstand und zu McKay ging.

Es war früh am Morgen, erst sieben, doch schien es schon Stunden her zu sein, seit Kid Harris und sein Rudel aus dem Keller eskortiert worden waren, um an einer morgendunklen Ecke der Avenue abgesetzt zu werden. Nachdem mir Irene die Schnitte in meiner Hand mit Jod ausgepinselt hatte, war ich eingeschlafen, während McKays kleiner Kriegsrat – der Dolphin, Tosh und Jose – im Dunkeln über die Vergeltungsgefahr flüsterte. Ich merkte, daß mich die Geräusche draußen auf der Avenue immer weniger kümmerten. Kid Harris' Schlag hatte mich rasch zu der Disziplin der Waisen bekehrt, und mir war alles egal, was außerhalb des Klubkellers war. Aber jetzt fehlten mir ein paar Worte, ein Liebestrank, etwas Magie, die auf McKay wirkte. Ich ging zu ihm hin. Er war allein und ganz still und sah vor sich in der Luft den Tanz von gestern nacht auf den Straßen.

»Ich hab's jetzt begriffen«, sagte ich.
Meine Worte riefen McKay zurück von den Straßen von gestern nacht, und er lächelte.
»Was meinst du?« fragte er. Seine Stimme war leiser als gestern nacht, aber das Lächeln war dasselbe.
»Daß man dich nicht fragen darf, ob du genau weißt, daß du zurückkommst.«
Diese Worte hatten McKay schmeicheln sollen. Aber das Grinsen auf seinem Gesicht machte klar, er fand, ich sagte nur, was er längst wußte; als wäre ich bloß klüger geworden und hätte das Licht seiner Wahrheit nun auch leuchten gesehn.
»Ich übertreib nicht, wenn's nicht sein muß«, sagte er.
»Versteh schon.« Ich beobachtete McKay, wie er mich beobachtete; er grinste vor Vergnügen, mich sprachlos zu sehen. Vielleicht war es der fehlende Schlaf, vielleicht die Enttäuschung, daß McKay mir nicht sagte, wie großartig ich gegen Kid Harris gewesen war, Wahrscheinlich aber war ich wütend, daß ich die Worte nicht wußte, die mir fehlten. Was es auch war, ich hatte die Nase voll von den Waisen, von dem verqualmten Raum, von McKay. Ich hatte es satt, auf McKay zu warten.
»Hol dich der Teufel!« erklärte ich ihm.
McKay nahm einen Schluck Kaffee. Er hatte Lachfalten um die Augenwinkel.
»Hast du gehört?« sagte ich.
»Ich hab's genau gehört«, sagte McKay und bot mir eine Zigarette an.
»Hast du gewußt«, sagte ich, als ich mir Feuer geben ließ, »daß ich auf dem Boden lag, als ihr hereinkamt, weil ich mit Kid Harris gefickt hab?«
Die Falten um McKays Augen wurden tiefer. Ich konnte sehen, daß er sein Grinsen hinter dem Kaffeebecher versteckte.
»Und daß ich's mochte?« sagte ich. »Und daß ich ihm gesagt

hab, er sei viel besser, als irgendwer von den Waisen sein könnte?«
»Das hast du ihm gesagt?« McKay lächelte.
Ich war still. Wir schauten uns an. »Es gibt wohl nichts, womit man dich wütend machen kann, oder?« sagte ich.
»Doch, Liebchen, das gibt's«, sagte McKay.
Ich hatte meine Zweifel. Wie konnte er als Präsident der Waisen sich von mir so dumm kommen lassen? Andrerseits, was machte es ihm schon?
»Tatsache?« sagte ich. »Was denn. Nun sag du mir mal, womit man dich wütend machen könnte.«
»Versuch mal wegzugehen«, sagte McKay.
Das glaubte ich keine Sekunde. »Weggehen?« sagte ich.
»Richtig«, sagte McKay.
Schön, also! Ich ging zur Tür und hörte nicht auf McKay, der mich ärgerlich anrief. Ich machte die Tür auf; von Raserei keine Rede. Ich trat aus dem Haus auf die Straße.
Die Luft war kalt und klar; der Schnee spiegelte mir weißes Licht in die Augen. Also McKay war ich los. Und nun? Wenn schon sonst nichts, einen Bluff konnte ich aufdecken. Wenn schon sonst nichts, daß ich nicht blöd war, konnte ich ihm zeigen. Weggehen, ha! Obwohl, ich mußte zugeben, hier auf der hellen Straße, das Schlechteste war es nicht.
Jedenfalls, ich hatte meine Chance gehabt. Wenn schon sonst nichts, hatte ich doch die Gelegenheit benutzt, McKay zum Teufel zu schicken. Wie viele konnten das von sich sagen? Und nun? Alles, was ich jetzt wollte, war Kaffee und ein Platz an Montys Theke, nichts weiter. Als ich aber vor dem Klubkeller stand, kamen mir die Tränen. Kein Weinen, nur Tränen. Die Haustür fiel zu. Stiefelabsätze hallten auf dem Zement, und McKay stand neben mir.
»Du kannst wohl nicht hören, wie?« sagte er.
»Ich kann schon hören«, sagte ich.
»Was ist denn das?« McKay meinte die Tränen. Ich hatte ihm gesagt, wir würden noch sehen, wer weinte, und nun sahen

wir's. Also ging ich los, die Avenue hinunter. Ich wußte, McKay war nicht der Mann, der einer nachlief. Aber er brauchte mir gar nicht nachzulaufen, er hielt mich einfach am Arm fest, und obgleich meine Füße weiter ausschritten, merkte ich, daß alles Übrige an mir nicht vom Fleck kam. Ich hatte keine Fluchtchance. Ich kam nicht vom Fleck.

»Ich hab dich gefragt, was das ist«, sagte McKay.

Jetzt war er wütend; seine Stimme wurde ganz leise. Ich war sicher, McKays Wut war nicht zum Vorschein gekommen, als ich aus dem Keller ging, sondern erst als ich ihn mit etwas behelligte, wobei es Tränen gab.

»Ich meine, das ist nicht deine Sache«, sagte ich.

»Vielleicht hast du noch nicht gehört«, sagte McKay, »daß ich mich nie auf was einlasse, was nicht meine Sache ist.«

Er irrte sich; doch, das hatte ich gehört. Er ließ sich nie auf etwas ein, es sei denn er mußte seine Ehre verteidigen.

»Von wegen deine Sache«, sagte ich.

»Gewöhn dich dran«, sagte McKay. »Das hier ist meine Sache. Du bist meine Sache, ob dir's paßt oder nicht.«

McKay machte sich eine neue Zigarette an und gab sie mir; kann sein, daß er lächelte, ich weiß es nicht. Und er konnte nicht wissen, daß Freundlichkeiten mich zum Weinen brachten. Daß Zigaretten, die man mir ansteckte und anbot, wenn mir die Tränen liefen, mich schluchzen machen konnten. Und so war es jetzt. McKay studierte die Effekte des Winterlichts und die Nuancen, die es den Schatten auf einer Chevron-Station verlieh. Er wartete, bis ich ihm die Zigarette abnehmen konnte.

»Was dir fehlt, ist Kaffee«, sagte McKay.

»Das ist nicht, was ich will«, sagte ich.

»Doch, Kaffee«, nickte er. »Ich weiß, du bist das nicht gewöhnt, wie's bei den Waisen zugeht. Gestern nacht war hart für dich. Denkst du, Starry hat es gefallen?«

McKay führte mich zu dem Chevy und machte die Tür auf. Ich setzte mich in den Wagen, und er wollte hinter mir die Tür

schließen. Er faselte immer noch von der beruhigenden Wirkung des Kaffees. Ich hielt die Tür offen.
»Was ich will, ist«, sagte ich, während McKay auf der Straße stand, einen Arm gegen das Glas des Wagenfensters gelehnt, »du sollst dich in mich verlieben.«
»Nein«, sagte McKay.
»Nein?« sagte ich.
»Nein. Da mach ich nicht mit«, sagte McKay. »Verlieben mach ich nicht.«
»Na schön«, sagte ich, als er die Wagentür zumachte. Durch die dunkelgetönte Windschutzscheibe sah ich zu, wie er auf die andere Seite des Wagens ging. »Schön«, sagte ich, als McKay die Tür zum Fahrersitz aufmachte und an meiner Seite war. »Dann nehm ich, was ich kriegen kann.«
Ich hatte Vertrauen in McKay und machte die Augen zu. In der Wärme des Chevy, mit dem Kopf an das Samtpolster gelehnt, hörte ich nur das Summen des Motors. Mochte McKay entscheiden, in welche Richtung er fahren wollte; ich brauchte Schlaf.
Ich erwachte auf der George-Washington-Brücke.
»McKay«, sagte ich, »warum sind wir auf dieser Brücke?«
»Wir brauchen sichern Boden unter den Füßen«, sagte McKay. Mir kamen Zweifel an ihm.
»Und wo soll der sein?« fragte ich.
»Clifton, New Jersey«, sagte er.
»Ah so«, sagte ich, »Clifton, New Jersey, ist sicherer Boden.«
McKay traute ich schon; nur sein Richtungssinn kam mir ein bißchen sonderbar vor.
»He, Mädchen, hast du nach der Wolfsnacht T.J. noch gesehen?«
»Nein.« Ich hatte angenommen, T.J. würde irgendwo auf der Straße seine Körperteile zusammensuchen.
»Nein«, sagte McKay. »Und den siehst auch so bald nicht mehr. Oder du suchst dir raus, in welcher Notaufnahme er

liegt, und gehst ihn besuchen. Denkst du denn, das ist Spaß?«
»Je, wo war denn ich letzte Nacht?« sagte ich. »Wo war ich, Sekt saufen? Prügel hab ich abgekriegt, das weißt du, beinah auch einen Schnitt.«
»Beinah«, sagte McKay. »Was weißt denn du? Weißt du, daß Cantinni von den Wölfen umgebracht worden ist? Feige hingemacht. Hast du gesehn, mit was für einer Narbe der Dolphin rumläuft? Was sie mit dir gestern nacht angestellt haben, war harmlos. Du denkst doch manchmal, hast du gesagt. Dann denke nur mal, was letzte Nacht passiert wäre, wenn Starry nicht so schnell geschaltet und gesagt hätte, sie sei mit Jose verabredet. Denk mal!«
Ich dachte. Ja, Starry war schnell gewesen. Aber es war McKay, dessen Hand an die Tür geklopft hatte. Ich sah ihn an. Er konzentrierte sich auf die Fahrbahnen der Brücke, denn ein Wind war aufgekommen, und der Chevy wich erst gegen den Trennstreifen hin und dann gegen die Spur rechts von uns ab. McKay fuhr wie bei einem Rennen. Wir flogen über die fast leeren Bahnen der Brücke.
»Könntest du mal anhalten?« sagte ich.
»Herzchen, ich trau den Wölfen kein bißchen, wie ich die kenne, könnten die uns gefolgt sein. Clifton ist sicherer Boden.«
Mir war die George-Washington-Brücke sicher genug.
»Könntest du mal anhalten?« sagte ich.
»Wird dir schlecht?« sagte McKay.
»Nein.«
»Denn wenn dir schlecht wird, dann mach das lieber nicht im Wagen. Es verstänkert den Wagen so.«
McKay ließ den Fuß auf dem Gaspedal. Der Wind und die Stahlträger der Brücke fuhren vorüber.
»Ich fahre Rennen mit dem Chevy, und das geht nicht mit einem Wagen, in dem jemand schlecht geworden ist«, sagte McKay. »Schon gar nicht, wenn das Polster von Samt ist. Laß

dir von meinem Gerede über die Wölfe nicht schlecht werden, Mädchen! Und nicht im Wagen, das ist die Hauptsache.«
»Ja«, sagte ich. »Mir wird gleich schlecht. Halt an.«
Ich hatte nicht vor, mich zu übergeben. Der Gedanke war mir nicht gekommen. Und wenn, McKays Samtpolster hätte ich nicht geschont. Vor dem Rudel hatte ich keine Angst. Schön, sie spaßten nicht — aber McKay auch nicht. Nein, wegen des Rudels machte ich mir keine Sorge. Ich wußte nur, ich wollte mit McKay lieber hier, über dem Hudson, zusammensein als in einem Zimmer am Bus-Bahnhof in Clifton, New Jersey.
McKay fuhr den Chevy auf einen Not-Parkplatz — Zement und ein Telefon.
»Ich möchte lieber nicht nach New Jersey«, sagte ich.
»Klar«, sagte McKay. »Klar, ich verstehe. Niemand zwingt dich, mit mir wohin zu fahren.
»Stimmt«, sagte ich und rückte näher an ihn heran.
»Versteh ich dich richtig?« sagte McKay.
»Ich hab keine Ahnung, was meinst du?« sagte ich, während ich meine Jacke aufknöpfte.
Was hast du denn erwartet? Ich hatte keine Vorstrafen wegen Unzucht auf der George-Washington-Brücke. Auch nicht auf andern Brücken. Überhaupt nichts wegen Unzucht.
»McKay«, sagte ich und saß mit einem angehobenen Bein da, um meinen Stiefel aufzumachen. »Ich will mit dir ficken, aber nicht in New Jersey.«
Ich gebrauchte diese Worte, weil ich wußte, McKay würde lächeln, wenn er sie hörte. Und er lächelte. Ich wollte keine Worte gebrauchen, bei denen er sich abwenden könnte und sagen: »Nein, nicht mit mir. Da mach ich nicht mit.« Ich zog mir das T-Shirt über den Kopf. Ich traute mich nicht, McKay zu sagen, er müsse es sein oder keiner, und so war ich still. Ich hielt die Arme um McKay und spürte seine Hände auf meinen Schultern, dann auf meinem Rücken.
Und als ich mit McKay auf dem Vordersitz des Chevy lag, da

vergaß ich, daß wir auf der George-Washington-Brücke parkten, ich vergaß den Hudsonfluß unter uns. McKay machte meine Jeans auf, und ich dachte, ich wollte es ihm einmal sagen, nur einmal, und so leise, daß er es vielleicht gar nicht hörte.
»McKay«, flüsterte ich, als ich meine Jeans auszog und seine Bewegungen spürte, wie er sich den Gürtel aufschnallte. »Es war noch nie einer da außer dir.«
Ob er mich hörte, wußte ich nicht. Aber bei manchen Worten ist es viel wichtiger, daß sie gesagt, als daß sie gehört werden. Ich knöpfe McKay das Hemd auf. Er trug immer noch seine Waisenjacke, und das schwarze Leder drückte gegen meine Brüste.
»McKay«, sagte ich. »McKay, Herzchen, zieh doch die Jacke aus!«
»Nein«, sagte er, und er küßte mich. Es war das zweite Mal, daß er mich küßte.
»Warum nicht?« flüsterte ich.
Ich spürte McKays Gewicht auf mir. Weil ich die Antwort auf meine Frage wußte, ohne daß McKay sie aussprach, spürte ich Furcht. »Kannst du das nicht vergessen?« flüsterte ich. Und ich wußte die Antwort: Zu keiner Zeit, auch jetzt nicht, konnte McKay die Waisen vergessen.
»Liebchen«, sagte McKay, und ich konnte ihn kaum hören. »Liebchen«, sagte er, und nun war er drin, »ich bin immer auf dem Sprung.«
Nicht doch, wir wurden nicht erwischt beim Ficken auf der George-Washington-Brücke. Keine Automechaniker kamen, um durch die dunkelgetönten Scheiben hereinzulinsen, und kein Abschleppwagen lud den Chevy auf. Mit McKays Jacke um die nackten Schultern bibberte ich auch nicht, als die Autobahnstreife McKay zwang, sich draußen hinzustellen, die Hände auf dem Wagendach, den Rücken ungeschützt durch das Wappen seiner Jacke.
Nein, manchmal kann man sich auf der George-Washing-

ton-Brücke lieben, und der Verkehr fließt vorbei, und die Radiomusik spielt weiter, ohne Unterbrechung. Keine Sirenen heulen, keine Stürme erheben sich aus dem Hudson. Ich liebte McKay kein bißchen mehr als vorher, wenn ich ihn aus Fenstern im zweiten Stock beobachtete, ohne seine Augenfarbe zu kennen.

Tut mir leid, dich zu enttäuschen, wenn du dir Sirenen und Blaulichter gewünscht hast. Aber wieso erwartest du solche Auftritte — wegen der Jugend, wegen des Leders? Es ist ja so leicht, die Jugend zu vergessen, solange man jung ist; noch leichter, wenn man schwarzes Leder trägt. War McKay denn jung? Zweiundzwanzig, und sein Körper, hast ja schon was davon gesehen, war noch jung. Aber die Haut und die Muskeln und das Blut, die kennen die Straßen um Mitternacht und gegen Morgen; sie kennen den Chevrolet-Motor, sie kennen die Ehre. Nennst du das jung sein? Wir nannten es nicht so. Denn es ist leicht zu vergessen, daß wir einmal jung gewesen sind, wenn wir es nie gewußt haben.

Kommt auf die Perspektive an? Vielleicht. An jenem Morgen auf der Brücke, hätte der Fahrer des Abschleppwagens da wissen können, daß ich verliebt war? Aber was frage ich? Du bist doch an uns vorbeigefahren an jenem Morgen; McKays Augen hast du nicht gesehn und seine Hand nicht auf der Haut gespürt. Hättest du uns eine Warnung zugeworfen, aus dem Fenster eines Ford, der nach Jersey fuhr, so hätte ich gelächelt und die Beine um McKay geschlungen und noch einmal gelächelt. Und wenn auf dem Zettel gestanden hätte: »Kommt auf die Perspektive an. Ihr seht das nicht«, so hätte ich nur McKay zugeblinzelt und genickt. Und wenn das Telefon geläutet hätte, das auf dem gefrorenen Zement des Parkplatzes wartete, ich hätte nie abgenommen. Am leichtesten vergessen wir natürlich, was wir nie gewußt haben. Das Telefon hätte stundenlang läuten können.

Kannst du uns sehen, so zwischen Wind und Zement, auf einem Bett von braunem Samt? Den Winter und den Chevy

und die Jugend, verborgen hinter Sprache und Leder? Was meinst du, was ich alles nicht wußte, nicht mal die Buchstaben meines Namens. Nur von McKay wußte ich und von dem Ton des Windes auf dem Wagendach.
Weil er sich enger an mich drückte und weil er mir Liebe ins Ohr wisperte, ohne ein Wort zu sagen, liebte ich McKay, während das Wappen der Waisenjacke mich bedeckte.

2

McKay fuhr den Chevrolet in die Stadt zurück. Was wußte ich von Manhattan? Mag sein, daß Manhattan die City ist, aber New York, das sind Queens, Brooklyn und Long Island. Und von den Autobahnen und ihren Ausfahrten brauchte ich nichts zu wissen, denn ich verließ mich auf McKay.
Weil McKay jeden Wortwechsel eingestellt hatte und sich ganz darauf konzentrierte, Kratzer an der Politur des Chevy zu vermeiden, während er mit Hundert durch die Straßen von Manhattan fuhr, machte ich mir eine Zigarette an und sang die Radiomusik mit.
»McKay«, sagte ich schließlich, als ich genug hatte von dem Dichtauffahren hinter Taxis, genug von den gelben Ampeln, die wir überfuhren, genug von den Fußgängern, die vor dem Chevy flüchteten, »warum fährst du denn in die Innenstadt rein?«
McKay zuckte die Achseln und zeigte auf die Winstons über dem Armaturenbrett. Ich gab ihm eine Zigarette, riß ein Streichholz an und versuchte, nicht auf das Quietschen der Reifen zu achten, die uns zu verfolgen schienen. McKay zog und hielt den Blick auf der Straße. Sollte er doch denken, er sei auf der Rennstrecke, was ging's mich an? Und sein Schweigen nahm ich nicht persönlich. Die letzte Nacht war lang gewesen, und der Morgen war vermutlich auch für ihn nicht wie sonst verlaufen. Ohnehin kannte ich McKay als einen Mann

von wenig Worten. Sah ich verdrossen aus? Denn McKay hatte die Zigarette aus dem Fenster geworfen und die Hand auf mein Bein gelegt. Sah ich so aus, als ob mich sein Stillschweigen kränkte, oder hatte er vorhin meine Liebesworte gehört?
»Ab und zu denke ich auch mal gern«, sagte McKay.
»Schön«, sagte ich. »Über heute morgen oder gestern nacht?« sagte ich.
»Gestern nacht.« McKay lächelte.
Und wenn er auch lächelte, ich wußte, es war kein Scherz.
»Danke«, sagte ich. »Du verwöhnst mich mit deinem Charme.«
»Die Waisen haben getan, was man von ihnen erwarten konnte«, redete er weiter.
»Ihr habt gewonnen.« Ich zuckte die Achseln.
»Da ist nichts zu gewinnen«, sagte McKay. »Du verteidigst bloß deine Ehre. Und dabei kannst du deine Sache gut machen oder schlecht.«
»Die Ehre«, sagte ich.
»Jawohl, genau«, sagte McKay. »Was denkst du denn, worum es geht?«
Ich wußte nicht.
»Verdammt, ja«, sagte McKay. »Um die Ehre. Wie wenn ich mit dem Chevy Rennen fahre.« Sollte das anders sein, als wie er jetzt fuhr? »Denkst du, ich fahr wegen Geld?« sagte McKay. »Von wegen, ein Zug in einen Schnapsladen bringt mehr Geld als ein Monat Rennen. Wissen, daß du der Beste bist, darum geht's, oder?«
Aber ich wußte ja, er war der Beste; die ganze Avenue wußte es. Schien so, als ob McKay der Einzige war, der es nicht wußte.
»Mir brauchst du nichts zu beweisen«, sagte ich.
»Was weißt denn du?« sagte McKay.
»Was war mit Cantinni?« sagte ich.
»Was soll gewesen sein?«

»Auf der Avenue wird geredet, jemand habe was an seinem Wagen gedreht, in der Nacht, als er den Unfall hatte. Die Wölfe?« fragte ich. »War'n das die Wölfe?«
»Auf der Avenue wird viel geredet«, sagte McKay und zog seine Hand von mir weg.
Schon wieder ein Thema, das man besser mied. Wovon durfte ich denn sprechen?
»Warum halten wir?« sagte ich, als McKay den Chevy in einer zweiten Reihe parkte. Das zumindest durfte ich doch wohl wissen.
»Den Dolphin abholen«, sagte McKay.
Ich rückte von McKay weg und lehnte die Wange gegen das kalte Fensterglas. Wieso mußte der Dolphin dabeisein, wenn ich mit McKay zusammen war? Ich schaute aus dem Fenster.
»Wo sind wir?« sagte ich.
»Harlem«, sagte McKay.
Der Dolphin kam schon viel herum. Mit wem und wozu, wollte ich nicht wissen. Hätte ich die U-Bahnlinien gekannt, ich hätte McKay gesagt, er solle mich an irgendeiner Ecke absetzen.
Und so war ich still, als McKay den Chevy auf der Fahrbahn der 123. Straße parkte, neben einem Corvair.
»Angst, Herzchen, wenn du im Wagen wartest?« fragte er.
Ich hatte keine, aber wo McKay hinging, wollte ich mit. »Ja«, sagte ich.
Ich ging neben McKay. Die Straße war leer, bis auf ein paar schattenhafte Figuren, die in Ladenpassagen oder Torwegen Schutz suchten. Für fast jedermann sonst war es zu kalt; ganz sicher war es zu kalt für mich. Ich schob die Hand in McKays Jackentasche. »Ist es wirklich das, was du willst? Der Beste sein?« fragte ich.
»Was gibt's denn sonst noch?« sagte McKay.
Von der Seite hatte ich es noch nie überlegt. »Zweitbester?« lachte ich. McKay rollte die Augen und würdigte mich keiner Antwort.

Wir stiegen die Zementstufen vor einem dunklen Mietshaus hinauf. Rost stiebte von der Feuerleiter wie Konfetti, als McKay die Glastür aufriß. Ich ging hinter McKay durch den dunklen Flur und blieb hinter ihm stehen. McKay klopfte zweimal mit der Faust.

»Wers'n da?« fragte eine Stimme durch die abblätternde grüne Farbe an der Tür.

»McKay«, kam die Antwort. Ich hielt seinen Arm fester. Im Treppenflur war es noch kälter als draußen auf der Straße, und ich fing an zu bibbern.

»Brauchst keine Angst haben«, sagte McKay.

»Ist bloß die Kälte«, sagte ich. McKay lächelte und berührte mit den Fingerspitzen mein Gesicht; er muß gewußt haben, daß ich mir wünschte, ich säße noch im Chevy, rauchte Zigaretten und wartete auf ihn.

»Ist kein Fremder, der da drin«, sagte McKay. »Ist nur ein Cousin von Jose. Freund von den Waisen.«

Ein Cousin von Jose. Was wußte ich von Jose? Wie hätten seine Verwandtschaftsverhältnisse mich beruhigen können?

»Na, Mann«, sagte die Gestalt in der geöffneten Tür, »der Typ wartet auf dich.« Joses Cousin, ein dünner Schwarzer in einer Jeansjacke winkte uns hinein.

»Zu tun gehabt«, sagte McKay, als wir eintraten.

»Sieht man.« Joses Cousin nickte mir zu.

»Viel ich weiß, sieht man gar nichts, Flash, schon seit Jahren nicht«, sagte McKay.

»Ist Tatsache«, sagte Flash.

Das Licht in der Wohnung war trüb, aber ich konnte den Dolphin sehen, mit Sonnenbrille und T-Shirt, auf einer Couch in der Mitte des Zimmers. Und trotz des trüben Lichts konnte ich zum ersten Mal deutlich die Farben auf seiner Haut sehen. Seine Arme waren rot und grün bemalt, mit Panthern und Kreuzen und Blumen ohne Namen. Auf seiner Brust ein Pfau, dessen Farben im Gefieder bis zum Hals hinauf reichten. Kein Zoll sichtbarer Haut war frei von Illustrationen, kein Zoll ohne Farbe.

»McKay«, sagte der Dolphin.

»Bruder.« McKay nickte. »Jose.« McKay nickte jemand zu, der in einem Sessel saß, im Dunkeln.

»Verflucht, McKay, nimmst du doch Eigene?« sagte Jose. »Wozu bringst du sie mit hierher?«

McKay ging auf Jose zu und knipste ein Licht an, so daß man nun sein Gesicht sehen konnte. »Hast du mir was zu sagen?« sagte McKay leise. Jose blinzelte mit den Augen ins Licht. »Ich glaub, ich hab dich nicht gehört. Hast du mir was zu sagen?«

Ich konnte Joses Furcht und McKays Zorn spüren. Verteidigte McKay mich und meine Anwesenheit in dieser Wohnung? Ob das sozusagen die Liebe war? Oder wieder bloß die Ehre?

»Keinen Ton hat er gesagt«, sagte der Dolphin.

»Je, mein Cousin spinnt«, bestätigte Flash. »Keinen Ton.« Jose nickte.

»Ich glaub, ich hab keinen Ton nicht gehört«, sagte McKay.

Das macht mir Eindruck. Und mehr noch, war das derselbe McKay, den ich erst vor einer Stunde auf dem Vordersitz des Chevy gehabt hatte? McKay, der mit ein paar Worten bei diesen dreien in dieser Harlemer Wohnung solchen Gehörsverlust herbeiführen konnte?

McKay lächelte. »Wird Zeit, daß wir gehn, Brüder.«

»Stimmt«, sagte der Dolphin. Er zog seine Jacke über die Tätowierungen, die ihn bedeckten wie ein regenbogenfarbenes Hemd, und nickte Flash zu.

»Sei du man ganz eben«, sagte Flash. »Und komm nächste Woche vorbei!«

Der Dolphin nickte noch einmal, und McKay und ich gingen hinter Jose und dem Dolphin her auf die Straße.

»Wenn du ihn über hast«, rief Flash mir zu, »dann weißt du, wo du mich findest.«

»Kannst lange warten«, sagte ich.
Flash lachte. »Du weißt eben nicht, was gut ist, Mädchen.«
Ich sah zu McKay auf; ich konnte Flash nicht zustimmen.
Der Dolphin und Jose saßen schon auf den Vordersitzen des Chevy, der Dolphin am Steuer.
»McKay«, sagte ich, als wir uns dem Wagen näherten, »ist Flash was Besonderes?«
»Er glaubt, er ist es«, sagte McKay.
»Er gehört nicht zu den Waisen«, sagte ich.
»Aber er kann ein bißchen zaubern«, sagte McKay.
»Er und der Dolphin«, fing ich an, aber jetzt waren wir beim Wagen angelangt.
»Frag nicht so viel«, sagte McKay.
McKay machte die Tür auf, und wir setzten uns zusammen nach hinten. Der Dolphin startete und fuhr die Straße hinunter. Jose drehte sich zu uns um. »Guten Reefer hab ich da«, sagte er zu McKay.
»Fein«, sagte McKay.
»Gutes Hasch. Mann, schmeckt wie Parfüm.«
Der Dolphin fuhr jetzt durch einen Tunnel, und das Licht war in der Nacht oder wie nirgendwann in diesem Tunnel. Jose steckte eine dünne Papierzigarette an und gab sie McKay weiter.
»Was ist das?« sagte ich, und Jose lachte.
Über Qualitätsdrogen wußte ich nicht Bescheid. Ich kannte nur die Kinderdroge — Flugzeugleim in braunen Papierbeuteln, ein- und auszuatmen auf Schulhöfen und Parkplätzen, wo die nutzlosen Leiber von Modellflugzeugen herumliegen, die nie gebaut und nie fliegen werden. Flaschen mit Reinigungsmitteln, Medizin oder Wein. Ich war keine Kennerin.
McKay zog lange an dem Joint.
»Probier mal«, sagte Jose zu mir.
McKay gab mir die Zigarette, und ich inhalierte. Exhalierte. Nichts war. Ich gab sie Jose. Der Dolphin ignorierte uns, er

sah nicht her, seine Augen blieben auf den Verkehrszeichen, der Zahlkabine, der Schnellstraße. Vielleicht mochte der Dolphin nicht den gemeinschaftlichen Beigeschmack an einem Joint.

»Dieser Reefer ist nicht schlecht«, sagte McKay. »Es geht.«

»Nicht schlecht?« sagte Jose. »Mensch, Flash spielt eine Münze damit ein, so was hast du noch nicht gesehn.«

Ich wollte den Joint McKay geben, aber der winkte ab, und ich rauchte allein zu Ende. Nichts war. Wo blieb der große Dreh? Von einem Fläschchen Midol hatte ich mehr.

»Ich bin nicht high«, sagte ich zu McKay. Er lächelte.

Der Dolphin sagte immer noch nichts. Das Schweigen um ihn her, wie er schwarz behandschuht am Lenkrad saß, konnte man sehen.

»McKay«, sagte ich. »Weißt du, daß du ein sehr interessantes Gesicht hast?« Hatte er wirklich, mehr denn je.

»Sicher«, sagte McKay.

»Sehr interessant.« Ich nickte.

»Aber high ist sie nicht«, sagte Jose.

»Weißt du«, sagte ich zu Jose, »das Gesicht ist nämlich der Ausdruck der Persönlichkeit.«

»Weiß ich«, sagte Jose. »Wenn du die Persönlichkeit von allen Toten der Welt kennen tätest, besonders von den Großen, dann könntest du die Welt ändern.«

Glänzend gesagt. »Ja«, sagte ich. »Ja, hast recht.« Schön. Ich schaute durchs Fenster auf die Bewegungen der Straße. »Was hast du gesagt?« fragte ich Jose.

»Dolphin«, sagte McKay, ohne auf mich und Jose zu achten, »wie stehn wir denn mit Geld?«

»Wir könnten mehr gebrauchen«, sagte der Dolphin.

»Ich fahr bald wieder Rennen, aber das bringt nichts.«

»Ich hab schon was verdient, wenn du da einsteigen willst?« sagte der Dolphin.

»Nicht«, sagte McKay, »das ist dein Geld. Das hat mit den

Waisen nichts zu tun. Nein, ich hab dran gedacht, einen Zug zu machen.«
»Was soll's?« sagte der Dolphin.
»Weißt du«, sagte Jose, »Flash verkauft herrlichen Reefer.«
»Flash?« sagte ich. »Was hast du gesagt?« Mein Gehör war nicht, wie es sein sollte. Die Worte, die im Wagen gesprochen wurden, schienen um mich her in der Luft zu schwimmen.
»Ich hab schon einen Zug im Auge«, sagte McKay.
»Wenn du das willst«, sagte der Dolphin.
»Es ist ein leichter Zug«, sagte McKay.
»Eine Bank?« fragte ich.
»Schlauchen«, sagte McKay.
»Mit 'nem Motorrad«, sagte ich. »Mit 'ner Harley kannst du bis an den Schalter ranfahren, und dann bist du ganz schnell weg.«
»Immer noch nicht high?« fragte mich McKay.
»McKay, ich sag dir's nur einmal«, sagte der Dolphin, »mit der läßt du dich auf was ein!« Ich spürte, wie mich der Dolphin aus dem Rückspiegel ansah. »Ich sag dir's nur einmal. Du fängst an, die mit rumzuschleppen, die kriegt zuviel mit, und du hast den Ärger.«
»Schön«, sagte McKay, »du hast mir's gesagt.«
Ich hätte vielleicht auch ein Wort mit dem Dolphin geredet, aber ich wußte, mir würde er nicht antworten, und Jose fing an, davon zu reden, wie man alle großen Verstorbenen zu einer Konferenz versammeln müßte.
»Erst mal Ortsversammlungen«, sagte Jose. »Meinetwegen alle großen Toten aus Texas. Was meinst du? Dann meinetwegen aus Paris. Und die größten von den großen Toten, die kommen dann alle zur Weltkonferenz.«
»Mann, halt den Mund«, sagte der Dolphin. »Was red'st du einen Mist!«
»Soll das vielleicht nicht wichtig sein? So kannst du die Welt ändern. 'ne Art UNO für die Toten.«

Der Dolphin jagte den Chevy am Baugerüst der Weltausstellung vorbei.
»Und New York«, sagte Jose. »Na laß nur. Die Städte sind wir durch mit den Toten. Lefty Gomez und die Bürgermeister, wie hießen die doch? Der irische, Walker, der war groß. La Guardia. Und dann mein Cousin, der, den sie vom Dach geschubst haben. *Der* war groß, Mann! Na, er hatte auch guten Reefer. Meinst du doch auch, daß Flashs Zeug was taugt?«
»Der kann babbeln!« flüsterte ich McKay zu, und er nickte.
»Die kommen da alle zusammen, klar? Kenny, das ist mein Cousin, die beiden Bürgermeister und Lefty Gomez. Kannst mir's glauben, das sind die besten! Wir könnten sogar die ganze Sache kontrollieren. New York kontrolliert die Zentralkonferenz. Und dann lassen wir jemand als Gastredner kommen, sagen wir Nancy Sinatra.«
»Die kommt doch nicht zu deiner Konferenz«, sagte ich zu ihm.
»Du meinst, die würde da nicht sprechen wollen? Was meinst du, wie froh die wäre?«
»Jose, die ist doch nicht tot«, sagte ich.
»Macht nichts«, sagte Jose. »Wir sagen ihr, es gibt Schnaps umsonst.«
»Jose, hör auf!« sagte McKay.
»Kein Wein«, sagte Jose. »Wein, das wäre unter dem Niveau der Waisen.«
»Jose, hör auf mit deiner Konferenz. Halt alles geheim. Überrasch uns mit deinem Gastredner, und sag jetzt nichts davon.«
»Mensch, das wär ein Ding!« sagte Jose.
»Du siehst, was dabei rauskommt, wenn du dich mit Arschlöchern einläßt«, sagte der Dolphin.
»Das wären?« sagte ich.
»Geh allein, oder du wirst sehn, du gehst ein«, sagte der Dolphin. »Mit so was am Hals kannst du nicht reisen.«

»Ich dachte, du wolltest mir das nur einmal sagen«, sagte McKay.
»McKay«, sagte Jose.
»Ich weiß ja«, sagte McKay. »New York hat die besten Toten.«
»Die größten«, sagte Jose.
»Ja doch, und red nur so weiter, und du bist auch gleich einer.«
»McKay«, flüsterte ich, mit den Augen auf dem Dolphin. »Ich mag das nicht, wie der von mir redet.«
»Hör nicht hin«, sagte McKay.
Ich wandte mich von ihm weg, während der Dolphin in unsere Ausfahrt einbog; die Avenue lag vor uns. Was konnte ich McKay denn noch sagen, wenn er mich nicht verteidigen wollte? Und wozu war es überhaupt nötig, daß er mich verteidigte?
McKay schob die Hand meinen Schenkel hinauf und zwischen meine Beine. »Irgendwann schaust du mich mal wieder an«, flüsterte er.
Wir fuhren die Avenue entlang. Ich wußte, McKay hatte recht. Der Dolphin bremste, als wir uns Montys Laden näherten, und ich sah den Pontiac von Danny dem Lieben und die Waisen, die sich vor der Tür versammelt hatten.
»Irgendwann schaust du mich an«, sagte McKay.
Als der Dolphin den Chevy an den Bordstein lenkte, drehte ich mich zu McKay hin und starrte ihm in seine dunklen Augen. Der Dolphin und Jose machten die Vordertüren auf, und kalte Luft strömte in den Wagen. Es schien mir, daß ich jetzt, wo ich begonnen hatte, McKay anzuschauen, nicht wieder wegschauen könnte.
»Nach was kuckst du?« sagte McKay.
Ich kuckte mich selbst an, mich, im Dunkel seiner Augen gespiegelt.
»Nach dir«, sagte ich, und es schien, als könnte ich mich nicht abwenden.

3/IN FAHRT

1

»Warum mußt du mir denn den Kummer machen?« sagte Danny der Liebe, als ich mich bei Monty auf einen Hocker setzte.
»Danny«, sagte ich, »ich hab's dir schon mal gesagt, halt dich raus. Was ich mache, geht dich gar nichts an. Also kümmer du dich bloß nicht um mich.«
McKay war in der Kälte vor der Tür stehengeblieben und erörterte mit den Waisen die Wolfsnacht. Nach ihren gedämpften Stimmen und den Gesten zu urteilen, sprachen sie über die drohenden Vergeltungsschläge des Rudels. Danny saß allein bei Monty, ließ seine langen Beine baumeln und drehte seinen Hocker zuerst nach rechts, dann nach links. Die Kinder aus der Nachbarschaft waren noch nicht aus der Schule entlassen, und Monty wischte mit einem alten Lappen die Theke sauber. Er blinzelte mir zu, als ich hereinkam und mich neben Danny setzte. Blinzeln fiel Monty niemals schwer; seine Augen waren immer rot und schwer von Schnaps, morgens, mittags und erst recht abends. Monty hatte eine leichte Hand, wenn er Sirup über einen Eisbecher, und eine schwere, wenn er Gin in ein Glas Tonic goß. Sein langes weißes Haar fiel ihm bis auf die Schultern herab, und seine Augenbrauen waren so lang, daß sie sich mit den Wimpern verhedderten. Der Schnaps und seine Wimpern ließen Monty keine Wahl: Ob er wollte oder nicht, er blinzelte.
»Der Liebe sitzt schon die ganze Zeit hier und grämt und kümmert sich, der arme nette Junge«, sagte Monty.
»Nur weiter«, murmelte Danny.
»Ach Danny«, sagte ich und erwiderte Montys Blinzeln, »bitte sei doch nicht so!«
»Wie denn?« sagte Danny der Liebe.
»Lieb, wie du nun mal bist«, sagte ich.

»Von wegen lieb«, sagte Danny. »Ich bin bloß realistisch.«
»Du bist nicht ganz bei dir«, sagte ich. »Es gibt nichts, weswegen du sauer sein könntest. Ich paß schon auf mich auf.«
»Du und aufpassen«, sagte Danny. »Was weißt denn du von den Waisen? Du weißt doch nicht, was vorn und hinten ist.«
»So ist das Leben«, sagte Monty und goß Kaffee in die angeschlagene Porzellantasse, die er vor mich hingestellt hatte. »Das Leben setzt ihm zu, dem armen netten Jungen.«
Danny legte den Ellbogen auf das Linoleum der Theke und verknotete die Hand zu einer Faust, wobei er den dritten Finger ausließ. »Weißt du, was das hier bedeutet, alter Herr?« sagte er.
»Ich glaube, ja«, sagte Monty. »Es gibt mir nur Anlaß, meine vorige Feststellung zu wiederholen.« Grausam, so eine Sprache gegen den armen Danny. Der Liebe konnte bloß nicken.
»Der alte Herr will bloß sagen, Danny«, fing ich an.
»Ha, ich weiß doch, was er sagen will«, sagte Danny.
»Daß du zu lieb bist und dich zuviel kümmerst, und daß du aufhören sollst, mich wegen etwas anzugiften, was nicht deine Sache ist.«
»Du kommst mit McKay neuerdings?« sagte Monty.
»Und das gilt auch für dich«, sagte ich zu Monty. »Auch für dich wär alles leichter, wenn du dich bloß um deine Sachen kümmertest.«
»Aber längst nicht so interessant«, sagte Monty. »Wenn du wüßtest, was meine Sachen sind, da würdest du dich auch nicht drum kümmern. Kaugummi verteilen und die Theke putzen füllt den Menschen nicht bis ins Letzte aus.«
Ich schlürfte Kaffee und sah durch den Frost am Türfenster auf die Ansammlung der Waisen.
»Es ist doch kein Geheimnis, daß du mit McKay herumziehst«, sagte Monty. »Solche Nachrichten kommen schnell über die Avenue, besonders in einem neunundfünfziger Chevy.«

»Ich trinke jeden Morgen bei dir Kaffee«, sagte ich zu Monty, »aber eins sag ich dir: setz mir nicht zu!«
»Die Verbindung mit McKay hat bereits fabelhafte Wirkungen gezeitigt«, sagte Monty.
»Verkaufst du mir bitte eine Schachtel Marlboro, oder willst du ein Persönlichkeits-Gutachten loswerden?« sagte ich.
Monty lächelte und schob mir eine Schachtel Zigaretten über die Theke. Ich steckte eine für mich an und eine für Danny, der den Kopf in seine langen, dünnen Hände gestützt hatte.
»Ich hab gehört, nur von weitem natürlich, kümmere mich ja um meine eigenen Angelegenheiten« — Monty lächelte — »daß gestern nacht eine besondere harte Wolfsnacht gewesen ist. Wolfsnacht, ich erinnere mich, das war die Schlagzeile, die ich gehört habe.«
Danny setzte sich aufrecht; der Waise in ihm war angesprochen.
»Was weißt du über die Wolfsnacht?« wollte er wissen.
»Nichts weiß ich, mein Junge, nur was der Wind so über die Avenue fegt, Gerüchte, Andeutungen.«
»Dann laß es dabei«, sagte Danny.
»Das heißt, er weiß einen Dreck und versucht dich auszuhorchen«, sagte ich zu dem Lieben.
Danny wandte sich zu mir her. »Ha, *weiß* ich doch.«
Dann waren wir alle drei still, und um uns her roch es heimisch nach Sirup und Lysol. Ich drehte meinen Stuhl herum, so daß ich durch die Tür auf die Straße sehn konnte, wo McKay stand, der Dolphin, Jose, der Marinemartin und Tosh. Der Dolphin bewegte die Lippen, und McKay nickte zu Worten, die ich nicht hören konnte.
»Nein, nein, nein, nein«, sagte Danny, und er hämmerte sich mit der Faust an den Kopf.
Ich drehte den Stuhl zu ihm herum. Monty ließ ein Glas ins Seifenwasser des Spülbeckens fallen.
»Danny«, sagte ich.
»Was muß ich dich mitbringen?« heulte der Liebe. »Wenn dir

was passiert, bin ich schuld. Wie kann ich denn so blöd sein? Aber so ist das nun mal. Ich hätt' dich nicht zu den Waisen mitbringen sollen, aber so ist das nun mal. Ich bin blöd, und ich hab doch gedacht, die würden dich gar nicht bemerken, und dann hätt' ich Ruhe vor dir wegen McKay, aber jetzt muß ich ehrlich sein und zugeben, wie blöd ich bin.«

»Sei still«, sagte ich. »Danny, sei still! Du spielst verrückt, darum sei still.«

Danny hörte auf, sich an den Kopf zu schlagen, und war still. Aber er murmelte leise weiter vor sich hin, und seine Augen hatten den fernen Blick von Kodein.

»Hör jetzt auf«, sagte ich. »Gott noch mal! Du bist nicht blöd und ich auch nicht. Ich hab's mit Kid Harris aufgenommen, und mir ist nichts passiert. Kuck mich doch an!«

Danny schaute mir stumm ins Gesicht.

»Na?« sagte ich, und er nickte.

Montys Augen blinzelten wütend, als er mit der Hand im Spülbecken nach den Glasscherben fischte.

»Wenn er sich wie ein Irrer aufführt, der arme Junge, dann soll er hier raus«, sagte Monty. »Als Kunde wird er mir fehlen, aber Irre haben hier drin nichts zu suchen. Nicht in meinem Laden.«

»Hör zu«, sagte ich zu dem Lieben, »du kennst doch McKay. Sagt er nicht Bruder zu dir?« Der Liebe nickte. »Du hast dir doch nichts vorzuwerfen, wenn du mich mit deinem Bruder bekanntmachst.« Danny hörte mir zu, und seine blassen Augen waren weit und leer, sein alter lieber Blick. »Du weißt, McKay ist ein Mann von Ehre«, sagte ich, und Danny nickte. »Also fang du nicht mehr davon an. Ich paß schon auf mich auf.«

»Danny, mein Junge«, sagte Monty, als er mir Kaffee nachgoß, »ich kenne McKay schon von Kind an. Und seinen Onkel Red Stuart, den kannte ich bestens. Wenn du die Wahrheit wissen willst, wir sind zusammen nach New York gekommen. Manche stürmische Nacht auf See beisammen gewesen. Das war ein Mann, auf den du schwören konntest. Und du kennst die Waisen doch auch, so gut wie nur einer. Also, was haust du dir denn auf den Kopf wie ein toller Hund oder wie ein Engländer? Du tust dir doch weh, Junge! Geh doch mal an die Luft, lauf ein Stück herum, rauch eine Zigarette! Und vor allem, halt dir den Kopf frei von irren Ideen und lüfte ihn aus in der Kälte!«

Monty war dabei, ihm klarzumachen, daß er bittschön verschwinden solle, und Danny nickte.

»Ich geh mal ein Weilchen auf die Straße«, sagte er zu mir.

»Klar«, sagte ich, und Monty und ich sahen zu, wie der Liebe sich nach draußen schob, zwischen den Schulkindern hindurch, die hereingekommen waren und sich um den Tisch mit Süßigkeiten drängten. Danny blieb stehen, um sich ein paar Riegel Schokolade zu nehmen, und legte Kleingeld auf die Theke. »Wenn du mich brauchst«, sagte er, »ich bin draußen auf der Straße.«

Die Tür ging hinter ihm zu, und wir sahen, wie ihn die Waisen von ihrer Konferenz fernhielten. Monty goß sich einen Drink ein und sagte: »Und einen größeren Lügner, einen gerisseneren Halunken als Red Stuart hast du noch nicht gesehen.«

»Komm«, sagte ich.

»Doch«, sagte er. »Meingott, konnte der Junge lügen — er war noch ein Junge, als ich ihn kannte. Was der für Geschichten wußte! Was für Dinger der machte! Und was der geklaute Artikel verscheuerte!«

»Mach weiter, du hörst dich doch gern reden«, sagte ich.

»Darum geht's nicht«, sagte Monty und trank die klare Flüssigkeit, von der er die Schulkinder glauben machen wollte, es sei Selters oder klares Wasser.

»Ich sag ja gar nicht, daß der Junge, der McKay, irgendwie nach seinem Onkel kommt«, redete Monty weiter. Ich zog die Nase kraus, aber ich hatte nichts dagegen, Monty zuzuhören. Die meisten von seinen Geschichten hatte ich mindestens schon einmal gehört. Hin und wieder kam die eine oder an-

dere neue Figur vor und wurde in die immer gleiche Rahmenhandlung verstrickt: Irland und die Zivilisation und was Monty alles dazu beigetragen hatte, sie zu begründen und zu erhalten. Es war nicht viel Wahres an seinen Worten, aber manchmal waren sie mit ein wenig Magie durchschossen. Daher hörte ich ihm jetzt zu.
»Sondern, was sagst du?« fragte ich.
»Die Waisen, das ist nichts für dich«, sagte Monty. »Sicher, ich hab gehört, McKay hält Wort, ein Mann von Ehre, na ja. So wie sein Onkel Red als Lügner bekannt war und, du wirst entschuldigen, als Ganove, so ist McKay für seine Ehre bekannt. Das ist der Kummer. Einem Lügner darfst du nie trauen, aber einem Mann von Ehre auch nicht. Die beiden sind die Übelsten von der Welt.«
»Also vor McKay warnst du mich?« sagte ich. »Und was ist mit den Waisen? Denn wenn ich mit McKay geh, heißt das doch nicht, ich geh mit den Waisen.«
»Die Waisen sind bekannt als abgebrühte Ganoven. Was der Wind so für Geschichten über die Avenue fegt, das behalt ich lieber für mich. Aber McKay und die Waisen, das kann man nicht trennen. Gehst du mit ihm, gehst du mit den Waisen.«
»Ein Depp bist du, alter Herr.« Ich lächelte.
»Dem Deppen kannst du trauen, dem Deppen immer.« Monty nahm eine Kette von seinem Hals. Daran hing eine silberne Kapsel. Er machte die Kapsel auf, und ein in Silber gefaßter Zahn war darin. »Schau«, sagte er.
Es war nichts als die Kapsel und ein Zahn, verrottet vor Alter und Fäule.
»Scheußlich.« Ich lachte.
Monty knipste die Kapsel zu und hielt mir die Kette hin.
»Ein Amulett?« fragte ich.
»Dies«, sagte Monty, »ist der Zahn, den ich mir von besagtem Halunken Red Stuart ausschlagen ließ. Merk dir, ganze Armeen stehn auf aus dem Zahn eines geschlagenen Mannes.«

»Warum für mich?« fragte ich. »Warum gibst du mir das Amulett?«
»Ich könnte sagen, es soll dich dazu bringen, daß du bei mir hinter der Theke arbeitest, damit ich diese verdammte Gina loswerden kann, die mich beklaut, als ob ich blind wäre«, sagte Monty.
Über Gina wußte er also Bescheid.
»Ich hab was Bessres vor«, sagte ich.
»Glaub ich«, sagte Monty. Er trank von seinem Gin und mixte Eierflips für die Schuljungen, die sich ans vordere Ende der Theke gesetzt hatten. »Sagen wir, ich schenk dir das Amulett, einfach weil ich gespannt bin, ob du schlau genug bist, es anzunehmen. Wenn nicht, dann nicht. Wenn ja, dann bist du den Zauber wert.«
Mir war nicht ganz klar, wie ich diesen Wahrnehmungstest bestehen könnte. »Sprechen wir noch drüber«, sagte ich und legte mir die Kette um den Hals.
Monty nickte und ließ die Eierflips im besten Barmixer-Stil über die Theke schliddern. »Tony, du kleiner Bastard«, rief er einem der Jungen zu, einem Dunkelhaarigen von dreizehn oder vierzehn, »tu die Flugzeugmodelle da aus deinen Taschen, oder du fliegst hier für immer raus.«
»Ich sag, ich versuch's mal mit deinem Zauber da«, sagte ich zu Monty.
Monty hob sein Glas zu mir hin. »Schön, also denn«, sagte er. »Ich hab mein Teil getan. Jetzt mach du, was du willst; geht mich nichts an.« Er trank seinen Gin aus und ging wieder zu dem Spülbecken, das voll schmutzigen Geschirrs war, und ließ heißes Wasser laufen, daß der Dampf in die Luft stieg.
»Du bist verrückt«, sagte ich, aber Monty hörte nicht zu, und das Geräusch seines Summens, das Geräusch von Glas und Wasser und Porzellan überspülten, was ich sagte.
Monty war genauso schlimm wie Danny der Liebe, womöglich schlimmer. Danny wußte, wie blöd er war. Monty gab zu, er war ein Depp. Ein Schokoladensüchtiger und ein alter Gin-

säufer. Was wußten denn die? Warum sollte ich denen zuhören, wenn sie McKays Namen sagten? Ein Depp und ein Doofer, und beide dachten sie, sie wüßten Bescheid über McKay, über die Waisen und über mich. Wie waren sie auf mich gekommen, mit ihrem Kummer und ihrer Magie? Konnte es sein, daß Danny der Liebe reif war für Kummer? Daß er ein Objekt, ein Mich brauchte, als Mittelpunkt für seine Kodein-Hysterie? Und konnte es sein, daß Monty diesen alten Zahn ohnehin hatte weggeben wollen, vielleicht um den dreitausendsten Besucher seines Lokals damit auszuzeichnen? Vielleicht hatte ich eben bloß in so einem Augenblick der Furcht und des magischen Wohlwollens die Tür aufgemacht und war in den Laden getreten.

Ich saß still, rauchte Zigaretten und hörte dem Geschrei der Knaben zu, die den ganzen Tag in den Schulzimmern gefangen gesessen hatten und sich nun schadlos hielten. Und dann kam Jose zur Tür herein und stolzierte an den Knaben vorbei. Einem schlug er die Mütze herunter, und sie wurden still, bis auf ein paar, die leise fluchten, sobald sie sahen, daß Jose zu weit weg war, um es zu hören.

»Konferenz vertagt«, sagte Jose, als er sich auf den Stuhl neben mir lehnte. »Ein Glück, frierst dir den Arsch ab da draußen. McKay sagt, wichtige Geheimkonferenzen bleiben am geheimsten, wenn man sie nicht geheimhält. Mensch, hoffentlich versammeln wir uns nächstes Mal in 'ner Sauna.« Jose rieb sich die Hände. »Alter Herr«, rief er Monty zu, »gib mir mal eine Vanille-Coca und ein Päckchen Camel.«

»Hast du Danny den Lieben gesehn?« fragte ich Jose.

»Ja, sicher, der ist da draußen«, sagte Jose. »Beim Geschäftlichen wollten sie ihn nicht zuhören lassen, aber jetzt brauchen sie ihn, denn er soll zum Krankenhaus fahren und vor T.J.'s Zimmer Wache stehn.«

Monty knallte ein Glas vor ihm auf die Theke. »Trink schnell aus«, sagte er.

»T.J.?« fragte ich.

»Tjah«, sagte Jose. »Der hat was abbekommen. Das sind Brüder, die Wölfe. Einen Einarmigen angreifen! Scheiße. Ein Messer in die Leber. Das ist kein Teil, auf den T.J. verzichten kann, oder? Tosh auch, der hat 'ne mächtige Wunde, Messerschnitt seitlich den Kopf runter. Erst kahl, jetzt schön.«
»Vielleicht solltest du mir das nicht erzählen. Was würde der Dolphin sagen, wenn er dächte, ich weiß zuviel?«
»Ist mir ganz egal, Mädchen«, sagte Jose. »Hast wohl noch keinen Waisen gesehen, der selber weiß, was er darf?«
Die Tür ging auf, es war Tosh. Jose hatte recht, Toshs kahler Schädel war nun mit einer langen Messerwunde gezeichnet.
»Jose«, rief Tosh, »wer hat dir gesagt, daß die Versammlung um ist? Mach, daß du rauskommst!«
Jose lächelte Monty und mir zu, stürzte seine Coca runter und ging zur Tür.
»Weiß selber, was er darf«, sagte Monty.
»Schnauze, alter Herr«, sagte Jose. »Pflicht ruft, klar?«
»Sag kein Wort«, sagte ich zu Monty. »Hörst du? Sag bloß nichts.«
Monty lächelte nur.
Ich sah jetzt, daß die Versammlung sich auflöste. Die Kapsel an meinem Hals baumelte leicht hin und her, als ich aus dem Laden ging. Ich sah McKay zu. Ich wartete, rauchte Zigaretten und sah zu, wie Kreise von Luft über die Avenue flogen. Ich berührte die Kapsel, das Amulett, und sah auf die Avenue hinaus, wo die Magie zu finden sein sollte, zwischen den Seitenstraßen und den leeren Parkplätzen? Wer sagte, daß es dort Magie gab? Wer weiß? Ich sagte es, alle sagten's. Kräuter, aus denen man Tee kochen kann, dienen als Zaubertränke. Morgens können sie das Bellen des Hundes fernhalten, nachts das Geheul der Katze. Magie wächst auf der Avenue wie Unkraut zwischen den Pflastersteinen. Dort blüht sie und wirft Samen aus. Doch dies ist nur die kleine Magie, schwer zu sehen, denn sie wird nur selten stark ge-

nug, um sich wie Efeu, wie Wein über die Schaufenster zu ranken.
Die große Magie gibt es dort ebenfalls. Sie ist billig und nicht schwer zu finden. Es gibt sie in Spirituosenläden, in Apotheken, in Altstadtwohnungen, wo sie mit Strychnin oder Zucker verschnitten wird. Diese Magie ist ganz leicht zu sehen, wenn man nicht blind ist. Ihr ist die Beherrschung der Bannformeln und Stimmungsbahnen zu verdanken. Auch sie hält morgens das Bellen des Hundes fern, nachts das Geheul der Katze. Aber viel wirksamer, schneller, zuverlässiger.
Auf der Avenue wimmelt es von Zauberern. Manchmal, oft, sind sie verkleidet. Eine achtzigjährige Kubanerin saß einmal in den Türen leerstehender Gebäude an der Nordseite der Avenue, blind von irgendeiner Inselkrankheit. Aber sie war weder Kubanerin, noch war sie achtzig. Sie war der Zauber, der Sandor Inez lebenslänglich ins Loch brachte, wegen Raub, Gewalttätigkeit und Verursachung von Herzanfällen durch irdische Formen der großen Magie.
Schwer, sich auszukennen — mit Magie, mit Amuletten. Es gibt große und kleine. Schwer einzuordnen, es sei denn, natürlich, die Folgen werden sichtbar. Die kleine Magie bewirkt nur ein Lächeln, aber die große Magie scheint immer im Loch oder mit einem Begräbnis zu enden.
Manche Verkleidungen habe ich durchschaut, ein bißchen weiß ich von der Magie. Aber wer weiß das nicht? Du siehst Monty, und er ist ein zweiundfünfzigjähriger Säufer hinter der Theke einer Milchbar auf der Avenue. Aber hast du je seinen Paß gesehn, seinen Geburtsschein? Weißt du, ob sein irischer Akzent echt ist? Aber ich hatte schon gesehn, wie Monty die Buchstaben meines Namens zusammensetzte und wie er Zahnstocher auf die Linoleumtheke warf, um mein Geburtsdatum herauszubekommen. Daher lachte ich über sein Amulett, aber ich leugnete nicht seinen Wert. Ich hatte selbst kein Talent für Magie, aber bei andern wußte ich sie zu erkennen. Willst du auf der Avenue überleben, darfst du

nicht über Gliedmaßen schlafender Zauberer fallen; du darfst nicht stolpern über Spalten im Pflaster.

Und McKay? Ich wußte nicht. Er mußte etwas Talent haben, sonst wäre er längst zu Fall gekommen, über Leder und Flaschen und Hexenmeister und Staub. Als ich ihm in die Augen sah, spürte ich, daß etwas Magie darin sein könnte. Als ich zuschaute, wie sich die Waisen um ihn sammelten, wie Rauch und Dampf aus den Gullys stiegen und an der kalten Luft zischten, da dachte ich, ich hörte geflüsterte Beschwörungen. Obwohl ich selbst kein Talent für Magie hatte, bei andern wußte ich sie zu erkennen, wie die Kobra den Spatzen erkennt, wie der Spatz die Kobra erkennt. Ich sah es immer an den Augen.

Aber bei McKay wußte ich nicht. Ich würde die Magie nach ihren Folgen beurteilen müssen. An jenen Folgen, welche die Nach-Magie sind: die hervorgerufene Stimmung, der Bannkreis, das Gefängnisurteil, das Sichverlieben, die Worte, an die man sich erinnert. So läßt sich am Ende die große Magie von der kleinen unterscheiden. Was zu spät kommt, was ganz klar ist und der letzte Schritt im Kreis.

Sie gingen jetzt fort. Die Motoren ihrer Wagen wurden angelassen. Der Dolphin löste sich von McKay, und dabei warf er Schatten, in denen weiße Magie hätte dunkel erscheinen können und schwarze blendend hell. McKay war jetzt allein. Ich warf eine Zigarette auf die Straße, trat die Glut mit dem Stiefel aus und nahm die Kette mit der Kapsel von meinem Hals. Ich hielt das Amulett in der Hand und wartete. Als McKay nickte, steckte ich den Zahn ins Futter meiner Jakkentasche und ging zu ihm hin.

»Ich hab ein paar Sachen zu erledigen«, sagte McKay.

»Schön«, sagte ich.

»Aber allein«, sagte er.

»Ich bin dir doch nicht im Weg«, sagte ich.

»Herzchen, das ist kein Spaß. Ein Kondolenzbesuch beim Rudel.«

»Du bist verrückt«, sagte ich. »Hast du nicht vorhin was von Clifton, New Jersey, gesagt und von sichrem Boden?«
»Einem Kondolenzbesucher tut keiner was, so ist das nun mal. Es ist also keine Gefahr.«
»Willst du zu jemand Bestimmtes mit deinen Kondolenzen?« fragte ich.
»Bloß wegen Ralphie von den Wölfen«, sagte McKay. »Zur Begräbniskapelle der Christlichen Brüder, gegenüber von St. Francis.«
»Weshalb?« fragte ich.
»Liebchen, ich rede von einer Totenwache«, sagte McKay.
»McKay!«
»Ich hab dir gesagt, es ist kein Spaß«, sagte McKay.
»Ich will mit«, sagte ich.
»Das willst du nicht«, sagte McKay. »Denn du weißt nicht, wie das ist. Du willst nicht mit.«
»Es ist nicht richtig, daß du allein gehn sollst.«
»Es war auch nicht richtig, daß der Junge hingemacht wurde.«
»Aber du allein?« sagte ich.
»Ha, so ist das«, sagte McKay. »Einer wird hingemacht, und ich muß kondolieren gehn, ich allein.«
»Und soll ich vielleicht bloß so auf dich warten?« sagte ich.
»Denk dran, ich hab nie verlangt, daß du wartest.«
Nein, hatte er nie. Aber ob McKay das nun wußte oder nicht, er brauchte es gar nicht zu verlangen.
»Dann verlang jetzt nicht von mir, daß ich warte. Nimm mich mit!«
McKay steckte sich eine Zigarette an und war ein paar Sekunden still.
»Steig ein«, sagte er.
Ich stieg in den Chevy, und McKay startete und fuhr auf die Avenue hinaus.
»Hast du ein schwarzes Kleid?« fragte er.
»Nein, und Perlen auch keine«, antwortete ich ihm.

»Gina wird eins haben, das dir paßt«, sagte McKay und lächelte. »Perlen brauchst du nicht, aber du bist jetzt bei den Waisen, und da schaffst du dir bitte ein schwarzes Kleid an.«

»Gefällt mir nicht, was du redest«, sagte ich.

»Soll ich dir was vorlügen?« sagte McKay. Ich zuckte die Achseln. Warum nicht? Ich hatte nichts gegen Lügen.

»Jedenfalls bin ich nicht bei den Waisen«, sagte ich. »Hier in diesem Wagen sind wir nur du und ich.«

McKay belächelte dies.

Ich nahm das Amulett aus der Tasche. Ich machte die Kapsel auf, um McKay den in Silber gefaßten Zahn zu zeigen. »Ein Geschenk von Monty«, sagte ich.

»Auch schon gesehn«, sagte McKay. »Der Zahn von einem Drachen, mit dem ein Ritter an der Westküste von Irland gekämpft hat. Hat er dir das erzählt, der alte Knabe?«

»Nein«, sagte ich. »Nach der Geschichte, die ich gehört habe, ist es ein Zahn, den dein Onkel Red Stuart Monty höchstselbst ausgeschlagen hat, auf einem Schiff mitten im Atlantik.«

McKay lachte. »Ich hab nie einen Onkel gehabt, der so hieß. Und das war jedenfalls nicht die Geschichte, die ich zu hören bekam, als er ihn mir schenken wollte.«

»Und du hast ihn abgelehnt?« sagte ich.

»Und du hast ihn angenommen?« McKay lächelte.

»Monty schien zu denken, ich könnte ein bißchen Magie gebrauchen.«

»Und wenn, der Zahn da wird nicht stark genug sein.«

»Vielleicht werde ich kein schwarzes Kleid mehr brauchen, außer heute.«

»Dann ist der Drachenzahn da stärker, als Monty glaubt, Liebchen. Sonst hätte der sich gehütet, ihn wegzuschenken.«

»Diese Kapsel bedeutet nichts weiter« — ich rückte dichter an McKay heran und berührte sein Gesicht mit den Lippen —

»nur, wenn dies Amulett mich schützt, dann dich auch, so lange du bei mir bist.«
McKay bog von der Avenue in eine Nebenstraße ein. Wir fuhren zu T.J.s Wohnung. »Drohung?«, sagte McKay, und dann küßte er mich.
»Nein«, sagte ich. »Bloß Magie.«

2

Gina war nicht in T.J.'s Wohnung, und an den tränenverschmierten Kleenex-Tüchern in den Ecken des Zimmers sahen wir, daß Gina sehr wahrscheinlich selbst vor T.J.'s Zimmer im Krankenhaus Wache stand. McKay sah den Schrank durch und fand schließlich ein schwarzes Leinenkleid, das zu weit und zu kurz für mich und zu dünn war für den Winter. Ich streifte das Kleid in der dunklen Wohnung über den Kopf und sah in den Spiegel. Ich konnte mich im Dunkeln kaum erkennen, aber als McKays Gesicht im Spiegel neben meinem erschien, sah ich, wie meines seinem zulächelte.
»Wird Gina nichts dagegen haben, wenn ich mir das Kleid leihe?« sagte ich.
»Nee«, sagte McKay und legte die Hände auf meine Schultern. Wir sprachen jeder zu dem Spiegelbild des andern. »Die hat ihren Kummer, und was bei ihr im Schrank hängt, das hat sie sowieso bloß bei Hall mitgehen lassen. Die weiß das nicht so genau.«
McKay hatte sich auch umgezogen und trug einen schwarzen Anzug und ein schwarzweiß bedrucktes Hemd. Die Waisenjacke hatte er sich wie einen Mantel um die Schultern gelegt.
»Erklär mir bloß mal«, sagte McKay, und er hielt die Arme fest um mich gelegt, drängte sich dicht an mich und sprach mit dem Mund an meinem Hals, »warum ich dich mitkommen lasse.«

Ich sah mich und McKay im Spiegel an. »Das ist die Liebe«, sagte ich. McKay wich von mir zurück und hob den Kopf, behielt aber die Arme noch um mich.
»Sag das Wort nicht noch mal.«
»Ich hab nicht gewußt, daß es dich so erschrecken würde.«
»Doch. Wenn wir eine Weile zusammen sind, sind wir zusammen. Mehr ist nicht, begreif das jetzt endlich. Ich erzähl dir keine Lügen. Wenn du in der Klemme bist, laß ich dich stehn.«
Ein Ehrenmann, McKay! Ich aber hatte niemals Ehre gelobt, und darum sagte ich: »Ich verlange gar nichts von dir. Ich bin keine von den Eigenen, und ich geh mit dir, so lange ich will, und nicht länger. Ich kann's nicht ändern, wenn du in mich verliebt bist. Das ist dein Problem.«
McKay lachte. »Findst dich wohl schlau, was?« sagte er und drehte mich herum, so daß ich nicht mehr in den Spiegel sah. »Findst dich wohl ganz schlau!«
Ich warf mir die Jacke über die Schultern, um Ginas Kleid zu bedecken, band mir ein Tuch um den Kopf und zeigte McKay, daß ich fertig war, indem ich ihn stehenließ und die Wohnungstür aufmachte. Wir traten auf die Straße, wo der Chevy wartete, mit laufendem Motor, Auspuffgas in die kalte Luft verströmend.
»Zuerst zur Totenwache«, sagte McKay.
Wir fuhren die Avenue entlang, ins Gebiet des Rudels hinein. Weit am andern Ende hielten wir vor einem steinernen Bau, der mit Kreuzen und Engeln und mehreren schwarzen Fords umgeben war. Eine Reihe Limousinen wartete schweigend. Durch das Glas und den Zement von St. Francis drang Orgelmusik von einer anderen Beerdigung oder einer Hochzeit, als McKay den Chevy vor der Begräbniskapelle der Christlichen Brüder parkte. Wir stiegen aus.
»Ich will dich küssen, bevor du das machst«, sagte ich.
»Bevor ich was mache?« McKay blieb stehen und ließ sich

von mir küssen; er steckte eine Zigarette für uns beide an, für den Weg bis zur Tür der Kapelle.
»Bei den Wölfen kondolieren gehn.«
»Das muß so sein«, sagte McKay. »Den Kuß laß ich mir gefallen, sonst hast du keine Ahnung, Mädchen. Wenn einer abgeht und wird geehrt, dann muß er geehrt werden, sogar wenn es einer vom Rudel ist. Wenn ich da kneife, das ist eine Niederlage für die Waisen. Ich könnte mich ja nicht mehr auf die Avenue trauen.«
»Ah so«, sagte ich. »Aber mich würdest du stehnlassen, wenn ich in der Klemme wär.«
»Kämpf du so wie dieser Junge vom Rudel, und ich komm zu deiner Beerdigung.«
»Freu ich mich drauf.«
»Außerdem« — McKay lächelte — »diesen Wolf hab ich ja auch nie vorn im Chevy gefickt.«
Wir gingen weiter. Ich dachte mir, das waren McKays Liebesworte. Ich lernte, die Worte Liebe und Ehre, wenn ich mit McKay sprach, zu vermeiden. Von Liebe wollte er nichts hören, und ich verstand nicht, was er von Ehre sagte. Also blieb ich still und hielt mich an McKays Arm. Wir kamen an die Stufen vor der Kapelle.
»Ich erwarte nichts von dir«, sagte ich zu McKay.
»Gut«, sagte McKay, als wir an die Stufen vor der Kapelle kamen.
»Nur, daß du mich nicht stehn läßt«, sagte ich.
Und dagegen konnte McKay nichts sagen, denn als wir die kalten Zementstufen hinaufgingen, saß Kid Harris auf dem Geländer und bewachte mit drei von seinen Wölfen die Tür der Kapelle. Der Kid wartete, in einer schwarzen Jacke aus lackiertem Haifischleder und einem rosa Rüschenhemd.
McKay stieg weiter die Stufen hinauf. Ich konnte nun sehen, daß der Kid die Hände weiß umwickelt hatte, bandagiert wie eine Mumie, verpackt unter Schichten von Gips und Mull.
»Harris«, sagte McKay und nickte.

»McKay«, sagte Harris und berührte leicht sein langes, orangefarbenes Haar.
Ich sah nicht zu McKay hin, nicht zu Harris oder den andern drei, sondern durch die Türen der Kapelle, zu den Reihen metallener Klappstühle hin.
»Das ist jetzt kein Spaß mehr«, sagte Harris.
»Ist es nie gewesen«, sagte McKay. »Das hast du gewußt.«
»Aber mit Toten ist das doch was andres«, sagte Harris. »Cantinni ist tot, T.J. ist es wohl auch bald.«
»Das ist nie bewiesen worden. Beweise du mal, daß die Wölfe auf der Szene waren, als Cantinni abging. Ein bißchen Bremsflüssigkeit tropfte aus seinem Corvette — jeder kann das gemacht haben.«
»Den Beweis riecht man in der Luft, und jeder weiß es«, sagte McKay. »Du hast gewußt, daß es kein Spaß ist, und jetzt weißt du's noch besser.
»McKay, das ist der Anfang vom Ende für dich, mein Freund.«
»Bruder Wolf«, sagte McKay zu Harris, »ich kann hier nicht den ganzen Tag stehn und mir deine Sprüche anhören.«
McKay ging an Harris vorbei die Stufen hinauf, und ich folgte ihm. Die drei Wölfe standen sprungbereit. McKay allein, so eine Chance würden sie so schnell nicht wieder bekommen. Ein Wink, ein Fingerzeig von Harris, und McKay würde es nicht bis zur Tür der Kapelle schaffen. Ich war bereit — war bereit gewesen und wollte es bleiben —, auf ein Zeichen von McKay herumzufahren, mir eine Flasche Dewar's zu greifen und Ehre und Kondolenzen zu vergessen.
Aber McKay ging weiter. Harris nickte und sagte: »Jetzt reden wir noch. Jetzt gehst du frei da zur Tür rein und frei wieder raus. Ich gebe zu, ein bißchen Nerv hast du, hier so allein anzutanzen und ohne deine Soldaten. Aber, McKay, du verlierst sowieso. Du verlierst alles — alles, auch noch dein bißchen Nerv.«
McKay lächelte nur. Wir traten durch die hölzerne Tür der

Kapelle, und als die Türflügel hinter uns ausschwangen und dann zufielen, kamen wir in den überheizten Raum, wo die Tränen der Angehörigen und der Freunde vom Rudel die Luft durchtränkten.
Der Raum war schwül vom Duft der Kränze, vom Geruch des Salzwassers, von den geflüsterten Formeln des Sicherinnerns. In der ersten Reihe vor dem Sarg saßen die Anverwandten der Wölfe. Eine junge Frau unter einem schweren schwarzen Schleier, die Ralphies Schwester gewesen sein muß, jammerte und wiegte sich auf ihrem Stuhl hin und her. In der Reihe hinter ihr saßen die Eigenen des Rudels, eine Reihe Mädchen in Tränen, dünne, nasse Streifen Mascara auf den Gesichtern. Die Männer aus Ralphies Familie und die Wölfe saßen auf braunen Metallstühlen um den Altar, auf dem der Sarg stand.
McKay und ich gingen auf den Sarg zu. Als wir zwischen den Stuhlreihen hindurch zum Altar kamen, hörte ich, wie die Namen von McKay und den Waisen geflüstert wurden und das Wort »Mörder«.
»Liebchen, du bist mein Amulett«, flüsterte McKay. »Mit dir seh ich noch respektabler aus, als ich schon bin.« Er lächelte und verstärkte den Druck seiner Hand auf meiner. Aber ich hörte kaum McKays Worte, Worte, die ich zu andern Zeiten auswendig gelernt hätte. Ich hörte nur das Flüstern, sah nur den Sarg vor uns.
Ich hatte noch nie Bekanntschaft gemacht mit Leichen, mit Särgen, mit Flüchen und Gebeten. Was wußte ich davon, wie einer ohne Leben aussah? Ich fürchtete mich, weiterzugehen, aber McKay zog mich fester am Arm, und ich folgte ihm. Wir knieten neben dem Sarg, und ich bekreuzigte mich, wie McKay es machte, aber die Augen hielt ich geschlossen. McKay flüsterte: »Herzchen, einfach nicht hinsehen«. Aber meine Lider wollten nicht hören, und ich sah hin. Es war nur ein junger Bursche, und er schien lebendiger zu sein als irgendwer sonst in dieser Totenkapelle. Er lächelte. Seine Au-

gen waren zu, und er lächelte. Ich dachte, ich sähe seine Brust sich bewegen.
»Vielleicht lebt er«, sagte ich zu McKay.
»Keine Aussicht«, flüsterte McKay. »Für den ist der Tanz vorbei.«
Ich hatte Lust, den Jungen da im Sarg anzufassen. Ich hätte das nicht gewollt, als er noch lebte, jetzt aber hätte ich gern die Hand ausgestreckt und ihn angefaßt. Sein Gesicht. Ihn anfassen und sehen, ob er sich bewegen würde, ob aus seinem Lächeln ein Lachen würde.
Ich war ganz mit dem Gesicht beschäftigt, und McKay schaute vor sich hin in die Luft. Beide hatten wir nicht gehört, wie jemand hinter uns getreten war, während wir knieten.
»Mörder«, schrie sie und zog sich den Schleier vom Gesicht. »Wißt ihr, was der ist?« schrie die Schwester in den Raum hinein. »Ein Gangster. Ein Mörder.« Die Schwester schlug sich mit der Faust ans Herz.
Aus den Augenwinkeln konnte ich die Reihe sehen, wo die Eigenen des Rudels saßen. Nicht eine von ihnen rührte sich. Nur Blicke und das langsame Rinnen ihrer Tränen.
»Du kommst und entweihst das Heiligtum«, sagte die Schwester. »Du, du Mörder wagst es, am Sarg meines Bruders zu knien. Du wagst dich hierher und bringst eine Schlampe mit, um vor dem Heiligtum zu knien. Ich weiß, was du bist«, schrie sie.
Ich merkte, ich konnte nicht aufstehen, und als McKay aufstand, da konnte ich nicht zu ihm hochsehen. Ich konnte bloß auf das gefrorene Lächeln des Jungen starren. Die Flüche der Schwester fielen wie Hagel; ich konnte ein Wort nicht mehr vom andern unterscheiden.
McKay war aufgestanden. »Ich bin hier, um ihn zu ehren, nicht um ihn zu beschimpfen«, sagte er leise zu der Schwester des Toten, von dem ich den Blick nicht abwenden konnte, weil er so jung war. Ich konnte nicht glauben, daß er je einer vom Rudel gewesen sein sollte. Ich konnte nicht glauben, daß

er je das Emblem des Rudels, den Wolfsschädel in Türkis und Gold, auf dem Rücken getragen haben sollte. Oder daß er gelacht und gejohlt haben sollte in jener Wolfsnacht.
»Mein Gott, das macht mich krank«, schrie die Schwester. »Du hier im selben Raum, das macht mich krank.«
»Tod« — McKay sprach das Wort so leise aus, daß ich's kaum hören konnte — »ist nur ein Geheimnis.«
»Ein Scheißgeheimnis, ein Messer in die Rippen«, schrie die Schwester. »Da kannst du kein Geheimnis draus machen, was du auch redest.«
»Ich bin nur hier, um zu ehren, was dein Bruder gewesen ist«, sagte McKay.
»Mörder«, sagte die Schwester und ging auf McKay los. Ich rückte näher an den Sarg, an die Sicherheit des Holzes.
Kid Harris und seine Soldaten kamen den Mittelgang entlang. Der Raum war erfüllt von Flüchen und Klagen und vom Klang schwerer Schuhe auf dem hölzernen Fußboden. Der Geistliche, den ich bisher nicht gesehen hatte, hielt die Gestalt einer alten Frau in Schwarz fest, damit die nicht fiel. McKay starrte in die Luft, als die Schwester des Toten mit den Fäusten gegen seine Brust schlug und wieder und wieder das Wort »Mörder« wimmerte, so daß ihre Stimme mir nicht mehr aus den Ohren ging. McKay rührte sich nicht, schützte sich nicht vor ihrer Wut, und ich konnte nichts tun, um ihn auf die sichere Avenue hinauszuziehen, an irgendeinen sicheren, vertrauten Ort. Ich konnte mich nicht rühren.
»Laß sein, laß sein jetzt«, sagte Kid Harris zu der Schwester und hielt sie von McKay ab. Auf seiner rechten Wange unter dem Auge trug McKay, den die Wolfsnacht unversehrt gelassen hatte, nun eine blutige Linie, einen Riß, den die Fingernägel dieser Frau, der Schwester, hinterlassen hatten.
Jetzt stand ich auf. Niemand achtete auf mich, und ich hatte keine Angst. Ich ging zu McKay und stand neben ihm; ich wartete, daß er sich umwandte. Aber er schaute weiter vor sich hin in die Luft. Dann sagte er: »Sie kann's nicht verste-

hen.« Und Kid Harris lachte, in diesem Raum voller Geflüster.
»Raus jetzt«, sagte er zu McKay. »Du hast es jetzt erledigt. Geh jetzt. Ich glaube nicht, daß ich dich noch mal treffe vor der Nacht, wenn die Waisen und die Wölfe sich wiedersehen, und dann zu unsern Bedingungen.«
Der Geistliche trat heran, in raschelnden schwarzen Gewändern. »Sie machen es der Familie schwer, mein Sohn«, flüsterte er McKay zu.
»Stimmt«, sagte Kid Harris. »Du machst es der Familie schwer, du machst es für alle schwer. Also hau bloß ab. Verflucht, du sollst abhauen.«
»Meine Söhne«, fing der Pfarrer wieder an zu flüstern, aber McKay hatte sich schon abgewandt, Kid Harris führte die Schwester zu der Reihe hin, wo die Angehörigen saßen, und die Männer um den Sarg hoben den hölzernen Kasten auf und trugen den Jungen mitsamt dem Holz und dem Schweigen auf die Avenue hinaus, wo die schwarzen Limousinen warteten.
»Sie können's nicht verstehn«, sagte McKay. Ich nahm ihn bei der Hand, und wir gingen durch den Mittelgang. McKay zögerte und starrte wieder ins Leere. Ich zog ihn an der Hand, um ihn von dem Altar, dem Pfarrer und dem Geflüster wegzubringen.
»Es war doch nichts Persönliches«, sagte McKay.
Ich lachte. »Alles ist persönlich«, sagte ich.
»Nein«, sagte McKay. »Der Tod und die Ehre sind nichts Persönliches.«
Wir kamen an der Reihe der Eigenen vorüber, und eines von den Mädchen, ich sah nicht welches, spuckte vor mir auf den Boden. Ich ging weiter, hielt jetzt aber den Rücken gerader und ging dichter neben McKay.
Als wir wieder auf der Straße standen, sagte McKay: »Die wissen's nicht.« Ich glaubte, ich wußte, warum McKay zu der Totenwache gegangen war: nicht aus Schadenfreude und si-

cher nicht aus Mitleid: nur weil er nicht mehr mit demselben Schritt die Avenue entlanggehen könnte, hätte er nicht vor dem Sarg gekniet.
Wir gingen zu dem Chevy. »Ich könnte mal fahren«, sagte ich, denn ich wußte, diese Worte würden McKay wieder zu mir zurückholen.
»Kommt nicht in Frage«, sagte McKay und lächelte.
Im Wagen setzte ich mich dicht neben McKay. Ich fühlte, wenn ich ihn zu weit weg ließe, auch nur für eine Minute, würde ich ihn verlieren. Ich wollte das schwarze Kleid los sein, das magische Amulett in meiner Tasche, alles, was einen Schatten werfen könnte.
»Tot ist tot, und dann auch wieder nicht«, sagte McKay.
»Hör bloß auf«, sagte ich und drehte das Radio laut auf.
McKay küßte mich. »Das hör ich gern.« Er lächelte.
Ich konnte nicht lächeln; ich hörte McKay zu. Tot ist tot. Und tot ist nicht tot. Am Altar, neben dem Sarg, konnten sie nicht sehen, daß McKay etwas wußte. Ich hörte McKay jetzt zu. Für mich war es nur Liebe. Für McKay nicht. Was er wollte, war Ehre. Und ich wußte allmählich, daß es die einfach nicht gab.

4/AUF DEM RÜCKEN

1

Wir fuhren die Avenue entlang, weg vom Tod. Schließlich hielt McKay in der Nähe einer Texaco-Tankstelle, auf der anderen Straßenseite.

»Ich laß dich nun vielleicht doch mal fahren«, sagte McKay. »Kannst du eine scharfe Kurve fahren?«

Von wem, den Dolphin ausgenommen, hatte man je gehört, daß er McKays Chevrolet fahren durfte? Keinem andern von den Waisen vertraute McKay die silberbekappten Magnesiumfelgen an, das handgefertigte Lenkrad aus Holz und Chrom. Und jetzt fragte er mich, ob ich fahren könne. Kein Mensch auf der Avenue, der sich um die Chance nicht gerissen hätte, den Chevy fahren zu dürfen! Als McKay die Tür aufmachte, rutschte ich in den Fahrersitz hinüber und legte die Finger auf das Holz des Lenkrads.

»Ich laß den Motor laufen«, sagte McKay durch das halbgeöffnete Fenster. »Du wartest hier und rührst nichts an. Wenn du siehst, daß ich auf dich zukomme, legst du den Gang ein. Wenn ich die Beifahrertür aufmache, trittst du auf's Gas.« Ich nickte und sah auf den wartenden Tachometer. »Sei dir drüber klar«, fuhr McKay fort, »daß dies hier eine Lappalie ist. Bilde dir nicht ein, daß ich dich je auf einen Zug mitnehme, der wichtig ist. Bilde dir bloß nichts drauf ein, daß du einmal den Chevy fahren darfst.«

Dies war also der Zug, von dem er mit dem Dolphin gesprochen hatte. Nichts Großes, nichts Ausgefallenes, bloß ein kleiner Zug, um ein paar Schatten zu verscheuchen, die von der Kapelle der Christlichen Brüder zurückgeblieben waren.

Ich sah, wie McKay fortging und sich an der Ecke gegenüber der Tankstelle postierte. Der Motor summte, und das Radio spielte — es war einfach wieder einmal Warten auf McKay.

Die Zeit verging mit Zigaretten und Schlagern. Schließlich ging der Tankwart aufs W.C., und dann kam McKay zu mir zurück. Sein lässiger Gang war unverändert, aber er hatte die Hände in den Taschen und die Augen auf dem Zement. Ich suchte den Gang; zurück, falsch — wieder in den ersten.
McKay riß die Beifahrertür auf. »Fahr in die Tankstelle«, sagte er.
Ich trat aufs Gas und lenkte den Chevy durch eine schnelle U-Kurve, ohne zu bremsen. Ich radierte die Avenue, als ich den Chevy in die Einfahrt lenkte, neben die Reihe der Benzinpumpen.
»Ruhe«, sagte McKay. Ich nickte, als er aus dem Wagen sprang.
Ich war nicht ruhig, aber meine Aufregung hatte mit dem Zug nichts zu tun. Vor dieser illegalen Tat hatte ich keine Angst. Aber die Kraft des Chevy-Motors hatte ich zu spüren bekommen. Mir war, als wäre ich noch nie gefahren.
McKay begann, große Kisten schnell auf den Rücksitz des Wagens zu laden. Dann, binnen Sekunden, hatte er ein großes hölzernes Faß aus dem Wartezimmer herausgeschleppt. Ich war jetzt ruhig. Ich bewunderte McKays rasche Bewegungen, und ich lächelte, als ich im Rückspiegel meine eignen dunklen Augen sah.
In ein paar Minuten hatte McKay die ganze Tankstelle ausgeräumt. Es war auch Zeit, denn gerade, als McKay mit dem Einladen fertig war und sich auf den Vordersitz warf, machte der Wärter die Tür der Toilette auf und stand keine hundert Schritt von uns entfernt. Meine Augen richteten sich nicht auf das Gesicht des Tankwarts, sondern auf den Namen »Al«, der in Gold über die Brusttasche seines Texaco-Hemds genäht war.
»Mach schon«, sagte McKay, und ich trat das Gaspedal durch. Im Rückspiegel konnte ich sehen, wie Al uns hinterherrannte. McKay hielt die offene Tür fest; er hatte keine Zeit gehabt, sie ganz zu schließen. Er drehte sich um und beobach-

tete Al, der uns nachlief; dann packte er mich bei der Schulter.

»Kopf runter«, sagte er. Ein paar Sekunden lang konnte ich nichts sehen, drückte aber den Fuß aufs Gaspedal, daß es auf dem Boden auflag.

Wir fuhren schon um eine Ecke, als ich einen Revolverschuß hörte. Ich hatte keine Angst — für Al war es zu spät. Die Texaco-Station war ausgeräumt: Wir hatten die Fässer und die Kisten, das Geld war in McKays Taschen, und der Wind der Avenue pfiff über das Dach unseres Fluchtwagens. McKay schlug seine Tür zu und verriegelte sie. Jetzt waren wir nicht mehr zu kriegen.

»Nimm den Fuß vom Gas«, sagte McKay. Ich hörte nicht auf ihn. Ich wollte den Chevy fahren, jetzt, wo ich mal eine Chance hatte. »Hast du nicht gehört?« sagte McKay. »Runter!«

McKay rückte dich neben mich, packte das Lenkrad und drehte es so scharf herum, daß wir gegen den Bordstein schlidderten. Ich hatte keine Wahl; ich trat auf die Bremse.

»Danke«, sagte McKay. »Da hast du's, die Dämpfer sind hin.«

»Dieser Wagen«, sagte ich, »wie hast du den bloß so schnell gekriegt?«

»Ich weiß doch, ich weiß, die Dämpfer sind total hin.«

»Der kann fliegen.«

»So? Flieg aber lieber mit 'm andern. Hat dir denn noch keiner erzählt, daß du bremsen mußt, wenn du um die Ecke fährst?«

Er gab mir mit einer Kopfbewegung ein Zeichen, und ich kletterte über seine Knie hinweg, damit er das Steuer übernehmen konnte. Obwohl ich langsam machte, als ich mich über ihm bewegte, bog er sich von mir weg, zog die gestohlenen Scheine hervor und begann zu zählen.

»Wieviel?« sagte ich.

»Was kümmert's dich?«

»Mein Anteil«, sagte ich. »Wieviel?«
»Laß mich in Frieden«, sagte McKay. Dein Anteil, so was gibt's nicht.«
»Fifty-fifty«, sagte ich ihm.
»Achtzig-zwanzig«, sagte er.
»Ich nehm es«, sagte ich.
Es kamen nicht ganz fünfundzwanzig Dollar für mich heraus. McKay lächelte nicht, als er die Scheine abzählte und sie mir in die Hand legte. Aber es war kein Scherz, und ich hatte auch kein Lächeln erwartet. Und wenn auch die Anteile in unserer Partnerschaft ungleich waren — es war doch noch so was wie Partnerschaft, obwohl ich mich mit weniger zufrieden gab, als ich haben wollte.
Wir waren still. McKay gefiel nicht, wie ich fuhr, und ihm gefiel nicht, wie ich verhandelte. Wenn ich näher rückte, würde er sich doch nur abwenden. Also blieb ich auf dem Vordersitz in meiner Ecke und sagte: »Wenigstens kannst du dir von mir einen ausgeben lassen.« McKay nickte und lenkte den Wagen in den Verkehr der Avenue zurück.
Der Tin Angel war Waisenterritorium. Noch nie hatte ich an der blanken Theke dort Bier oder Whiskey bestellt. Der Schirm des Farbfernsehers war bläulich getönt von dem Rauch, der schwer in der Luft hing, und der Musikautomat dröhnte laut.
»Wenn du einen ausgibst, Partner«, sagte McKay, »dann für mich einen Whiskey mit Wasser. Einen doppelten, Partner, denn du hast's ja.«
Ich bestellte und sah zu, wie McKay an den Barhockern vorbei zu einer Nische ging, wo Starry und Kind die Holde saßen. Wenn Starry der Holden weder traute noch sie mochte, dann machte sie jedenfalls gerissene Politik und spielte glänzend Theater, denn die beiden schwatzten, gestikulierten und lachten, und McKay begrüßten sie mit Lächeln. Ich ging McKay nach, als ich den Whiskey und ein Cola mit Rum hatte und

spürte die Kälte der Gläser in meinen Händen. Ich setzte mich auf die Bank neben Kind, McKay gegenüber.
McKay hatte Starry einen Arm um die Schultern gelegt. Sie verdeckte ihr Lächeln mit einer Hand und nickte mir einen Gruß zu.
»Werd mir diesen verdammten Zahn machen lassen müssen«, sagte Starry.
»Bist immer noch schön«, sagte McKay.
Kinds bemalte Augen waren kalt, während sie den beiden zusah.
»Bist immer noch ein Schleimscheißer«, sagte Starry.
»Hör mal, wie kannst du sowas zu unserm Alten sagen?« sagte die Holde, und ihre Augen strahlten McKay an.
Mußte ich dabeisitzen und mir das anhören? Wieso mußte ich? Ich stand auf; die Gläser wackelten auf der Tischplatte.
»Setz dich hin«, sagte McKay.
Ich setzte mich. McKays dunkle Augen lagen auf mir, und wenn ich auch aufgestanden war, wußte ich doch, ich wollte nirgends hin.
»Heh«, sagte Starry zu mir, als ich Cola mit Rum zu schlürfen anfing, »dir ist doch klar, daß Kid Harris hinter dir her sein wird, wegen des Kummers, den du ihm gemacht hast. Hinter dir und mir, uns beiden.«
»Was erzählst du ihr das?« sagte McKay. »Du verlierst den Glauben an die Waisen und machst meinem Mädchen Angst, bloß weil du ein Zähnchen verloren hast. So kenn ich dich nicht, Starry.«
»Mensch«, sagte Starry, »den Glauben an dich oder an die Waisen verlier ich nie. Ich sag bloß die Wahrheit. Und daß die es mit der Angst kriegt, da mach dir keine Sorgen.« Starry blinzelte mir zu. »Mir scheint«, sagte sie zu McKay, »die kriegt nicht so schnell Angst«. Starry nickte und hob ihr Glas Tequila zu mir hin. »Du kriegst nicht so schnell Angst«, sagte sie und lächelte.

Die Holde hatte mit ihren langen bemalten Nägeln auf die Tischplatte getrommelt; sie gab uns zu verstehen, daß sie gelangweilt war.
»McKay«, sagte sie und wickelte sich eine Strähne fuchsroten Haares um den Finger, »wann darf ich mal wieder in deinem Chevy mit?«
McKay lächelte. Starry rollte die Augen, und ich beachtete sie alle drei nicht und studierte das Eis, das wie ein sinkendes Schiff in meinem Glas schwamm.
»Denn«, fuhr Kind fort, »ich könnt's nämlich jetzt grade gebrauchen.«
»Das glaub ich«, sagte Starry.
»Ich muß doch jetzt zur Arbeit, nicht?« sagte Kind die Holde. Und sie zielte mit ihren bemalten Augen auf McKay.
»Mach schon«, sagte ich zu McKay, während ich das Eis beobachtete, »fahr sie«.
»Das ist lieb«, sagte die Holde, »daß du ihm die Erlaubnis gibst.«
»Dauert nicht lange«, sagte McKay zu mir, als er aufstand.
»Laß dir Zeit«, sagte ich.
»Werd ich«, sagte McKay. Er nickte der Holden zu. »Hast ganz recht, ich laß mir Zeit.«
Ich stand auf, um die Holde vorbeizulassen. Dann setzte ich mich wieder und sah nicht hin, wie sie gingen.
»Hab ich dir gesagt«, sagte Starry. »Ich hab dir gesagt, was das für eine ist.«
»Er fährt sie doch bloß«, sagte ich.
»Wenn du's so nennen willst.«
Ihr Mitleid wollte ich nicht, aber einen zweiten Rum konnte ich vertragen. Ich bestellte einen für mich und noch einen Tequila für Starry. Sie bot mir eine Zigarette an, und als wir schweigend rauchten und tranken, betrachtete ich ihr schmales Gesicht im blaugetönten Licht der Bar. Ihre goldenen Reifen an den Ohren gaben leise Töne, als sie den Kopf im Takt der Jukebox bewegte. An dem Zittern ihrer Hände konnte

ich sehen, daß dies sicher nicht erst ihr zweiter Schnaps war, obwohl es noch hell war.
Wir waren eine Weile still. Starry behielt die Tür im Auge. Wenn sie auf jemand wartete, so kam er nicht. Endlich sagte sie: »Kann man dir trauen?«
»Wenn du willst.«
»Aber erzählst du's nicht McKay?«
»Sieht das so aus, als ob ich mit McKay so bald wieder spreche?«
»Doch«, sagte Starry, und sie hielt ihr Tequilaglas so fest, daß es ein Wunder schien, daß das Glas nicht zerbrach. »Die Holde vögelt er bloß, weiter nichts. Du kannst nicht erwarten, daß er sie so plötzlich fallen läßt, oder?«
Doch, konnte ich.
»McKay vögelt mit allen«, sagte Starry leise.
Wieder waren wir still; wieder beobachtete Starry die Tür.
»Manche Geschichten«, fuhr sie fort, »braucht McKay nicht zu wissen. Manches brauchen die Waisen oder die Eigenen nicht zu wissen. Mit dem Dolphin ist es natürlich wieder was anderes. Der Dolphin weiß alles, dem kannst du nichts vormachen. Aber du«, sagte Starry, »einstweilen trau ich dir.«
»Schön«, sagte ich. »Schön, dann trau mir also.«
»Ich brauch Geld.«
Das sollte das Geheimnis sein? »Wer nicht?« sagte ich.
»Ich brauch es aber jetzt gleich.« Starry lehnte sich über den Tisch vor, und ihre Stimme war leise und rauh. »Ich brauch's gleich, weil der Freier nicht gekommen ist. Ich brauch's gleich, weil der verfluchte Kerl nicht gekommen ist, wahrscheinlich weil er McKays Wagen vor dem Engel gesehen hat, und manche kriegen's mit der Angst, wenn sie merken, ich bin bei den Waisen.«
Ich sah Starry an.
»Ich hab dir gesagt, der Freier ist nicht gekommen, und ich brauch das Geld gleich«, flüsterte sie.

»Schön«, sagte ich. »Schön, jetzt sei aber mal still, denn ich will das nicht wissen, hörst du?«
Ich griff in meine Tasche und gab ihr einen Zehner von dem Geld, das mir McKay gegeben hatte. »Reicht das?« sagte ich. »Denn sonst will McKay wissen, wo ich das Geld gelassen habe.« Starry nickte. »Nimm's«, sagte ich, »aber erzähl mir nichts.«
»Kann ich dir nicht verdenken«, sagte Starry, »wenn du von nichts wissen willst. Ich sag dir die Wahrheit«, sie steckte das Geld in ihre Hemdtasche, »ich will auch von nichts wissen. Die meiste Zeit tu ich so, als ob ich von nichts weiß. Bloß wenn ich Geld brauch, das muß ich dann wohl wissen.«
»Ist deine Sache, was du machst«, sagte ich. Jetzt, wo Starry das Geld hatte, wünschte ich, daß sie ginge, damit ich allein wäre und nicht zuhören müßte, wie sie weiterredete.
»Sag mir bloß eins«, sagte Starry. »Warum hast du mir das Geld gegeben?«
»Vielleicht damit du mir was schuldig bist. Vielleicht damit ich was gegen dich in der Hand habe.«
»Unsinn. Wenn's das wär, würdest du alles mögliche über mich wissen wollen.«
»Ich will dich auf meiner Seite haben«, sagte ich, und das stimmte. Ich hatte jetzt meine Seite, und auf der wollte ich Starry haben.
»Gegen die Holde?«
»Und gegen den Dolphin«, sagte ich.
»Nicht gut«, sagte Starry. »Gegen die Holde ja, aber nicht gegen den Dolphin. Der Dolphin weiß alles.« Starry trank ihr Glas aus, und mit meinen zehn Dollar in der Hemdtasche hatte sie jetzt ruhigere Hände.
»Ist mir egal«, sagte ich. Ich dachte an die Tätowierungen, die in der Nacht schimmerten, an seine Weigerung, mir in die Augen zu blicken, an seinen mysteriösen Einfluß auf McKay.
»Ich bin gegen ihn«, sagte ich.
»Viel Glück, aber zähl nicht auf mich.«

»Klar«, sagte ich.
»Ich bin auf deiner Seite«, sagte Starry, »und ich geb dir einen Rat. Mach's nicht.«
»Mach was nicht?«
»Werd keine Eigene«, flüsterte Starry.
»Mach ich nicht«, sagte ich ihr. »Eigene werden, das hab ich nie vorgehabt.«
»Und verlieb dich nicht in McKay.«
Ich war still.
»Du bist schon verliebt«, flüsterte sie über den blauen Bartisch hinweg.
»Ich bin's schon«, sagte ich.
»Dann gehörst du auch schon zu den Eigenen«, sagte Starry.
»Nein«, sagte ich.
Starry stand auf und zwängte sich aus der Nische. »Mit dem Dolphin«, sagte sie, »wenn du wissen willst, warum ich nicht gegen ihn sein kann, dann überleg dir mal, zu wem ich jetzt womöglich gehe mit diesen zehn Dollar.« Sie lächelte ein sehr weiches Lächeln, und ich fand, sie war mir noch nie so jung erschienen.
»Da kannst du lange warten«, sagte ich, »bis du den Stempel auf meinem Rücken siehst.«
Ich saß jetzt allein in der Nische, in der hintersten Nische dieser Bar.
»Es steht schon da«, sagte Starry zu mir, als sie ihre Lederjacke überwarf, »es steht schon da geschrieben«.
Die Tür fiel hinter ihr zu, und ich war allein, ohne McKay, ohne Starry. Ich wußte nichts mit mir anzufangen, außer daß ich mir noch einen Rum bestellte. Dann ging ich weg von meinem Tisch, um ein paar Münzen in die Jukebox zu stekken. Ich stand vor den Lichtern, den Farben, den Reihen gedruckter Schlagertitel, und ich sah zu, wie sich der Arm hob und dann auf die schwarzen Scheiben fiel. Ich sah dem Farbenspiel zu und dachte: So ganz zum Anspucken ist das nicht, wem zu gehören.

Jaja doch, ich weiß, Städte sind geplündert worden, Länder verwüstet. Ja, ich weiß, die Position des Eigentums ist immer auf dem Rücken. Aber dennoch, so ganz zum Anspucken ist es nicht, wem zu gehören. Ich gebe zu, traurig ist es schon, angehörig, Eigentum zu sein. Paßt dir das nicht, »traurig«, für die Tragödie? Findest du, ein anderes Wort müßte her für eine historische Kraft? Aber ich spreche nicht vom Eigentum des Kapitalismus, der historischen Art von Eigentum, die allüberall auf den Cocktailparties erörtert wird. Das Eigentum, von dem ich spreche, ist das Selbst. Das Selbst, das nicht sich selber, sondern anderen gehört. Einem anderen.
Dies Eigentum ist das Selbst, das verkauft wird, weil seine Position auf dem Rücken ist, weil es vor Hunger und Durst stirbt, weil Seuchen, Bürgerkriege und Traurigkeit es quälen. Und wenn das Selbst am Verdursten ist, wird nicht selten ein Schluck aus der Feldflasche als Gegenwert akzeptiert. Besonders wenn das, was verkauft wird, sich niemals selber gehört hat.
So trägt Starry ein Emblem auf dem Rücken, welches besagt, daß sie in Besitz genommen, angehörig, Eigentum ist. Und dann verkauft sie, was ihr eigentlich schon nicht mehr gehört — ihr Selbst. Hättest du gern eine Revolution der Waiseneigenen? Die Eigene kann nicht mal mit der Eigenen sprechen. Eine Revolution, wenn sie sich gegenseitig feind sind, jede den anderen, jede sich selber? Blicke werden wie Messer in noch kältere Augen geworfen, die Arme um die Schultern der Besitzer gelegt. Der Zischlaut in dem Wort »Schwester«. Eine Revolution, wenn der Feind unbekannt ist?
Alle sind sich einig, natürlich, daß es am besten ist, sich selbst zu gehören. Wenn dies nicht möglich ist, weil kein Wasser da ist, weil man nur durch die Wüste stapfen kann und kleine Sandkörner an den Wüstenkleidern haften, dann bleibt nicht viel andres zu tun, als das Selbst zu verkaufen, in der Hoffnung, daß die Flasche gereicht wird und endlich Wasser die Lippen und die Kehle befeuchtet. Die Zunge auch.

Nichts Abstoßendes oder Unmoralisches ist an diesem Handel; nichts Verächtliches ist dabei, das Selbst zu Wüstenbedingungen zu verkaufen. Politische oder ökonomische Betrachtungen will ich hier nicht anstellen. Ich war keine Eigene, ich war keine von ihnen. Ich nahm keinen Anstoß an diesem Verhandeln um Tequila und Überleben. Ich hatte nichts zu tun mit ihnen oder mit den Auswirkungen des Selbstverkaufs, jener Handlungsweise, die vorübergehende Blindheit und bleibende Traurigkeit zu verursachen und das Herz zu brechen scheint.
Die Tür war hinter ihr zugefallen, und die Worte standen auf ihrem Rücken. Ich wußte nicht mehr, welche Knöpfe ich gedrückt, welche Lieder ich gewählt hatte. Und es kam auch nicht drauf an; ich brauchte nur ein bißchen Text, eine Melodie, irgendeine, um Starry und das Eigentum aus meinem Sinn zu vertreiben. Starrys Worte — gelogen oder wahr, ich wollte es nicht wissen. Ich wollte nicht wissen, warum sie sich heute abend mit dem Dolphin traf und zehn Dollar, meine zehn Dollar dazu brauchte. Und mir fiel ein, als ich vor der Jukebox stand, daß ich gar nicht wußte, was McKay aus der Tankstelle geklaut hatte, was in den Fässern gerasselt hatte und was in den Kisten steckte, wo er in diesem Augenblick mit der Holden war und warum ich daran dachte. Ich mußte das nicht wissen, ich wollte das nicht wissen.
Ich tilgte jeden Zweifel und Verdacht mit Musik und mit dem Gedanken an den Liebesakt mit McKay. Ich tilgte die Worte »Eigentum der«.
Ich nicht. Nein — ich nicht.
Ich ging aus dem Tin Angel fort, die Avenue hinunter. Ich hörte McKays Chevy neben mir heranfahren, noch ehe ich ihn sah.
»Steig ein«, sagte er, und vielleicht hatte ich ihn nicht gehört, denn ich ging weiter.
»Steig ein«, sagte McKay, und vielleicht hörte ich ihn, denn ich machte die Tür des Chevy auf und setzte mich hinein. Wir

fuhren, ohne zu sprechen, über die Stadtgrenze, an St. Anne vorbei, wir fuhren, bis McKay den Chevy auf dem asphaltierten Parkplatz einer Autoreparatur-Werkstatt parkte.
McKay trug die gestohlenen Kisten nach drinnen. Dann machte er mir die Beifahrertür auf, und ich folgte ihm durch die verlassene Werkstatt, eine Treppe hinauf.
»Wir sind bei mir«, sagte McKay und schloß die Holztür auf.
Ich sah mir die kleine Küche an, das Bett, den Farbfernseher und die Stereo-Anlage, den kleinen Holztisch und den Motor, der auf über den Boden gebreiteten Zeitungen inmitten des Raums lag.
»Dies war Cantinnis Wohnung«, sagte er. »Mann, ist das ein Stall, nicht? Cantinni hat sie nicht gerade sauber gehalten.«
»Das ist vier Jahre her«, sagte ich.
McKay zuckte die Achseln. »Zeit rennt«, sagte er.
Ich ging zu dem Bett. Eine Matratze, ein Paar Kissen, eine Steppdecke. Und ich fragte mich, ob die Holde hier schon geschlafen hatte. Wieviele andere hatte McKay schon auf der Matratze geliebt? Was hatten Cantinni und Wanda sich zugeflüstert, welche Worte hatten sie gebraucht, und hatten sie hier geschlafen, zusammen, auf diesem Bett, und hatten sie hier auch geschlafen, zusammen, an dem Abend, bevor Cantinnis Corvette in eine Kurve ging, aus der er nicht mehr herauskam?
»Laken könnten nicht schaden«, sagte ich.
Und Starry. Hatte Starry schon hier geschlafen? Vermutlich.
Vielleicht war nichts zwischen Starry und McKay, aber sie hatte vermutlich schon hier geschlafen. Ich merkte, daß mich der Gedanke an Starry und McKay zusammen auf diesem Bett nicht kümmerte. Nicht, weil ich nun wußte, ob ich's wollte oder nicht, mit wie vielen Männern Starry schon mitgegangen war, oder daß ein Bett, eine Matratze, für sie manchmal bloß zehn Dollar bedeuteten — sondern weil ich

wußte, daß es für Starry mit McKay so wäre, als ob sie sich mit allen Waisen auf einmal liebte. Auf das Geflüster mit einem Mann hätte ich eifersüchtig sein können, aber nicht mit mehreren.

»Bild dir nichts ein wegen Kind«, sagte McKay. »Sie bedeutet mir nichts, das weißt du.«

Wußte ich nicht; aber es schien nicht mehr wichtig.

»Wie kannst du auf einem Bett ohne Laken schlafen?« sagte ich.

»Kauf doch welche«, sagte McKay.

»Ist nicht meine Wohnung«, sagte ich. Nicht daß ich eine andere gehabt hätte. Sobald ich einmal auf der Avenue war, hatte es kein anderes Zuhause mehr gegeben, nur ein Gebäude, eine Wohnung, wo die Familie fremd geworden war, seitdem Fremde zur Familie geworden waren. Nur Gesichter, die Stiefelabsätzen zur Avenue hin nachblickten. Pflichten, die niemals erfüllt würden, Foto-Alben hinter Staub und Spinnweben, ungeöffnet. Fremde.

»Weißt du denn nicht?« sagte McKay, als er sich auf den Rand der Matratze setzte, »weißt du's noch nicht?« Er hielt mich im Arm, und nichts anderes schien mehr wichtig, nicht einmal die Holde. »Daß du nirgends hingehst?«

Es stimmte. Ich hatte keine Verabredungen, brauchte keine Versprechen zu halten. Ich war schon seit langem fort; zuerst meine Augen, die aus dem Fenster starrten, dann meine Füße, die immer nur fortgingen. Ich hatte schon auf der Avenue gelebt, ehe ich noch ihre Straßen kannte.

»Du gehst nirgends hin«, sagte er noch einmal.

Und auf jenem Bett liebten wir uns, McKay und ich, ohne Laken. Ich achtete nicht auf die Einbuchtungen, die andere Schenkel, Hüften und Brüste auf der Matratze hinterlassen hatten. Auf dies alles achtete ich nicht, auf jenem Bett mit McKay. Am Morgen, nachdem McKay weggegangen war, um meinen Koffer zu holen, und dann, nachdem er den Kaffee neu aufgewärmt hatte und erneut weggegangen war, um sich mit den Waisen zu treffen, lag ich in jenem Bett, in die Decke gewickelt. Ich trank Kaffee und zog die Linie meiner Hüfte auf dem weichen Stoff der Matratze nach. Ich machte die Augen zu, damit ich nicht sehen könnte, und ich zog die Linie nach, die von der Matratze auf meiner Haut geblieben war. Ich ließ die Augen eine Weile zu; ich trank den Kaffee, ehe er kalt war. Und dann ging ich Laken kaufen.

2

Durch die Glasscheibe von Montys Milchbar sah ich, wie Gina Bonbonpapier vom Boden auffegte. Irene saß am hinteren Ende der Theke, trank Soda und spielte mit Monty eine Partie Rommé. Ich stand draußen in der Kälte und drückte mein Paket eng an mich. Ich hatte keine Lust, meinen Einkauf von Irene oder Gina belächeln zu lassen; ich hatte keine Lust, Monty zwinkern oder kopfschütteln zu sehen wegen der Laken, die ich bei mir trug. Als ich es müde war, das braune Packpapier an die Brust zu drücken, als ich es müde war, dazustehen und durch die Fensterscheibe zu lugen, ging ich über die Avenue zurück zu McKays Wohnung.

Als es im Zimmer dunkel wurde, packte ich meinen Koffer aus und hängte meine Kleider auf Bügeln in den Wandschrank. Als ich den Farbfernseher anschaltete, sah ich, daß die Seriennummer abgefeilt war. Ich hängte die Kleider noch einmal um und fand im Bad ein Regal für mein Schminkzeug. Ich verstaute den leeren Koffer unterm Bett. Als es noch dunkler war, ließ ich die Jalousien herunter, staubte sie ab und stellte das Stereo an. Dann duschte ich, zog andere Sachen an und sah der Uhr zu.

Als McKay zur Tür hereinkam, sah es so aus, als ob ich in den Fernseher schaute, Radio hörte und die Sport-Illustrierte läse. Tatsächlich wartete ich bloß auf McKay.

»Wo zum Teufel bist du denn geblieben?« sagte ich.

Er gab keine Antwort. Er schmiß die Lederjacke aufs Bett, nahm sich eine Büchse Budweiser aus dem Kühlschrank und setzte sich vor den Fernseher.
»Hast du gehört?« sagte ich.
»Ich ignorier dich«, sagte McKay.
»Zum Teufel mit dir«, sagte ich. Ich schaltete das Stereo ab, dann stellte ich mich vor den Fernseher, genau in McKays Sichtlinie, und drehte dem Schirm das Leben ab.
»Paß auf, Mädchen«, sagte McKay, »wenn ich dich jetzt nicht ignoriere, nachdem ich zwei Stunden auf den Dolphin gewartet habe, wenn ich dich jetzt nicht ignoriere, dann wird's dir leid tun.«
»Ich dachte einfach, du würdest eher zurück sein, weiter nichts«, sagte ich.
»Na, nun war ich's nicht«, knurrte er. Er trank aus seiner Bierdose.
»Ich wäre gern irgendwohin gegangen«, sagte ich.
»Muß auf den Dolphin warten.«
»Laß ihm Nachricht bei Monty.«
»Ich hab kein Geld.«
»Du hattest vorhin noch über hundert Dollar.«
»Ich meine, ich hab kein Geld, um wegzugehen.«
Jetzt war McKay still, und ich begann wieder die Kleider im Wandschrank umzuhängen, während McKay auf den leeren Fernsehschirm blickte. Ich rauchte eine Zigarette und sah auf die Uhr. McKay stand auf, um sich noch ein Bier zu holen, und als er am Bett vorüberkam, stieß er aus Versehen die braune Papiertasche von der Matratze.
»Was ist das?« sagte McKay. Ich war still, als er sich bückte, um das Paket wieder aufzuheben, und auch als er es aufmachte und die zwei Laken und Kissenbezüge herausnahm, die ich gekauft hatte.
McKay kam zu mir her, wie ich auf einem Holzstuhl saß, aus dem Fenster sah und eine Zigarette rauchte.
»Es ist doch verrückt, so zu zanken«, sagte er. »Es ist zu früh,

um zu zanken.« Er hielt die Laken in den Händen, und ich nickte, sah ihn aber nicht an.
»Blau«, sagte McKay. »Blau ist richtig. Woher weißt du's? Woher weißt du, daß ich blau mag?«
Ich drehte mich zu ihm hin, und McKay kniete, so daß sein Kopf mit meinem auf gleicher Höhe war. Ich faßte in sein dunkles Haar, und dann flüsterte ich, während ich seine Arme um mich spürte. »Nur ein paar Stunden«, sagte ich. »Ich erwarte nicht, daß du für mich Zeit hast, wenn du nicht magst. Aber heute«, flüsterte ich, »können wir da nicht weggehen? Ich bleib auch alle andern Abende zuhause und seh fern. Aber nicht heute.«
Es war nicht nur, daß ich mit McKay ausgehen wollte. Ich wollte ihn von dem Dolphin fernhalten.
»Ja«, sagte McKay. »Ja«, flüsterte er.
McKay rief bei Monty an und hinterließ bei Gina Nachricht für den Dolphin. Er sagte, er sei im Moonglow zu finden.
»Warum hast du ihr gesagt, wo wir hingehen?« sagte ich.
»Kompromiß«, sagte McKay. »Was willst du denn noch? Wenn ich zu tun hab, hab ich zu tun, stell dich drauf ein!«
Also ging ich mit. Obwohl ich den Film im Moonglow schon zweimal gesehen hatte, ging ich mit. McKay fuhr über die Avenue, er bezahlte für uns beide, und mit klappernden Bier- und Sodabüchsen auf dem Boden des Wagens parkten wir in der letzten Reihe des fast leeren Platzes.
McKay machte den Lautsprecher am Fenster des Wagens fest, und ich setzte mich dicht neben ihn. Als der Vorspann abgelaufen war und der Film angefangen hatte, drehte er sich aus meiner Umarmung weg und machte die Tür auf. Schneidend kalte Luft fuhr herein, als McKay sich hinauslehnte, den Kopf dicht über dem gefrorenen Asphalt des Parkplatzes. Er begann sich zu erbrechen.
Ich ignorierte ihn. Ich tat so, als hätte er die Tür des Chevy nicht aufgemacht, aber er gab weiter Kotzlaute ab, während Peter Fonda zarte Liebesworte zu Nancy Sinatra sprach.

»McKay«, sagte ich, »was hast du *mir* doch gesagt von wegen Schlechtwerden in deinem Wagen?«
Er schaute mich mit dunklen Augen an. »Du wolltest weggehen, also da hast du's.« Er stülpte seine rosa Motorradbrille über und machte eine Sodabüchse auf. Aber mit Soda war ihm jetzt nicht geholfen. Ich konnte sehen, daß ihm gleich wieder schlecht werden würde.
»Geh doch ins Klo«, sagte ich. Ich machte mir eine Zigarette an und versuchte auf Nancy zu achten, wie sie Fonda zuredete, doch nicht wieder loszufahren und die Städte und Dörfer an der kalifornischen Autobahn zu terrorisieren. Ich hatte sie diese Worte schon zweimal sprechen gehört, und so konnte ich mich nicht konzentrieren, denn es schien ja, daß ich den Dialog besser kannte als Nancy. Auf dem Zigarettenanzünder des Chevy qualmte altes Marihuana und glimmten Krümel.
McKay stieß die Tür auf und lehnte sich wieder in die Kälte hinaus. Sein Körper schüttelte sich, und dann kamen die Laute aus seinem Hals zur Ruhe und seine Schultern hörten auf zu zittern.
»Na endlich«, sagte ich und blies eine Rauchfahne zwischen uns. Er tat mir nicht leid.
»Was willst du denn?« sagte McKay.
»Herzchen, dich will ich«, sagte ich.
»Du hast mich«, sagte McKay.
»Du wärst lieber beim Dolphin«, sagte ich.
»Hör auf!«
»Warum läßt du mich denn nicht reden?« sagte ich.
»Rede nur«, sagte McKay.
Wir waren still.
»Nie läßt du mich reden«, sagte ich.
»Jesses«, sagte McKay, »du mit deinen Scheißansichten«.
»Ich will doch bloß deine Hände spüren«, sagte ich. Ich sagte nicht, ich will, daß du den Dolphin und die Waisen vergißt und nur noch an mich denkst.

McKay packte meinen Arm. »Spürst du jetzt meine Hände?« sagte er.
»Halt den Mund«, sagte ich. »Ich hasse die Männer«, erklärte ich ihm.
McKay wandte sich von mir ab und betrachtete den blauen Lack des Sportwagens, der neben uns parkte.
»Also vergessen wir doch diesen Film und sehen wir zu, daß wir den Dolphin finden«, sagte ich. »Was wäre ein Abend ohne ihn?«
»Ich hab genug von deinem Gequatsche, und mir wird ganz schlecht von deinen Ansichten«, sagte McKay. Er drehte den Startschlüssel um, er legte den Gang ein, den Lautsprecher am Fenster vergaß er.
»Du hast was vergessen«, sagte ich ruhig. Er schlug das Lenkrad scharf ein, und der Chevy rammte den metallenen Pfosten des Lautsprechers. Der Pfosten flog gegen den blauen GTO. Der Lautsprecher hing noch am Fenster, vom Pfosten abgerissen. Wir zogen die Münder schief und brummten uns an. Nancy sprach lautlos auf der Leinwand vor uns.
Er setzte den Wagen auf seinen Platz zurück, und es klopfte ans Fenster. McKay kurbelte die Scheibe herunter, der Lautsprecher krachte auf den Asphalt des Parkplatzes, und ich sah auf das Mittelstück einer orangefarbenen Jacke ohne Kopf.
»He Sie, Sie haben meinen Wagen beschädigt.«
»Soo.«
»Mann, Sie haben meinen Wagen beschädigt!«
McKay steckte träge den Kopf aus dem Fenster und ließ einen langsamen Pfiff hören. »Sie haben recht«, sagte er. »Wissen Sie was, ich will sehen, daß ich's nicht wieder tu. Versprechen kann ich Ihnen nichts, aber ich will sehen, daß es nicht wieder vorkommt.« So war er richtig. Ich rückte näher zu ihm und legte ihm den Arm um die Schulter. Wir sahen zusammen aus dem Fenster. Die orangene Jacke verschwand, der GTO verschwand. »Du, ich will keinen Streit«, sagte McKay, »aber

wenn da ein Kratzer an meinem Wagen ist, dann bring ich dich um«.
»McKay«, sagte ich, »ich hab diesen Film schon gesehen, schon zweimal. Ich bin hier, weil ich mit dir allein sein wollte. Ohne den Dolphin. Zusammen sein und allein.« Er war still.
»Zusammen«, sagte ich.
»Herzchen, was willst du denn bloß?« sagte McKay.
»Fahr mich nachhause«, sagte ich.
Er startete den Wagen, er trat aufs Gaspedal. Der Chevy röhrte über den Kinoplatz, die Chromteile leuchteten wie der Mond, der Lautsprecher blieb auf dem Zement liegen. Wir rasten die Avenue entlang, kurvten scharf durch die Einfahrt eines Schnellimbiß-Restaurants und hielten in einem Gäßchen, wohin kein Neon reichte. Der Schnellkoch, der immer bereit war, seinen Grill bei Aussicht auf Streit zu verlassen, stand auf der Straße und wartete auf Kundschaft. Statt dessen kamen wir. Er starrte in die Scheinwerfer des Chevy. McKay schaltete sie aus und sah den Koch giftig an. Der Koch, der McKays Namen und den Ruf der Waisen kannte, drückte sich die weiße Mütze tiefer über den Kopf und schlich durch die Küchentür ins Restaurant zurück.
»Du weißt Bescheid«, sagte McKay. »Du weißt, was ich mache.«
»Ich weiß, was du machst.«
Wir waren still.
»Zum Teufel, was machst du?« sagte ich.
»Steig um auf den Rücksitz«, sagte McKay.
Ich kletterte auf den Rücksitz, und McKay machte die Tür auf. Schnee war in der Mitternacht. McKay saß wieder neben mir. Draußen auf dem Parkplatz brachten Kellnerinnen aufgeblendeten Scheinwerfern Hamburger in Plastikfolie. Mehrere von den Waisen lungerten drinnen in der Wärme des Raumes, tranken Kaffee, redeten und kämmten sich die Haare.
»Mädchen«, sagte McKay, »wir müssen mal reden. Ich kann dir nichts vormachen.«

Es klopfte ans Fenster, und durch den Nebel sah ich den Dolphin draußen stehen.
»Dreh dich nicht um«, sagte ich zu McKay. »Bleib bei mir«, sagte ich. McKay drehte sich zum Fenster hin und sah die Farben auf den Armen des Dolphin, die schimmernden Tätowierungen am Handgelenk und am Hals. McKay kurbelte das Fenster herunter. »Warum?« sagte ich, und das Wort verlor sich in der kalten Luft.
»Mein Lieber«, sagte der Dolphin, und ich sah ihn finster an, als er den Kopf in McKays Fenster hereinstreckte. Ich brauchte nicht zu fragen, wie der Dolphin uns gefunden hatte. Starry hatte gesagt »Der Dolphin weiß alles«, und ich wußte, ihm konnte man nicht entkommen.
»Ich könnte in weniger als einer halben Stunde versorgt sein, wenn mich jemand in die Stadt fährt«, sagte der Dolphin.
Noch einmal nach Manhattan. Noch einmal die Macht des Dolphin über McKay spüren. »Dann such dir doch einen, der dich fährt«, sagte ich.
Der Dolphin wandte seine Sonnenbrillenaugen nicht zu mir her. »Halt du den Mund«, sagte er und sah weiter zu McKay hin.
»Ich möchte etwas trinken«, sagte ich.
»Du bist jetzt nicht versorgt? Du hast mich heute versetzt, und jetzt hast du nicht mal was dabei? Weißt du denn nicht, daß ich beim letzten Schuß bin?« flüsterte McKay dem Dolphin zu.
Das Rot einer Krone floß über die Knöchel des Dolphin, ein Pfauenschwanz breitete sich über seinen Hals.
»Ich möchte mit dir allein sein«, sagte ich zu McKay. Wir drückten uns jeder auf seine Seite des Rücksitzes und sahen zu, wie der Dolphin den Arm in den Chevy hineinstreckte und mit dem kleinen Finger am Lenkrad drehte.
»Dolphin«, sagte ich, »warum läßt du uns nicht allein?«
Der Dolphin achtete nicht auf meine Worte. »Laß McKay in Ruhe«, sagte ich. Ich drückte mich noch tiefer in meine

Ecke des Wagens, so weit weg von dem Dolphin wie möglich.
»Wenn sie so dumm ist«, sagte der Dolphin und drehte mit seiner schwarzen Handschuhhand langsam das Lenkrad, und der blaue Jackenärmel rahmte die Bemalungen auf seiner Hand ein. »Wenn sie so dumm ist, daß sie nicht weiß, was los ist, dann hat sie nicht verdient, daß man's ihr sagt.«
»Laß mir ein paar Minuten«, flüsterte McKay dem Dolphin zu.
»Du hast Zeit genug gehabt«, sagte der Dolphin.
McKay nickte. »Laß mir eine Minute.«
»Sag ihr Bescheid, Mann«, sagte der Dolphin und wandte mir das Gesicht zu. Begegneten sich unsere Blicke durch seine dunklen Gläser? Ich konnte es nicht sagen, denn der Dolphin hatte den Kopf schon wieder McKay zugewandt und nickte.
»Bis gleich.« Der Dolphin ging langsam von dem Wagen fort, und das Fenster blieb offen.
»Du bist mir nichts schuldig. Du brauchst mir nichts zu sagen«, log ich.
McKay streckte die Hand nach mir aus. »Ich kann nicht aufhören«, sagte er. »Ich muß ihn da hinfahren.«
Ich antwortete: »Dann fahr«, mit einem Blick, wie ihn Nancy Sinatra niemals Peter Fonda zumuten würde.
»Es ist nicht für den Dolphin«, sagte McKay. »Er tut mir einen Gefallen. Er fährt meinetwegen in die Stadt.«
Auf Gefälligkeiten, wie sie der Dolphin erwies, mußte auch Starry aus sein, wenn sie zehn Dollar parat hatte. Die Sodas heute abend und die Übelkeit? »Warum mußt du da hin?« fragte ich.
»Was willst du denn von mir?« Er machte sich eine Zigarette an, und mein Stiefel zerbeulte eine leere Bierdose. Ich langte über McKay hinweg zum Vordersitz, um die Scheinwerfer anzuschalten und eine Kellnerin aufmerksam zu machen.
»Verdammt«, sagte McKay und sprang ebenfalls vor, um das Zeichen wieder abzuschalten. Als er so halb dastand, halb

hockte, das eine Bein über den Vordersitz, sagte ich ihm, ich wolle eine Soda, eine Pizza, ein bißchen Musik, eine Zigarette, egal was, damit er's mir nur nicht sagen mußte. Draußen blickte der Dolphin in unsere Richtung, und ich konnte seinen Absatz auf das Pflaster hämmern sehen.

McKay riß sich die Lederjacke herunter, die Jacke, von der ich dachte, er könne sie niemals ausziehen, niemals vergessen. Er ließ sie zu Boden fallen und warf seinen Körper in den Rücksitz. In T-Shirt und Motorradbrille saß er da. »Warum kannst du bloß nie den Mund halten?« sagte er. Ich wußte nur, ich konnte es eben nicht. Ich wollte die Fragen nicht stellen, aber meine Worte machten sich selbständig, und ich hatte keine Wahl. Jetzt, wo ich das Recht hatte, McKays Namen auf unzählige Streichholzbriefchen zu kritzeln, auf unzählige Seiten gelben Papiers, jetzt, wo ich seinen Namen wußte, jetzt merkte ich, ich konnte nicht tun, was er verlangte. Was er wollte, war eine wortlose Fahrt mit dem Dolphin nach Manhattan, während ich in dem Schnellimbiß oder auf einem Hocker bei Monty wartete. Aber ich konnte nicht, ich wollte nicht still sein.

»Mach die Tür auf, McKay«, sagte ich, »aber ich geh nicht weg, eh wir nicht gesprochen haben. Du bist mir nichts schuldig, du gehörst mir nicht, ich weiß. Aber ich geh nicht weg.«

Er fummelte an seinem Gürtel herum, machte die vergoldete Schnalle auf. »Warum warten wir nicht, bis wir allein sind, ohne daß der Dolphin wartet?« sagte ich. Er band sich den Gürtel um den Arm — zu spät für mich, und noch stillschweigend aus dem Fenster zu springen, zu spät, um es nicht wissen zu wollen.

»McKay«, sagte ich. Ein Buick voller Mädchen fuhr an uns vorbei; sie drehten die Köpfe und reckten die Hälse, um McKays Wagen zu sehen. Kellnerinnen kamen auf Lichtzeichen, und die Waisen warteten in der Winternacht. »Sag doch was zu mir«, flüsterte ich.

Ich stieß mit dem Absatz nach dem Sitz, ich trat auf schwarzes

Leder, das zerknautscht auf dem Boden lag. McKay griff unter den Sitz, zog einen blassen Umschlag hervor und ließ ihn auf dem Sitz liegen, dicht bei meiner Hand. Er schnürte sich den Gürtel fest wie Eisen um den Arm, die Venen hell meerblau. Unsere Augen. Ich sah in die Augen, und es waren meine, schwarz und brennend. McKay hielt mir das Gürtelende hin, das ich schweigend ergriff, und durch das offene Fenster des Chevy fuhr die kalte Nachtluft auf mich los wie weiße Rösser.

JULI

5/DER EINTRITTSPREIS

1

Die Zeit rennt; sie kriecht und schreitet auch, und manchmal schlendert sie. Die Zeit ist aus Luft, wie die Stimmung. Wie die Stimmung wird die Zeit fest und verfliegt dann. So ganz schnell, so ganz allmählich. Geburt, Tod, Offenbarung, Orgasmus, Unfall, Trauma, ein Atemholen. Willst du, daß anstelle von Stunden, Monden, Menstruationsperioden und schlaflosen Nächten Sätze eintreten? Die Zeit ist aus Luft und hat wenig zu tun mit Worten und Protokollen.

Manches scheint sich zu ändern. Jose bewarb sich um Anstellung bei der New Yorker Stadtpolizei. Da er nicht die geforderte Mindestgröße hatte, kaufte er sich ein Paar Frye-Stiefel, wurde zur Ausbildung angenommen, und McKay hieß ihn als unsern Freund bei den Schupos willkommen. Starry ließ sich auf der Avenue immer seltener blicken — wenn auch manche von den Waisen behaupteten, sie in etlichen unbekannten Wagen gesichtet zu haben; sie stieg gelassen von Toyotas in Cadillacs um —, und Eigentum Nummer Eins war sie jetzt nur noch dem Namen nach. Das Wetter wurde wärmer; bald war es Juli, und es wurde heiß.

Und manches scheint sich nicht zu ändern. Der Dolphin redete mich niemals beim Namen an, sah mir nie in die Augen und kam nie zu McKay in die Wohnung, wenn ich da war. Bald hatte ich ihn vergessen, und an die Farben seiner Tätowierungen erinnerte ich mich nur nachts in manchen Träumen. Ich konnte nicht einschlafen nachts, niemals, bevor ich nicht McKay den Schlüssel drehen gehört hatte, bevor ich ihn nicht dicht neben mir spürte. Jedesmal, wenn er fort war, fürchtete ich, ich würde ihn verlieren, und so hielt ich ihn nachts fest im Arm und wartete, bis seine Atemzüge tiefer klangen. Erst dann konnte ich die Augen schließen und schlafen. Und unsere Gespräche wiederholten sich, wie Drehungen von Uhrzeigern, immer wieder von vorn anfangend. Vom ersten Mal an, als ich ihn auf den Kacheln des Badezimmers fand, von seinem Sitz auf dem Rand der Badewanne gefallen, den Gürtel noch um den Arm, Löffel und Nadel neben sich auf dem Boden liegend, sprachen wir immer dieselben Worte.

»Schon wieder?« sagte ich dann.

»Mach du *mir* kein Theater«, antwortete er dann.

»Nur zu, bring dich um«, empfahl ich.

»Ich weiß doch Bescheid, Liebchen«, sagte er dann. »Beim kleinsten Verdacht, daß ich hängengeblieben bin, laß ich's sein. Trau mir doch, Liebchen«, flüsterte er dann.

»Schon wieder?« sagte ich dann.

Die Hitze schien die Wiederholung unseres Dialogs zu verzehren. Die Augen, die sich außerhalb jeder Zeitfolge bewegten, waren so dunkel, daß sie den Sekundenzeiger an jeder Uhr wegschmelzen konnten. Zeit verging, schon ausgelöscht, wenn man nur blinzelte. Es war Juli, und das Wetter war noch heißer. Der Chevy wurde für die Rennen überholt, und es ging in den Sommer.

Als McKay die fünfundzwanzig Dollar Teilnahmegebühr für das Bahnrennen draußen auf der Insel überwies, hatte ich vor, die Gelegenheit zu benutzen, um für ein Wochenende von der Avenue wegzukommen. Ich ging mit einem Beutel Lebensmittel die Avenue entlang und bemerkte, daß jedes Kraut und jeder Halm, die aus den Spalten des Gehsteigs hätten hochwachsen können, zu welken begonnen hatten. Seit Wochen versprach das Radio, die Hitze werde ein Ende nehmen, aber wir wußten alle, es stimmte nicht. Das Radio selbst schien die Lüge einzugestehen, mit seiner müden Stimme, mit Prozenten und Quoten und dem Versprechen einer Kaltluftfront.

New York starb vor Hitze, und ich hatte vor, uns aus all dem herauszubringen.

»Liebchen«, sagte McKay, als ich mit dem braunen Beutel

voller Soda und Bier in die Wohnung trat, »unsere Leute erwarten uns auf der Bahn«.
Ich wollte nicht daß »unsere Leute«, die Waisen, hinter McKay herzogen wie immer. Ich stellte den Beutel auf den Holztisch. Ich löste eine Soda aus dem Plastikhalter und rollte mir die kalte Büchse über den Hals. Die Fenster standen offen, und auf den Fensterbrettern lag Ruß. McKay saß auf einem Stuhl am Fenster, trotz der Julihitze in schwarzem Leder. Ich schmiß den Metallring der Sodabüchse auf den Tisch. »Du Arschloch«, sagte ich.
McKay lächelte. Ich zog meine verschwitzten Sachen aus und wickelte mich in ein dünnes Badetuch. McKay sah träge zu, wie ich mich auszog. »Was willst du denn?« sagte McKay.
Kam es darauf an? McKay wollte ich, aber sogar wenn er bei mir war, war er nicht bei mir. Nur wenn er schlief, befürchtete ich nicht, daß er mich verlassen werde, und auch dann noch versuchte ich mit verstohlenen Blicken und Berührungen Herzanfälle und Komas abzuwehren. Auch dann noch waren Träume im Weg.
McKay lächelte. »Die Waisen können nicht leben ohne mich. Wie könnte ich ihnen ihr Recht verweigern mitanzusehen, wie der Chevy alle andern Wagen auf der Bahn schlägt?«
»Mach, was du willst«, sagte ich und fing an, einen kleinen Koffer zu packen.
»Machen, was ich will«, sagte McKay. »Ich habe Verpflichtungen«, sagte er und deutete auf eine Sechserpackung Bierdosen. Ich schmiß ihm eine Dose Budweiser durchs Zimmer, und McKay nickte. »Was für ein Service!« frozzelte er.
Er trank sein Bier und sah mir ein Weilchen zu. Dann ging er in die Toilette und verriegelte hinter sich die Tür. Immer wenn der Riegel der Tür zum Bad umgelegt wurde, hörte ich auf zu denken, hörte auf zu fühlen, schaute in die Luft und gab mir Mühe, die Sekunden nicht zu zählen. Ich wurde erst wieder lebendig, wenn ich den Türgriff sich bewegen hörte, wenn

McKay aus dem verriegelten Raum herauskam, mit schweren, ruhigen, dunklen Augen.
McKay setzte sich wieder auf seinen Stuhl, und sein Kopf wippte auf den Schultern. Als ich den Koffer zumachte und ihn auf den hölzernen Fußboden warf, wandte er sich zu mir her und sah mich an.
»Und noch eines«, sagte er, lässig, die Wörter verschleifend.
Ich ging ins Bad, um zu duschen. McKays Werkzeug, die Nadel und der Umschlag, lagen noch auf dem Porzellan des Zahnbürstenhalters. »Ich red mit dir«, sagte McKay. »Und ich sag dir, du bist mir zuviel mit Starry zusammen. Hörst du mir mal zu? Ich möchte, daß das aufhört.«
Ich hatte McKay zwar nie erzählt, was ich über Starry wußte — Geschichten darüber, wohin sie in jenen glänzenden Cadillacs fuhr oder wieviel Heroin sie jeden Tag brauchte —, aber McKay konnte sie nichts vormachen. Vielleicht dem einen oder andern von den Waisen, aber nicht McKay. Er kannte die Miene, das Geflüster, das Kopfwippen. Ich machte die Tür des Badezimmers zu, der Spiegel bewölkte sich, Dampf stieg auf und ich warf das Badetuch zu Boden. McKay machte die Tür wieder auf. Er stand in Leder und Dampf gehüllt im Türrahmen.
»Ich weiß, was sie für eine ist«, sagte McKay.
»Was denn?« sagte ich. Ich dachte an die Nächte, die ich allein sein würde, ohne Starry anrufen zu können, wenn ich auf McKay wartete, der auf der Avenue war, mit den Waisen, mit dem Dolphin.
»Eine Nutte«, sagte McKay. »Und ich will, daß du dich mit keiner Nutte nicht abgibst.«
»Das sind ja nette Ausdrücke«, sagte ich, »für das Eigentum Nummer Eins von *deinen* Leuten.«
»Nicht mehr lange«, sagte McKay. »Sie wird nicht mehr lange Nummer Eins sein.«
Wie ihre Knöchel weiß geworden waren, als sie nach der Tequilaflasche griff, in der Wolfsnacht, während sie die Rück-

kehr der Waisen erwartete. Starry gehörte den Waisen. Und verlangte McKay nun, daß ich allein blieb, ohne wenigstens Starrys Stimme zu hören? Allein mit meiner Angst vor Nadeln, allein in der verdunkelten Wohnung, ohne eine Nummer in meinem Telefonbuch?
McKay machte die Badezimmertür zu. »Ich weiß, sie ist ein Junkie«, sagte er.
»Du mußt es wissen«, sagte ich, und obwohl der Raum klein, geschlossen und voller Dampf war, fühlte ich eine ungewöhnliche Kälte auf der Haut.
»Sag nicht so was«, sagte er leise.
»Schon gut«, flüsterte ich.
»Sag nicht so was«, sagte McKay. Er machte die Tür auf und nahm den Koffer vom Boden.
Ich drehte die Dusche ab, warf ein paar Kleider über und versuchte ihn einzuholen, als er die Treppe hinunterstieg und auf die Straße trat, wo der Chevy wartete. Ich rannte.
»Schon gut«, sagte ich.
McKay ging an dem grüßenden Automechaniker vorbei, den er regelmäßig mit gestohlenen Artikeln versorgte, und rutschte in den Wagen. Er startete den Motor. Es war kein Zweifel, McKay würde ohne mich abfahren. Also machte ich die Tür auf, und wir saßen schweigend nebeneinander, während der Motor brummte und die Sommerhitze uns umgab.
»Ich bin vielleicht machmal high«, sagte McKay. »Aber das ist doch was anderes, als wenn Starry den Namen der Waisen in den Dreck zieht. Es ist was anderes, ob man mal high wird oder ob man für einen Schuß ficken geht.«
McKay steuerte den Chevy zur Autobahn hin, die uns ans eine Ende der Insel und zur Rennbahn bringen würde. »Ich werd' sie nicht mehr so oft treffen«, sagte ich.
»Du wirst sie überhaupt nicht mehr treffen«, sagte McKay.
Was er forderte, war gar nicht so schlimm. Ich hatte Starry nicht so oft gesehen, wie McKay glaubte. Sie kam nicht mehr oft auf die Avenue. Und obwohl Starry bei offiziellen Ver-

sammlungen der Eigenen niemals fehlte, schwirrte sie doch meistens in der Innenstadt herum, hinter dem Geld her, das sie alsbald für Päckchen weißen Pulvers ausgab. In letzter Zeit hatten wir uns überhaupt nicht gesehen, aber es war richtig, unsere Stimmen waren sich nachts durch die Telefondrähte begegnet.

»Ich richte mich ganz nach dir«, sagte ich ihm, und McKay schenkte mir wieder sein Nicken und sein Lächeln.

Nach etlichen Meilen meldete McKay den Chevy für das Rennen an. Während er mit den anderen Fahrern und den Mechanikern sprach und sie den Glanz des Chevy bewunderten, saß ich in der Nachmittagshitze in dem leeren Stadion. Obwohl die Bahn nicht weit vom Meer war, kam kein Wind auf, und die Sägespäne, die den Boden der Bahn bedeckten, lagen unbewegt. Ich sah McKay zu wie einem Fremden: die dunklen Augen, der leichtfüßige Gang, die Motorradbrille, das Leder, das Lächeln. Es war immer noch McKay. Na gut, der war er.

Nach und nach trafen die Waisen ein; sie umringten den Chevy mit Leder und Lachen. Der Marinemartin lehnte sich über die offene Kühlerhaube, während Danny der Liebe vor dem Motor herumtanzte und mir zuwinkte. Ich antwortete bloß mit einem Nicken, denn Danny war auch einer, den McKay nicht ausstehen konnte. Gewiß, McKay erlaubte, daß der Liebe für ihn in die Stadt fuhr und Umschläge aus Flashs Wohnung abholte, aber er haßte sein ewiges Lächeln. Und so hatten Danny der Liebe und ich uns in letzter Zeit immer nur im Vorbeigehen zugenickt, wenn wir uns auf der Avenue begegneten. Und obwohl er mir weiterhin zulächelte, hatte er doch aufgehört, mir Schokolade und Ratschläge anzubieten.

Jose war nun fest angestellt bei der Stadtpolizei, aber bei einem Rennen McKays konnte er doch nicht fehlen. Ich sah McKay mit unserm Freund bei der Behörde abseits von den andern stehen, und Jose lächelte und malte mit dem Stiefelabsatz Kreise in das Sägemehl, während McKay sprach.

Irene hatte ihren Freund mitgebracht, den Vietnam-Veteranen. Er hielt den Arm um sie, während ihr Lachen in die Luft aufstieg. Ob der Freund mit seinem kurzen, zurückgekämmten Haar wohl geahnt hatte, als er mit seinem Kugelschreiber in so einem Reisfeld saß, wie viele von den Eigenen seine orthographischen Fehler belächelt hatten, und wie oft sein Schlußsatz zitiert worden war: »Ich kann's gar nicht mehr erwarten, bis ich wieder in die Staaten komme, um dich zu ficken«? Der Freund lächelte, als er im abnehmenden Sonnenlicht des Nachmittags mit dem Leder und der Laune der Waisen bekannt gemacht wurde. Nein, der ahnte nichts.
T.J. und Gina standen beisammen. Mehr als irgendwer sonst unter den Waisen waren diese beiden ein Paar geworden. T.J. trug einen Spazierstock mit silbernem Knauf, ein Geschenk von McKay, und manchmal stützte er sich auf Ginas Arm. Seit seiner Verwundung in der Wolfsnacht fiel ihm das Gehen schwer, und Gina wurde ihm immer unentbehrlicher, so sehr, daß sie ihre Arbeit bei Monty aufgegeben hatte, damit sie sich soviel wie möglich um T.J. kümmern konnte. Offiziell gehörten T.J. und Gina noch zu den Waisen, aber sie standen nun beide zusammen für sich allein. T.J. konnte den Waisen nichts mehr nützen, doch blieb er eine Art Maskottchen, mit seiner Silberkrücke, seiner schwarzen Augenklappe und seinen legendären Wunden.
Der Dolphin war nicht da, aber der kam bei geselligen Anlässen überhaupt selten. Tosh und Leona standen mürrisch unter den anderen, und bei ihnen waren die Holde und Starry. Mir lag nie viel daran, Kind der Holden zu begegnen und zu sehen, wie ihre bemalten Augen an McKay hingen, aber ich hatte gelernt, ihr Lächeln und ihre Blicke zu ignorieren. Starry war es, nicht die Holde, der ich hier auf der Rennbahn lieber nicht begegnet wäre. Lieber nicht so weit außerhalb der Stadt, denn daheim, im sicheren Tin Angel hatte sie mir einmal im Scherz erzählt, jedesmal, wenn sie New York verlasse, jedesmal, wenn sie die Stadtgrenze überschreite, fange ihr die

Nase zu laufen an und der Leib schmerze ihr, sogar dann, wenn sie einen Wochenvorrat Heroin ins Jackenfutter eingenäht bei sich trage. Sie könne die Stadt nicht verlassen.
McKay ließ die Waisen stehn, die sich um den Chevy versammelt hatten, und setzte sich zu mir in die Bankreihen. Er nahm mich bei der Hand. »Liebchen, ich weiß doch«, sagte er.
Ich schaute in die Luft. »Was weißt du?« Ich drehte mich zu McKay hin und sah, daß er über meine Worte nicht lächelte.
»Liebling«, sagte ich und legte den Arm um McKay, nahm seine Hand, in der er meine hielt, und drückte seine Finger an meine Lippen. »Du weißt«, flüsterte ich.
»Wenigstens ist der Dolphin nicht hier«, sagte McKay. »Da könntest du schon mal lächeln.«
Ich lächelte.
»Na siehst du. Aber Starry wird nicht lächeln. Sie wäre niemals aus der Stadt gekommen, wenn sie gewußt hätte, daß der Dolphin nicht da ist.«
»Du hast sie belogen?« sagte ich.
McKay gewährte mir seinen tiefdunkelsten Blick.
»Oder sie verladen«, sagte ich.
»Ich werde nicht dulden, daß die ganze Avenue über das Eigentum Nummer Eins herzieht. Das ist keine Ehre für die Waisen.«
Ich sah Kinds Blick auf uns ruhen. »Da kannst du ja gleich die Holde ernennen«, sagte ich.
»Was für eine Idee!« sagte McKay lachend und trennte sich von mir, um wieder zum Chevy zu gehn. Ich folgte ihm, denn Starry gab mir mit einer Handbewegung ein Zeichen.
Die Zuschauer strömten nun allmählich an den Kassen herein, und die Waisen nahmen Sitzplätze in der vordersten Reihe. Starry blieb hinter den anderen zurück, damit ich sie einholen konnte.
»Mir geht's schlecht«, sagte Starry. »Ich hätte nie gedacht, daß McKay so weit aus der Stadt heraus kommt, wenn der

Dolphin nicht da ist und ihn versorgt. Ihm wird's auch schlecht gehen, McKay, und wie. Oder hat er Stoff bei sich?« Starry preßte ihre Finger um meinen Arm und hielt mich von den anderen Waisen zurück, die einen Reefer herumreichten. »Hat er was?« flüsterte Starry. »Kannst du mir was besorgen?«

»Starry«, sagte ich, »so ein mieser Süchtiger ist McKay nicht. Er ist bloß manchmal high. Er braucht es nicht, er muß keinen Stoff mit herumschleppen.«

»Quatsch«, sagte Starry, »du weißt nicht Bescheid.«

»Doch«, sagte ich. »Und außerdem, McKay weiß über dich Bescheid. Er weiß, wieviel Stoff du verbrauchst.«

»Deshalb hat er mir kein Wort davon gesagt, daß der Dolphin nicht kommt. Er will, daß ich's zugebe. Er will mich zwingen zurückzutreten.« Starry biß sich auf die Lippen. »So ein Scheißer«, sagte sie. »McKay scheißt uns noch alle an mit seiner Ehre.«

»Er wird dich nicht zwingen zurückzutreten«, sagte ich.

»Denn das wär nicht ehrenhaft«, witzelte sie.

Ich wollte Starrys Schulter berühren, aber sie schüttelte mich ab. Wir setzten uns zu den Waisen, und als Danny der Liebe mir einen Joint weiterreichte, sah ich, wie Starrys Schultern leicht bebten. Ihre blassen Hände zitterten, als ich ihr die Zigarette weitergab.

»Lange nicht gesehen«, sagte der Liebe in dem Augenblick, als McKays Chevy einen Ford so aus der Bahn zwang, daß er in die Drahtnetze krachte, die das Publikum schützten.

»Lange nicht«, stimmte ich zu, aber ich konnte den Lieben bei dieser Antwort nicht ansehn. Er legte eine Hand auf mein Knie.

»Ist doch alles in Ordnung«, sagte der Liebe. »Alles eben«, sagte er. »Ha, denkst du, ich fühl mich mißachtet? Denkst du, ich bin beleidigt? Alles eben, ich sag's dir doch.«

»Alles eben?« Ich lächelte ihn an.

Danny küßte mich sehr zart; sein Atem war süß wie gezucker-

ter Hustensaft. »Siehst du doch, ja«, sagte er. Ich saß zwischen Starry und Danny dem Lieben, und wir sahen McKay gewinnen.
Nach den Rennen, als der Mond hoch stand und die Luft kühl und salzig war, versammelten sich die Waisen um ein Lagerfeuer in den Stranddünen. Nun da er die Siegesprämie in der Tasche hatte und die Schnelligkeit des Chevy vor aller Welt bewiesen war, lächelte McKay in die Luft hinein. Ich hielt mich dicht bei ihm und gebrauchte Worte, die ihn zu dem Versprechen bewogen, daß wir die Nacht nicht in einem Schlafsack am Strand, mitten unter den Waisen verbringen würden. Er war der Gewinner, und das Mindeste, was er sich leisten konnte, waren ein Zimmer in einem Motel und ein paar Stunden. Wir saßen dicht beisammen im Sand und flüsterten. Dann sah ich Starrys Gesicht, grellweiß in der Nacht. Ich nickte McKay zu, und er winkte Starry heran.
»Freut mich, daß du zu dem Rennen hast kommen können«, sagte McKay und nahm einen Schluck aus einer Bierdose. Das dunkle Feuer seiner Augen ließ sich auf Starrys Profil nieder. »Du weißt, es hätte nicht gut ausgesehen, wenn das Eigentum Nummer Eins bei meinem Sieg nicht dabeigewesen wäre.«
»Scheiß auf deinen Sieg«, sagte Starry.
McKay machte sich eine Zigarette an und war still.
»McKay«, sagte Starry, »das darfst du von mir nicht verlangen.«
»Du hast es so gewollt, Herzchen«, sagte er. »Und mir bleibt keine Wahl, ich muß den Namen der Waisen schützen.«
»Vor was? Was schützt du denn? McKay, verlang nicht von mir, daß ich aufgebe, was ich jetzt habe. Verlang nicht, daß ich das alles aufgebe.«
Wenn McKay Starry die Waisen wegnahm, würde sie niemandem mehr gehören. Wenn er ihr die Buchstaben auf der Jacke wegnahm, würde sie keinem mehr gehören. Nur der Stadt, der Nadel; niemandem sonst.

»Warte bis morgen«, flüsterte ich Starry zu.
»Sie kann nicht warten«, sagte McKay. »Siehst du denn nicht, sie kann nicht warten?«
»Ich weiß, du schießt auch«, sagte Starry. Sie zögerte. »Ich brauch es jetzt«, sagte sie, »sofort«.
McKay war still.
»Also schön«, flüsterte sie. »Gib mir was, und ich geh. Gib mir was, und ich fahr zurück in die Stadt.«
McKay war bereit. Er stand auf, und sein Schatten bedeckte uns. Der Lärm der Waisen ringsum schwoll an, denn Irene hatte ihre Verlobung mit dem Vietnam-Freund bekanntgegeben, und ihre Worte ernteten Stürme von Gelächter und Beifallsrufen.
»Du mußt verstehen, es geht nicht um den Stoff«, sagte McKay. »Es geht um die Ehre.«
Starry schüttelte den Kopf. »McKay«, flüsterte ich. Wenn er von Ehre sprach, hatte ich das Gefühl, daß es nur noch Sekunden dauern würde, bis ich ihn verlor.
»Warum mußt du denn anschaffen gehn?« fuhr McKay fort. »Warum kommst du nicht zu mir und erklärst mir's?«
»Ja, ich hab ein paar Nummern gemacht«, flüsterte Starry. »Zum Teufel, was denkst du eigentlich, wie ich zu Geld kommen soll? Ich könnte genausogut wie du einen Spirituosenladen plündern, aber das wäre nicht ›ehrenhaft‹, wenn es die Eigenen machen. Was soll ich denn tun ohne Wagen, ohne Revolver, mit nichts als meinem Körper in der Jacke? Wenn ich zu dir gekommen wär, wenn ich dir erklärt hätte, es geht mir schlecht und ich habe da so eine Gewohnheit, was hättest du denn getan?«
McKay war still.
»Siehst du«, sagte Starry. »Siehst du, das hättest du getan, nichts. Du hättest mir gesagt, ich soll still sein, und getan hättest du nichts. Warte du nur ab«, sagte Starry. »Warte du nur ab, bis du kein Geld mehr hast, bis du ein bißchen Stoff brauchst, und keiner ist da, der dir welchen gibt. Wart ab, bis

es dir so elend geht, daß dir auch deine Ehre egal ist. Wart ab. Das dauert gar nicht lange, und du machst auch deine Nummern. Bevor du's überhaupt weißt, fängst du an, Nummern zu machen, McKay.«
McKay schaute in die Nacht hinaus. Die Luft war kalt, jetzt, wo der Wind vom Meer kam. Morgen würde die Hitze wieder losgehen, die Temperatur würde steigen, und die Haut würde brennen. Jetzt in der Nacht aber, sogar im Schutz des Feuers und des Leders, bildeten sich kleine Pickelchen auf der Haut.
Starry zitterte in der Kälte. »Gib mir bloß einen Schuß«, sagte sie. »Ich weiß, du hast was bei dir. Einen Schuß, und du bist mich los für immer.«
McKay saß so nah bei mir, daß seine Jacke uns beiden die Schultern bedeckte. »Du hast es hier bei dir?« flüsterte ich. »Warum hast du es bei dir?« Vielleicht war mein Flüstern so leise, daß McKay nicht hörte. Antwort gab er nicht.
»Flash will, daß ich zu ihm ziehe«, sagte Starry zu mir.
Meine Worte kamen sofort. »Das machst du nicht«, sagte ich.
»Doch«, sagte sie. »Warum nicht?«
»Du wechselst die Verbindungen schnell«, sagte McKay.
»Mensch, du solltest mich besser kennen«, sagte Starry. »Aber wenn ich kein Eigentum mehr bin, dann brauch ich etwas. Ich brauche Schutz. Ich kann ebensogut zu Flash ziehen; wenigstens kann der mich immer versorgen. Er hat immerzu Stoff, und er wird auf mich aufpassen.«
»Komm in den Chevy«, sagte McKay. »Und damit ist's aus. Bei den Waisen will ich dich nicht mehr sehen. Ich will dich auch auf der Avenue nicht mehr sehen.«
McKay und Starry sprachen wie im Traum; sie sahen sich nicht an, sondern schauten in die Luft. Ich suchte in Starrys Gesicht nach einer Träne oder irgend etwas, aber sie schaute nur zum Atlantik hin. Das Wasser war zu dunkel, und man

konnte es nicht sehen, aber die Wellen brachen sich auf dem Sand wie ein Herzschlag in der Nacht.

Ich sah zu, wie sie zum Wagen gingen. Dann sah ich weg und wünschte mir, ich säße selbst mit McKay und Starry zusammen im Wagen, krempelte den Ärmel hoch und zöge den Gürtel um den Arm fest, mit ihnen zusammen im Chevy. Ich empfand nur Eifersucht. Das war nicht dieselbe Eifersucht wie gegen die Holde oder die Wagen voller Mädchen, die den Chevy auf der Avenue verfolgten. Ich war auf eine Weise eifersüchtig, wie ich es sexuell, wegen einer andern Frau, nie gewesen wäre. Ich beneidete sie um die Intimität der Nadel. Jede Angst, jede Trauer über Starrys Ausschließung verging mir. Wenn sie bliebe, wäre sie McKay näher als ich, ebenso nah wie der Dolphin. Ich wünschte sie fort.

Danny der Liebe wurde aus dem Schlaf geweckt. Er bekam Flashs Adresse und den Auftrag, sofort mit seinem Pontiac zu starten und Starry über die Stadtgrenze zurückzufahren. Wie immer war der Liebe geschmeichelt, daß McKay ihn für eine Besorgung ausersehen hatte. Wie er so, im Mondschein grinsend, eilig daherstapfte, um McKays Wünschen Genüge zu tun, hätte ich gern die Hand nach ihm ausgestreckt, als er blinzelnd und augenkullernd an mir vorüberging. Aber McKays Augen waren tiefdunkel, und ich nickte dem Lieben bloß zu und ging langsam mit Starry zu dem Pontiac hin.

»Ich brauch nicht mehr anschaffen«, sagte Starry; sie verschliff die Worte. »Ich hab das nur gemacht, weil es für die Waisen ein Geheimnis bleiben sollte. Um die Waisen zu schützen. Jetzt hab ich Flash und keine Geheimnisse mehr.« Sie lächelte. »Jetzt wirst du also Eigentum Nummer Eins werden.«

»Nein«, sagte ich. »Hab ich mir nie was draus gemacht.«

»Immer nur McKay.«

McKay hatte den Motor des Chevy gestartet. Er rief meinen Namen, und der Pontiac des Lieben hupte.

»Paß auf«, sagte Starry. »Der dreht auch noch Nummern.«

Wir sahen beide zu McKay hin, wie er am Steuer des Chevy saß. Seine Augen waren dunkel, es war Nacht, und vom Meer kam Salzgeruch.
»Dieser Kerl?« Ich lachte. »Starry, Herzchen, der ist zu schön, als daß er Nummern machen müßte.« Und wir lachten beide, mit jener Lache, die sich allzu schnell ins Schweigen wendet.
»Sei nicht eifersüchtig auf die Nadel«, sagte Starry, und ich fragte mich, ob meine Befürchtungen wohl so leicht zu sehen gewesen waren. »Sei nicht eifersüchtig auf die Nadel, die ist keine so gute Geliebte, wie du vielleicht denkst. Nur wenn du das Geld hast, ja, dann ist auf sie Verlaß. Dann kommt ihr's immer.«
Irene und ihr Vietnam-Freund tanzten im Sand, und die Waisen johlten und schlugen den Takt mit den Händen. Der Motor des Chevy wurde lauter. Ich ließ Starry an der Tür des Pontiac stehen und ging zu McKay hin.
»Eins weißt du ja«, rief Starry mir nach, und ich drehte mich nicht um, ich blieb nur im Sande stehen. »Du weißt, ich hab immer noch Telefon. Du weißt, du kannst mich anrufen.«
Ich ging weiter, machte Spuren im Sand. Der Pontiac des Lieben bog vom Strand ab, in Richtung auf die Stadt. Ich dachte, nach all den Monaten, den Worten, den Küssen, hatte ich noch immer nicht erreicht, was ich wollte. Sicher, McKay hatte erlaubt, daß ich meine Kleider in seinen Schrank hängte; aber in seine Seele war mir der Eintritt nicht gestattet. Und nichts Geringeres wollte ich. Du sagst, das war zuviel verlangt? Ich geb dir recht. Aber ich wiederhole: Nichts Geringeres wollte ich. Es schien, ich konnte nicht bekommen, was ich wollte. Ich machte die Tür auf, setzte mich neben McKay in den Chevy, und als wir losfuhren, wirbelten die Räder Sand durch die Nacht. Über die Stille des Strandes hinweg konnten wir die Waisen noch johlen hören.
Wir fuhren zu einem Motel, sieben Dollar die Nacht. Als wir auf den Parkplatz einbogen, wandte sich McKay zu mir. »Ich

werde es sein lassen«, sagte er. »Ich werd nicht so werden wie Starry. Ich kann auch ohne das Zeug leben, auch jenseits der Stadtgrenze.«
Ich sah ihm in die Augen und ich wünschte, alle meine Geheimnisse wären sein und alle seine Geheimnisse mein gewesen. Ich fing an, mich auszukennen in den Bannformeln: die eine war Liebe, die andere war Ehre, und die leichteste von allen war die, von der McKay jetzt sprach, Heroin. Darum wollte ich, daß er auch mir die Nadel in den Arm setzte, dieselbe Nadel für uns beide. Ich dachte, es könnte seinen Preis wert sein, wenn ich mir von einem, der Augen hatte wie McKay, die erste Dosis jenes farb- und geruchlosen Zaubers verabfolgen ließe, ganz ohne Beschwörung und Gesänge. Ja, es stimmt, ich wollte die Nadel in seiner Vene, aber es war nur Liebe.
»Einmal noch«, sagte er, als wir auf die strahlenden Neonröhren des Motels zugingen. »Es wäre Unsinn, guten Stoff wegzuschmeißen. Nur noch einmal«, flüsterte er.
Es war nur Liebe. Und ich dachte, ich hätte die leichteste Formel von allen gefunden.
»Zusammen«, sagte ich.
»Nicht«, sagte er.
Seit sechs Monaten war ich nun bei McKay, und mit ihm war ich einsamer als ohne ihn. Anfangs hatte ich gedacht, ich wollte bloß seinen Namen, aber das war nicht genug. Worte waren nicht genug. Auch ein Körper, Haut, Flüstern, nicht einmal das war genug. Und so hielt ich McKay jetzt auf dem dunklen Parkplatz an, mit den Armen, mit Flüstern und Betteln.
»Doch«, sagte ich.
»Diesmal«, sagte er. »Nur dies eine Mal.«
Sechs Monate, sechs Formen des Sichverliebens, sechs Positionen der Hilflosigkeit, und immer noch ist alles anders und nichts ist neu. Geh ich immer noch mit McKay in dieses Motel? Tut er mir immer noch das weiße Pulver ins Blut, in der

Toilette des Motelzimmers, wo die goldgetupfte Decke Farbflecken über unsre Haut streut? Bin ich immer noch bereit, den Eintrittspreis zu zahlen wie in jener Nacht? Und ist es immer noch derselbe Ritus, krempele ich ihm immer noch den Ärmel hoch, knie vor ihm und lächle, wenn die Nadelspitze seine Haut berührt? Immer wieder von vorn und immer wieder dasselbe?

Jetzt will ich dir was beichten, ich gesteh ja alles: Ich hab's gewollt. Ich wollte den Bann, ich wollte die Magie; jede Droge war mir recht, um ihn am Haken zu halten. Ich wollte, daß ihm das Zeug in dünnen, krummen Bahnen durch den Arm lief, und ich wollte die Richtung bestimmen, in die es lief. Durchs Herz sollte es laufen, mitten durchs Herz. Ich lächelte und hielt den Löffel, in dem das Heroin war, an meine Zunge, und es war süß. Es war süß und es war leicht, und ich dachte, das sei der Preis, den ich zu zahlen hätte.

Die Einstiche an meinem Arm trafen die Venen nicht; es waren auch nie besonders viele, eben soviele, daß nicht alle sie sehen mußten. Sehen, daß ich zu beginnen versuchte, was nicht begonnen werden konnte. Die Spuren an meinem Arm sollten nur verhindern, daß je ein Geständnis niedergeschrieben werden müßte, schwarz auf weiß, Lüge für Lüge. Damals schien nicht viel dabei zu sein. Es war nur weißes Pulver und die blaue Flüssigkeit seiner Vene und die Liebe. Das war alles, Pulver und Saft und ein Herzschlag. Das schien kein zu hoher Preis zu sein für das, was ich wollte. Denn ich wollte ja alles. Und ich sprach das Wort ganz leise aus und hielt McKay fest im Arm und machte die Augen zu.

»Doch«, sagte ich zu ihm. »Doch.«

2

Ich saß auf dem hintersten Barhocker bei Monty und sah McKay zu, der sich in die gläserne Telefonkabine eingeschlossen hatte. Ich kaute Eis, als Medizin gegen die Hitze. Der alte Ventilator an der Decke kreiste mit einem summenden Ton.

»Vergiß dein Eis«, sagte Monty »und trink einen, aber was Richtiges«.

»Was empfiehlst du?« fragte ich und spielte mit dem Ärmel meines Hemds.

»Einen doppelten Gin«, sagte Monty.

»Wie kannst du Alkohol über die Lippen bringen?«

»Bei Temperaturen über dreißig sind meine Lippen dankbar für ein bißchen Gin.«

»Ein bißchen, alter Herr?« sagte ich. »Ein bißchen?«

»Gibt Schlimmeres als Trinken«, sagte Monty.

Also das wollte er. Zugeben, daß er trank, als Gegenleistung für eine Beichte, daß ich schoß. So nicht. Ich zog die Kette, die ich trug, unterm Hemd hervor. Ich hielt das Amulett hoch und lächelte.

»Du hast es nicht weggeworfen?« sagte Monty. »Du überraschst mich.«

Ich hatte die Kapsel nicht nur nicht weggeworfen, ich hatte mich daran gewöhnt, sie immer zu tragen; sogar wenn ich sonst nichts anhatte, sogar im Schlaf trug ich den Zahn eines geschlagenen Mannes um den Hals, den Zahn eines Drachen.

»Warum hast du es nicht weggeworfen?« fragte Monty.

»Weiß nicht«, sagte ich leise.

»Na, was?« sagte Monty.

»Aberglaube«, sagte ich.

Monty zuckte die Achseln, und ich schaute weg. McKay wählte von neuem; mit Nummern und Telefondrähten suchte er nach dem Dolphin. Noch mal wählen in der Glaszelle.

»Von Starry nicht die Spur auf der Avenue«, sagte Monty.

Nirgendwo gab es eine Spur von Starry. Ihr Name wurde von den Waisen nie erwähnt, keine von den Eigenen hatte gefragt, was aus ihr geworden sei. Wenn aber der Wind der Avenue so blies, wie Monty behauptete, dann hatten die Waisen und die Eigenen alle schon seit einiger Zeit gewußt, warum man Starry nicht mehr über die Avenue gehen sah, warum sie nicht mehr in der hintersten Nische des Tin Angel wartete.

»Sie scheint fort zu sein«, sagte ich, und Monty schenkte sich ein Glas Gin ein.

McKay kam aus der Telefonzelle. Er schlidderte auf den Stiefelabsätzen über den feuchten Spiegel des frischgewachsten Linoleums und kam dann zum Halt.

»Hab's«, sagte er. »Komm, wir fahren.«

»Nein«, sagte ich.

»Nein?« sagte McKay.

»Nein?« sagte Monty.

Es war richtig, ich hatte mich dran gewöhnt, überallhin mitzugehn, wohin McKay ging, aber wenn der Dolphin das Ziel war, hätten sie sich über meine Antwort nicht zu wundern brauchen. Nie ging ich mit zu dem Dolphin.

Mehrere Knaben umstanden die Gefriertruhe. »He, du da«, sagte McKay und nickte einem Dunkelhaarigen zu, der sich finster und rauchend im Kühlen herumdrückte. Der Junge kam auf uns zu; einem Waisen konnte man nichts abschlagen.

»Das ist der Richtige«, sagte Monty. »Tony heißt der Bengel, und es scheint, er möchte allerhand über die Waisen wissen.«

Der Junge sah schweigend zu Boden.

»Tony«, sagte ich, »hast du denn gar nichts zu erledigen?«

Tony schüttelte den Kopf, und McKay lächelte. »Laß den Knaben in Ruhe«, sagte McKay zu mir.

»McKay, der ist vierzehn«, sagte ich. »Wozu brauchst du ihn?«

»Da mach dir keine Sorgen«, sagte Monty. »Der hier ist sozusagen nicht mehr jung. Der kann schon in einer Sekunde einer alten Frau die Handtasche wegschnappen. Der geht nie ohne ein Stück Kugellager in einem Strumpf, damit er andern die Zähne in den Rachen dreschen kann.«
»He, halt dich raus«, sagte Tony zu Monty.
McKay lachte. »Weißt du, was auf meiner Jacke steht?«
Tony nickte, und seine Augen bewegten sich scheu.
»Sicher«, sagte er. »Du bist der Presi.«
»Stimmt das mit den alten Frauen?« sagte McKay.
»Nein«, sagte Tony.
»Aber das, wie war das, mit dem Kugellager im Strumpf?«
Tony lächelte, und McKay blinzelte mir zu. »Ein Kugellager«, sagte er. »Zu meiner Zeit hatte man Schlagringe.«
»Zeiten ändern sich«, sagte Monty wegwerfend.
»Hast du Lust, mit mir in die Stadt zu fahren?« fragte McKay den Jungen.
»Nicht doch, McKay«, sagte ich. »Nimm den doch nicht mit.«
Tony sah mich giftig an.
»Schau«, sagte McKay, »von den Waisen ist keiner da, und ich brauch für die Fahrt ein bißchen Gesellschaft. Ich hab auch gehört, Tony hier hätte vielleicht Interesse, zu den Waisen zu kommen. Ist das richtig, Monty?«
Monty nickte. »Ist richtig«, sagte er.
Tony bekam große Augen. Die anderen Jungen sahen stumm zu; sie wußten, einer der Ihren war für sie verloren.
Ich zuckte die Achseln. »Mach, was du willst«, sagte ich zu McKay.
McKay trat dicht an mich heran. »Sei zuhaus, wenn ich zurückkomme«, flüsterte er.
»Hau ab«, sagte ich.
»Ich bring dir was Schönes mit«, sagte McKay.
»Was Schönes?« sagte ich. Ich dachte an die Sicherheit, die ich immer dann spürte, wenn McKay high war. Nur wenn er

träumte und ich ihn in den Armen hielt, hatte ich keine Angst, daß er mich verlassen würde. Ich sah, wie McKay zur Tür hinausging; Tony folgte ihm stumm. Ich konnte McKays Antwort nicht mehr hören.
»Was hast du gesagt, Schatz?« rief ich laut.
»Er hat gesagt«, sagte Tony, der Auserwählte — er ging an seinen alten Freunden vorüber, als hätte er sie nie gesehen — »was richtig Schönes«.
Ich sah in Tonys Augen. »Was Schönes«, flüsterte ich. Und Tony drehte sich um und rannte, um McKay und den Chevy einzuholen.
Ich schaute zu Monty hinüber. »Der ist doch zu jung«, sagte ich.
»Der ist nicht jung«, sagte Monty. »Die jungen Bengels kenn ich heraus. Aber der« — Monty deutete mit dem Kopf zur leeren Tür hin — »der wird noch eines Tages McKays Stelle einnehmen. Sogar McKay merkt das. Also laß den Bengel die Tricks jetzt lernen; früher oder später lernt er sie doch.«
Wir sahen schweigend durch die leere Tür. Dann ging ich hinter die Theke, mixte mir eine Vanille-Soda und setzte mich wieder hin.
»Das Amulett trägst du«, sagte Monty. »Aber versteckt natürlich.«
Ich berührte die Kette an meinem Hals, die Kapsel, die ich immer unter der Bluse trug. »Denkst du vielleicht, jeder soll sehen, wie du mich zum Deppen gemacht hast?«
»War noch nie das Schlechteste, ein Depp«, sagte Monty.
»Meinst du?« sagte ich faul und rührte mit der Fingerspitze die klare Soda in meinem Glas zu kleinen Strudeln.
Monty hob die Hand von der Theke auf. Mit einer raschen Bewegung zog er den Ärmel meiner Bluse den Unterarm hoch, so daß weißes Musselin sich wie Blütenblätter um meinen Ellbogen auffaltete.
Ich blieb still; dann zog ich den Stoff wieder herunter bis zum Handgelenk.

»Du bist frech heut, alter Herr.«
»Lange Ärmel in der Julihitze, Schätzchen?«
Ich achtete nicht weiter auf ihn; sollte der Wind der Avenue ihm die Antworten zutragen, die er hören wollte.
»Wie oft?«
Ich blieb still und dachte nur an dunkle Augen.
»Wie oft?« fragte Monty noch einmal.
»Fünf, sechsmal«, sagte ich. »Dicker Hund, keine fünf, sechsmal. Was geht's dich an, was ich mache?«
»Also hab ich mich in McKay geirrt«, sagte Monty. »Also hab ich das alles ganz falsch beurteilt. Also ist er doch ein Idiot.«
»Halt du den Mund«, sagte ich. »Was denkst du denn, wer du bist, daß du so über McKay reden kannst. Niemand darf so über ihn reden.«
»Nicht mal du?«
»Alter Herr«, sagte ich.
»Wo bleibt da seine Ehre, wenn er dir Heroin gibt? Wo bleibt sie? Du kannst mir nicht erzählen, daß du's dir selber schießt, er setzt dir's, oder? Ich wette, über McKay hat bald die ganze Avenue was zu reden.«
Was kümmerten mich die Worte des Alten? Was konnte der über McKay wissen, was ich nicht wußte? Ich hatte jetzt McKay; den Dolphin traf er bloß noch, um sich mit Stoff zu versorgen; die Waisen traf er bloß noch bei offiziellen Anlässen. Jetzt hatte *ich* ihn. Ich saß auf dem Vordersitz des Chevy, ich hielt die Maschine in Gang, ich verstaute die Briefchen mit dem Heroin zwischen meinen Strümpfen und der Haut meiner Schenkel. Niemand anders als ich war bei McKay.
»Zum Teufel mit dir«, sagte ich zu Monty. »Ein paar Amulettchen und ein bißchen Magie, und schon denkst du, du weißt Bescheid. Geh zum Teufel, du Lügner, du verfluchter Depp.«
»Ich bekenne mich zu allem«, sagte Monty, und ich hob mein Glas zur Bekräftigung. »Mach dir nichts aus mir. Mach dir

nichts aus den Spuren an deinen Armen. Mach dir nichts aus dem Gerede über McKay. Was weiß denn ich über das Eigentum der Waisen?«
»Ha«, sagte ich, »ich bin keine Eigene.«
»Hör mir mal zu«, sagte Monty. »Wenn du dich aufgibst, du kriegst dich nicht noch mal.«
»Hör du mir mal zu«, sagte ich. »Ich denke nicht daran, irgendwas aufzugeben, und schon gar nicht McKay.«
»Alles kannst du wegspülen«, sagte Monty, und er holte die Ginflasche hervor und stellte sie auf die Theke. »Alles kannst du wegspülen, nur nicht, was du gesehn hast.«
»Dichter, was?« sagte ich.
»Also ich bin ein Säufer«, sagte Monty. »Also das war ganz richtig, als du mich einen Deppen genannt hast. Und ich sag dir, trotzdem, was ich gesehn hab, hab ich gesehn.«
»Mach doch die Augen zu«, sagte ich.
»Mach die Augen zu«, wiederholte Monty. »Es gibt nichts, was man machen könnte, um nicht mehr zu sehen. Nicht mal Heroin.«
»Wegen der fünf Mal«, fing ich an, und Monty schaute mich nur an mit seinen blinzelnden Augen. Ich zuckte die Achseln.
»Meistens bei Begräbnissen«, sagte Monty.
»Kommst du auch noch auf die schwarze Tour, alter Herr?«
»Meistens bei Begräbnissen«, redete er weiter, »vollführen gewisse Stämme einen Ritus, bei dem sie sich die Augenlider fest zunähen. Weiß ich, warum. Vielleicht, damit die Toten den Lebenden keine Geheimnisse verraten können. Aber Augen, die sehen wollen, kann man nicht zunähen.«
»Ich hab doch das Amulett, nicht? Ich habe die Magie in dieser Kapsel«, sagte ich. »Das Amulett, sagt McKay, hast du ihm einmal angeboten, und er hat abgelehnt.« Monty nickte und trank Gin. »Warum lügst du, alter Herr? Warum erzählst

du McKay, das ist ein Drachenzahn, und mir erzählst du, es ist der Zahn von einem verprügelten Mann?«
Monty lächelte. »Da ist kein Unterschied«, sagte er.
»Das ist schon zweierlei«, sagte ich.
»Nein«, sagte Monty. »Nein, beides ist ein und dasselbe.«
Ich stand von meinem Platz an der Theke auf. Ich wollte nichts mehr von ihm hören.
Monty hob sein Glas gegen mich. »Das Heroin schafft es nicht«, sagte er. »Das weißt du doch.«
»Alter Herr«, sagte ich, als ich zur Tür ging und die silberne Kapsel mit dem Zahn eines geschlagenen Mannes, mit dem Drachenzahn, auf meine Brust herabfiel, »ich glaub dir kein Wort.«
Ich trat zur Tür hinaus in die Hitze der Avenue. Ich setzte die Sonnenbrille auf, um meine Augen vor dem Spiegelglast von Sonne und Zement zu schützen, und immer noch brannten mir die Augen, mein Kopf drehte sich, und ich mußte innehalten. Augen, die sehen wollen, kann man nicht zunähen, hatte der Depp gesagt. Ich ging weiter, die Avenue hinunter, um zuhause auf McKays Rückkehr zu warten. Das Brennen in meinen Augen fühlte sich überhaupt nicht nach Tränen an, auch nicht wie Schmerz und nur ein ganz klein wenig wie Sehen.

6/FURCHTBEWEISE

1

Das Telefon weckte mich. Ich rannte hin, um den Hörer abzunehmen und das Klingeln verstummen zu machen. Der Morgen war noch dunkel, aber schon heiß. Durch die Leitung hörte ich die Stimme von Jose.

»Bist du da?« fragte er.

»Ja, ich bin's.« Ich setzte mich auf den Holzstuhl am Fenster, die Füße hochgezogen, damit ich den Kopf auf die Knie legen konnte. Die Luft war schwer; sie verhieß Gewitter und noch mehr Hitze.

»McKay da?«

»Jose, er ist da, aber er schläft«, sagte ich zu unserm Mann bei der Behörde.

»Bitte weck ihn«, sagte Jose. Ich gab keine Antwort; ich horchte auf McKays Atemzüge. »Es gibt Ärger, Mädchen. Also weck ihn schon.«

Ich drückte den Hörer an meinen Hals und sah, wie McKay schlief. Es war so früh, daß der Verkehrslärm auf der Avenue erst anfing.

»McKay«, sagte ich. Ich ging zum Bett, setzte mich und berührte ihn an der Schulter. »Jose«, sagte ich. »Jose ist am Telefon.«

McKay machte die Augen auf; draußen auf der Avenue war es still und heiß. Ich sah zu, wie McKay zum Apparat ging. Ich kreuzte meine bloßen Arme, wiegte mich leicht hin und her und hörte nicht hin, was er sagte; ich sah nur McKay zu. Dann ging ich in die Küche, Wasser für den Kaffee aufsetzen, und fürchtete mich vor den Neuigkeiten, vor Ärger mit der Polizei, wegen des Heroins, wegen des Dolphin.

McKay, schon ganz in Leder, kam in die Küche. »Das Rudel«, sagte er.

Ich war erleichtert und goß Kaffee ein. Was kümmerte mich das Rudel?
»Sie haben Danny den Lieben erwischt«, sagte McKay.
»Was heißt das, sie haben ihn erwischt?« sagte ich. Was sollten die Wölfe von Danny wollen, wo doch die Waisen ihn schon nicht haben wollten.
»Na, erwischt haben sie ihn.« Er trank heißen Kaffee in großen Schlucken. McKay machte sich fertig, zu gehen; er war bereit, mich alleinzulassen mit den Worten »sie haben Danny den Lieben erwischt«.
»McKay«, sagte ich, »diesmal nicht. Schweig mir nichts vor. Der Liebe ist mein Freund, also schweig mir nichts vor.«
»Du willst es doch gar nicht wissen«, sagte McKay.
Er hatte recht, ich wollte es nicht wissen. Aber weil ich den Lieben nicht umarmt hatte, als er an mir vorüberkam, blieb mir keine Wahl.
»Verdammt, erzähl schon«, sagte ich.
Ich ließ mich für einen Augenblick in den Arm nehmen, dann ging ich beiseite. »Liebchen, ich brauch dir's nicht zu sagen«, sagte er, »du weißt schon.«
Ich wußte; ich wußte schon mehr, als ich wissen wollte. Was mußte ich mehr wissen? Was mußte ich wissen, ob Messer oder Revolver?
»Nein«, sagte ich. »Nein.«
McKay zuckte die Achseln. Er machte die Tür zur Kammer auf, und die Angeln quiekten, als das Holz sich bewegte. Neben dem Kaffee, dem Zucker und den Haferflocken lag McKays Revolver. McKay und ich sprachen nie von dem Ding. Er verstaute seinen Zweiundzwanziger so, daß mein Blick vor jedem Frühstück darauf fiel, und doch hüteten wir uns, das Ding mit Worten anzuerkennen oder zu verleugnen. Er steckte den Revolver in eine Innentasche, die ins Seidenfutter seiner Jacke geschnitten war.
»McKay«, sagte ich. »Nicht.«

»Von hinten in den Hals«, sagte McKay. »Er hat einen Schuß von hinten in den Hals bekommen.«
»Du glaubst doch nicht etwa, was Jose sagt, oder?« sagte ich.
»Jose weiß, was die Schupos so wissen. Er weiß, wie die Leute heißen, wenn sie tot sind.«
»Keiner wird sich doch mit dem Lieben aufhalten. Er ist wertlos.«
McKay nickte. »Sie haben an mich gedacht«, sagte er. »Dieser Idiot, der Liebe«, sagte McKay leise. »Sie wissen, mir bleibt nichts anderes übrig, als ihn zu rächen.«
McKay ging aus der Küche, und ich lief ihm nach. »Du gehst nicht«, sagte ich.
»Doch«, sagte McKay. »Und du weißt, daß ich geh. Ich muß. Das Rudel weiß, der Liebe war nur wertlos, solange er lebte.«
»So geht das aber nicht«, sagte ich.
McKay schüttelte den Kopf. »Erzähl du mir nicht, wie es sein müßte, Mädchen. Ich sag dir, wie's ist. Und das ist jetzt Ehrensache. Und Krieg.«
»Noch nicht«, sagte ich. »Geh noch nicht gleich. Erst wollen wir high werden. Erst werden wir zusammen high, und dann kannst du gehn.«
McKay lächelte. »Heute nicht. Was er auch für ein Idiot war, er war mein Soldat. Heute nicht«, sagte McKay und fing an zu telefonieren. Er rief den Dolphin an, er rief die Waisen zusammen. Ich hätte die Hand ausstrecken sollen und sie dem Lieben auf die Lippen legen, als er im Mondschein grinste. Jetzt aber war er hin, Danny der Liebe, und ich wollte kein Opfer bringen für ein Lächeln, das schon hin war. Ich wollte nicht noch einmal warten müssen und die Patronen im Revolver zählen, wenn McKay wiederkam. Ich wollte nicht warten müssen und Verbände und kalte Umschläge auf die Wunden legen nach einer Schlacht um das, was schon hin war.
Ich wollte, daß McKay high würde, denn dann wäre er mein.

Ich wollte, daß er den Krieg vergaß und das Heroin in seine Venen ließ. Reine Liebe, reine Furcht, reine Selbstsucht: ich wollte nicht noch mehr verlieren.
McKay sprach mit dem Dolphin. Ich ging zu ihm hin und flüsterte ihm Störworte ins Ohr. »Ich will high sein«, sagte ich. »Ich muß high werden«, log ich. McKay schüttelte den Kopf und sprach durch die Leitung weiter mit dem Dolphin.
Kein Plan, kein Rat, der von dem Dolphin kam, konnte Ehre bringen. Es wäre Rache, die nur den Schmetterlingsfarben und der Wangennarbe angehörte. Und Danny der Liebe wäre zweimal hin.
»McKay«, sagte ich. »Ich will dich jetzt haben.«
Was konnte Rache jetzt dem Lieben nützen? Zu was war Ehre gut? Ich wollte McKay nichts aufs Spiel setzen, für den Lieben nicht und für die Ehre schon gar nicht.
»Gleich«, sagte ich. »Sofort«, flüsterte ich. Ich hielt McKay fest und fühlte das Metall des Zweiundzwanzigers in seinem Jackenfutter. McKay streichelte mir übers Gesicht, aber er sah mich gar nicht an; jetzt hatte er's mit der Ehre, mit der Rache. Ich schob die eine Hand in McKays Jeans und mit der andern begann ich den Reißverschluß zu ziehen. Und immer noch hatte er's mit der Ehre, mit den Waisen, mit dem Dolphin. Als sich die dunklen Augen endlich zu mir hinwandten, waren sie leer. Ich konnte mir nicht helfen, ich dachte, McKay erkenne mich gar nicht, könne sich an mein Gesicht nicht erinnern und nicht an die Berührung meiner Hand.
Ich ließ ihn stehen, wie er mit dem Dolphin sprach. Ich ließ ihn stehen, mit dem Hörer in der Hand und mit seinen dunklen Augen, die leer waren, wenn sie zu mir hersahen. Ich warf einen Regenmantel um meinen nackten Leib und griff mir die Autoschlüssel vom Holztisch.
»Mädchen, komm zurück«, rief McKay, als er das Klirren hörte. Aber zu spät. Ich war schon draußen und auf der Straße. Ich war schon auf der Bahn, die zu dem Chevy führte, der unten immer auf McKay wartete, lackschimmernd wie

schwarze Mitternacht. Wenn Worte McKay nicht halten konnten, wenn keine Bitte und kein Streicheln ihn Ehre und Rache vergessen machen konnten, vielleicht konnte es das Gaspedal des Chevy.
Ich startete den Motor. Der Regenmantel flatterte mir um die Knie, denn ich hatte nicht Zeit gehabt, ihn zuzuknöpfen. Der Morgen zog eben erst mit Farben und Dämpfen über der Avenue auf. Ich trat aufs Gaspedal.
Ich konnte mich nicht mehr erinnern, später, ob ich wirklich irgendwohin hatte fahren wollen, ob ich eine Richtung im Sinn hatte oder jemand Bestimmtes sehen wollte. Monty? Hatte ich womöglich vorgehabt, mit dem Chevy zu Monty zu fahren und ihn zu fragen, was für Geheimnisse, was für Lügen, was für Gerüchte er gehört hatte? Starry? Wie hätte ich Starry je finden können, ohne Adresse, ohne Straßenkarte, ohne Kenntnis der Straßen von Manhattan? War es der Wunsch, jedes Krankenhaus zu besuchen, jedes Bestattungsinstitut, die Kapellen aller Kirchen, alle Apotheken der Avenue, bis ich Danny den Lieben fand? Oder hatte ich einfach nur gasgeben wollen? Nichts weiter, nur gasgeben, die Reifen quietschen hören, die Kraft des Motors spüren und den Samt des Polsters auf der Haut?
McKay war jetzt auf der Straße. Ich hatte gewußt, er würde mir nachlaufen. Für den Augenblick hatte ich ihn von dem Dolphin weggeholt, von der Ehre, von allem. So trat ich aufs Gaspedal des Wagens, nach dem sich auf den Straßen die Köpfe drehten. Ich legte den Gang in den Chevy, dem Wagenladungen voller Mädchen auf der Avenue nachfuhren. Ich saß am Steuer von McKays Chevy, dem Wagen mit der schimmernden Politur, an die sich nicht mal der Automechaniker mit einem Fingernagel herantraute. Ich fuhr an.
Als die Flanke des Chevy gegen den Laternenmast stieß, als ich spürte, wie die Reifen auf den Bordstein, auf den Gehsteig sprangen, als der Rumpf des Chevy krachend gegen die Garagentür der Reparaturwerkstatt prallte, war ich nicht über-

rascht. Es schien die natürlichste Sache von der Welt zu sein. Ich ließ den Fuß auf dem Gaspedal. Ich hörte den Lack abfallen wie Staub. Ich ließ den Fuß auf dem Pedal, und der Motor brüllte, doch der Chevy konnte sich nicht mehr bewegen, denn die Stoßstange war fest eingekeilt in die Garagentür. Ich legte die Stirn auf das kühle Holz des handgefertigten Lenkrads. Mein Mantel stand offen; ich spürte, wie der Morgenwind der Avenue durchs offene Fenster hereinkam und mich streichelte. Die Sonne war eben erst aufgegangen, und es schien die natürlichste Sache von der Welt zu sein, daß ich die Stirn aufs Lenkrad legte und die Augen zumachte.

»So eine irre Ziege hast du noch nicht gesehen«, sagte jemand, vielleicht war es der Automechaniker.

McKay machte die Tür auf und drehte den Zündschlüssel um. Der Motor stotterte, dann ging er aus. McKay sah mich nur an, mit seinen tiefdunkelsten Augen sah er mich an.

»Ob er noch fährt?« hörte ich McKay zu jemand auf der Straße sagen.

Irgendein Experte von der Avenue, irgendein Mechaniker, eine Stimme antwortete: »Scheiße, fahren wird er noch. Aber Mann, schau dir das bloß an, schau dir den Wagen an. So eine Scheiße!«

»Aber fährt er noch?«

»Na, wenn du's zu eilig hast, fliegt er dir um die Ohren oder so ähnlich. Mann, ist der zugerichtet! Der verliert Öl wie nur was. Wenn du sichergehen willst, laß eine Diagnose machen.«

»Steig aus«, sagte McKay zu mir. »Steig aus dem Wagen aus«, sagte er leise.

Ich wünschte, daß McKay mich geschlagen, meine Hände vom Lenkrad losgerissen, wilde Flüche in die Luft geschleudert hätte, nicht aber, daß er mich zwang, den Chevy schweigend zu verlassen.

Im frühen Morgenlicht der Avenue sammelten sich Fremde um uns, wie sie von den Tönen quietschender Reifen und splitternden Glases angezogen werden. Ein Junge von zehn oder zwölf bückte sich, um den verbeulten Seitenspiegel aus einem Haufen Metall- und Glasscherben aufzuheben. Aus dem Rinnstein nahm er sich ein Souvenir, ein Souvenir von dem Chevy, ein Souvenir von McKay. Ein Andenken zur Erinnerung an den Morgen, als die irrste Ziege der Avenue den neunundfünfziger Chevy gegen eine Garagentür fuhr und die zersplitterten Souvenirs am Bordstein lagen. Ich bekam ein Zittern in den Schultern.

»McKay«, sagte ich. Er nahm meinen Arm und half mir aus dem Fahrersitz auf den Gehsteig. Er hielt mich dicht an sich, und die Augen jener, welche Unfällen zusehen, lagen auf uns.

»Er ist tot, der Liebe ist tot«, sagte McKay.

»McKay«, sagte ich. Ich wußte, der Liebe war tot. Wer sollte das besser wissen als ich, ich, die ich doch wollte, daß die Toten tot und die Lebenden am Leben blieben?

»Und so ist das nun mal«, sagte McKay. »Im Leben hatte er keine Ehre, aber im Tod bekommt er von den Waisen Ehre erwiesen. Da kannst du nichts dran ändern. Da kannst du mich nicht aufhalten.«

Ich war still, und McKay küßte mich und hielt mir den Regenmantel fest zu. Wir sahen, wie der Mechaniker und ein paar ältere Jungen aus der Nachbarschaft den Chevy wieder auf die Straße schoben.

»Wirst du mir verzeihen?« flüsterte ich. Ich wußte, meinen Worten war nur mit Schweigen zu begegnen. Eine Tat, die bloß eine Tat aus Liebe war und nichts sonst, könnte er nie verzeihen. »Wirst du mir verzeihen?« sagte ich.

McKay gab keine Antwort. Dann wandte er sich von mir weg, und ich sah ihm zu, wie er den Zweiundzwanziger ins Handschuhfach des Chevy warf, sah zu, wie er Öl in den Motor goß, dessen Durst kein Ende zu kennen schien. Ich mußte ihn fortlassen. Ich stand in der Hitze, in der Sonne der Avenue, und ich mußte zusehen, wie McKay den Motor anließ und davonfuhr.

Auf den Jungen, der den Seitenspiegel geborgen hatte, machte ein etwas größerer, dunkelhaariger Jagd und erbeutete den Spiegel für sich. Es war Tony. Einen Augenblick lächelte ich, in dem Gedanken, daß Tony vielleicht seit dem Tage, als McKay ihn in die Stadt mitnahm, draußen vor der Werkstatt gewartet hatte, auf ein Wort oder ein Nicken oder irgendwas von McKay.

Tony hielt das Souvenir aus geborstenem Metall und Glas in den Händen und kam zu der Ecke der Avenue, wo ich stand. Ich hielt mir den Regenmantel dicht um den Leib. Im heißen Morgenwind flatterte der weiche Stoff und strich mir um die Beine. Tony und ich, wie sahen uns nicht an, wir standen bloß zusammen an der gleichen Ecke. Er hielt den Spiegel in den Händen, und wir standen zusammen an der Ecke der Avenue und sahen zu, wie McKay davonfuhr.

2

Mehrere Tage lang kam McKay nicht in die Wohnung zurück. Ich trug die ganze Zeit bloß ein Badetuch und schluckte soviel Seconal und Gin, daß ich vom Sommer nichts mehr merkte. Nach dem dritten Tag wartete ich nicht mehr auf McKay. Ich wartete nur noch.

Nicht mal, um etwas zu essen zu kaufen, ging ich aus. Eines Nachts ließ ich mir eine Pizza ins Haus bringen, aber schon nach einem Bissen wurde mir schlecht, und die Pizza, mitsamt ihrem Pappkarton, kam in den überfließenden Mülleimer. Ich starrte stundenlang in den Fernseher und hielt die Jalousien dicht geschlossen gegen die Sonne. In den Sechs-Uhr-Nachrichten hörte ich von einem Todesfall auf der Avenue: ein junger Mann mit einem Lächeln im Gesicht und einem Einschußloch im Nacken. Gefunden hatte man ihn auf dem

Rücksitz eines siebenundfünfziger Pontiac, rotweiß, mit versilberten Speichen auf den Magnesiumfelgen. Ich machte die Augen zu.
Ich gestehe: Ich hatte Danny den Lieben immer für einen Idioten gehalten, daß er aber sterben würde, hatte ich nie gedacht. Er war für jede Todesart viel zu jung. Sogar für einen Tod, wie er ihn in irgendeinem Delta von Indochina hätte erwarten können, hatte er sich als ungeeignet erwiesen, mit einem Lächeln und einem niedrigen Punktwert in sämtlichen Tests, welche die Armee ihm vorlegte. Er war nicht mehr als ein Seufzer und ein Einschußloch und eine Möglichkeit, McKay zu erwischen.
Zu dem Begräbnis war ich nicht gegangen. McKay ging hin, ich aber blieb allein zuhaus, trank eisgekühlten Tee und schlief vor dem Fernseher ein. Geweint hab ich nicht. Um was denn? Der Tod, den er gestorben war, war nicht sein eigener.
Bin ich herzlos, so über den Tod eines alten, eines lieben Freundes zu sprechen? Denkst du, es war Krebs oder die Hitze, die mich nur noch an McKay denken ließ? Immer noch nur an McKay. Ist es grausam, die Augenfarbe des Lieben so ganz schnell zu vergessen? Ich wollte, was lebte, ich brauchte, was lebte — willst du mir das vorhalten?
Um zu bekommen, was ich wollte, war ich mir nicht zu gut, nach Strohhalmen oder nach Zauberformeln zu greifen. Und so hatte ich auf dem Fahrersitz des Chevy gesessen, und als ich den Kopf auf das Lenkrad legte, da hatte ich nach dem Amulett mit dem in Silber gefaßten Zahn gegriffen, das zwischen meinen Brüsten hing. Mit den Fingern hatte ich das Silber gestreichelt, als die Räder sich auf den Bordstein drängten; ich murmelte eine Beschwörung gegen die Macht der Stimmung, obwohl ich wußte, ich hatte keinen Zauber, der groß genug, kein Kraut, das stark genug war, um uns aufzuhalten, in der Richtung, in die wir fuhren.
McKay hatte mich in den Arm genommen und dem Toten

Versprechungen gemacht, und ich blieb stehn auf der Avenue, mit einem Kind, das einen zerbrochenen Spiegel in den Händen hielt. Ich blieb sitzen in einer Wohnung mit Dunkelheit, Schweigen und Gin. Die Stimmung würde ihren Willen haben und weiter in die ihr eigene Richtung strömen. Sie würde nur tiefer werden, dunkler und tiefer.
Was sagst du denn, was ich hätte tun sollen? Es gab nichts, womit ich aufhalten konnte, was geschehen mußte; McKay wäre der Ehre auch zu Fuß nachgelaufen, wenn er nicht fahren konnte. Sogar die Nadel, sogar das Zählen der Venen, die Bestimmung ihrer verschiedenen Blautöne nach einer Farbtafel konnten das nicht leisten. Was hätte ich tun sollen, weinen oder weglaufen? Nach den Kräutern und den Zauberern, nach der Liebe und dem Reifenquietschen, gab es noch ein Mittel, um gegen Soldaten zu kämpfen, die Schafe sein wollten? Hätte ich ihr Geblök auf Achtspur-Kassetten aufnehmen sollen, um es des Nachts abzuspielen?
Die Dunkelheit und die Luft waren nicht aufzuhalten. Mir schien überhaupt nicht viel andres übrigzubleiben als die Augen zu schließen und weiterzumachen. Ich stellte einen anderen Sender ein und trank noch mehr Gin. Ich hörte keine Nachrichten, keine Warnungen; ich wartete.
Eines Abends, als ich vor dem Fernseher saß, kam Jose durch die unverschlossene Tür herein. Ich grüßte mit einem Nicken.
»Mädchen«, sagte Jose, »feg diesen Dreck zusammen und zieh dir was an. Mein Gott!«
Ich machte mir eine Zigarette an und starrte auf den Bildschirm. »Du hast zwar ein Amt und ein Abzeichen, jetzt« sagte ich, »trotzdem hast du mir nichts zu sagen. Wenn du als Gast hier bist, mir ist's recht, solange du den Mund hältst.«
»Reiß dich zusammen«, sagte Jose, und ich kümmerte mich nicht um ihn.
Jose nahm sich ein Bier aus dem Kühlschrank. »Hör mir mal zu«, sagte er. »Ich hab vertrauliche Akten gesehen. Also, hörst du mir überhaupt zu? Ich habe die Polizeiakten über die

Waisen gelesen, und ich kann dir sagen, ich hab Einblick in ein paar vertrauliche Informationen.«
Jose sah aus wie ein Waise, redete aber wie ein Schutzmann. Ich blinzelte ihn an. »Na und?« sagte ich und strich mir lose Haarsträhnen aus dem Gesicht.
»Sie werden geschnappt, wenn sie das Rudel treffen. Kid Harris hat eine Flanke gemacht. Die Schupos kriegen die Waisen, die Wölfe kriegen die Avenue. Überleg dir das mal ein Weilchen. Dannys Abgang soll McKay dazu zwingen, das Rudel aufzuspüren. Er läuft in eine Falle.«
»Was willst du?« sagte ich. »Ich weiß von nichts, frag McKay.«
»Natürlich würde ich McKay fragen, wenn ich bloß wüßte, wo zum Teufel er steckt«, sagte Jose.
Jose erzählte mir, daß sich die Waisen eine Woche lang im Klubhaus eingeschlossen hatten. Im Keller unter Mundas Spirituosenladen aßen und schliefen sie und planten Rache. Jetzt aber waren sie fort. Der Klub war leer, und die Waisen waren nicht zu finden.
Ich hörte Jose zu. Ich glaubte ihm, daß McKay verladen werden sollte, und ich glaubte auch, daß der Tod des Lieben nur eine Falle war. »Was weiß ich, ob du nicht mit ihnen unter einer Decke steckst?« fragte ich.
Jose wurde bleich, als ich seine Treue zu den Waisen, zu McKay in Zweifel zog. »Mädchen, denk du, was du willst«, sagte er. »Ich mach dir nichts vor, aber denk, was du willst. Daß ich bei der Behörde bin, hat nichts damit zu tun, wie ich zu den Waisen stehe.«
»Weißt du, wie mir das vorkommt?« sagte ich. »Jose, als ob du sagtest, die Schupos haben den besten Stoff. Willst du mich für den besten Stoff in New York anmachen? Wenn ja, vielleicht fällt mir dann wieder ein, wo McKay ist«, log ich.
»Du ziehst dich jetzt an, oder du gehst so wie du bist, aber du und ich, wir gehen jetzt McKay suchen. Du und ich, wir wer-

den die Nachricht überbringen, daß die Wölfe eine Falle gestellt haben.«
Ich lächelte über Joses Ausbruch. Aber ich zog mir Jeans und ein Hemd über und band ein farbiges Seidentuch um mein Haar. Wir fuhren in Joses Mustang die ruhige Avenue auf und ab. Wir fuhren an dem leeren Klubhaus vorbei. Jose schaute sich an jeder Straßenecke um; er suchte die Dunkelheit ab nach einem, der Auskunft geben könnte, nach irgendeinem Zeichen.
»Wenn McKay nicht gefunden werden will, ist er auch nicht zu finden«, sagte ich.
»Wir versuchen's mal bei Monty«, sagte Jose, und mir war es egal. Ich war nun so viele Tage lang ohne Luft zu schöpfen in der Wohnung gewesen, daß es mir nun schien, als ob der Nachtwind meinen Lungen wehtat und mir den Kopf schwindlig machte. Ich setzte die Sonnenbrille auf.
Jose schaute mich an. »Du siehst immer mehr wie eine Fixerin aus. Immer mehr«, sagte er.
Ich krempelte den Hemdsärmel auf. »Willst du nach Narben suchen?«
»McKay wird dich abhängen, wenn du nicht aufpaßt.«
»Dann kann ich ja vielleicht zu Flash ziehen«, sagte ich leichthin, obwohl Joses Worte meinen eigenen Befürchtungen entsprachen. Jose sah mich aus dem Augenwinkel an.
»Mach mir nicht solche Augen«, sagte ich.
»Mach du mir nicht solche Sprüche«, sagte er. »Ich hab die Befugnis, dich inhaftieren zu lassen, vergiß das nicht. Erwähne bitte nicht noch mal meinen Cousin, diesen Bastard.«
Starrys Gegenwart war in dem Mustang zu spüren, aber ihren Namen, wie einen alten Fluch, durfte man nie aussprechen.
»Ich zittre ja vor Angst«, sagte ich zu Joses Geschimpfe, als er den Mustang vor Montys Laden an den Bordstein setzte.
Jose hielt mich am Arm fest, als wir eintraten.
»Bist du verhaftet?« sagte Monty. Ich lächelte und machte

den Kühlschrank auf, um mir eine Büchse Soda zu nehmen.
»Was hörst du denn so?« sagte Jose.
»Ich hör eine Menge«, sagte Monty.
»Mädchen«, sagte Jose, und ich setzte mich an die Theke.
»Suchen McKay«, sagte ich.
»Du?« sagte Monty. »Oder er?« Er zeigte auf Jose.
»Was heißt denn das?« sagte Jose. »Scheiße, was denkst du denn, was ich bin, ein Verräter?«
»Ist er nun bei der Behörde oder ist er nicht bei der Behörde?« sagte Monty zu mir.
»Verkaufst du Lose in diesem Laden oder verkaufst du keine Lose in diesem Laden?« sagte Jose.
»Ich such ihn«, sagte ich. »Alter Herr, ich suche McKay.«
»Er ist auf der Avenue«, sagte Monty. »Sag deinem Schupo, den da könnte er fragen.« Und Monty deutete mit dem Kopf zum hintersten Ende der Theke hin, wo Tony saß, McKays Schützling.
»Der schon wieder«, sagte ich.
»Der schon wieder«, sagte Monty. »McKay protegiert ihn.«
Wir lächelten uns zu und beobachteten Tony, wie er die Seiten eines Comic-Hefts durchblätterte. Wir sahen, wie er hochfuhr, als Jose ihm eine Hand auf die magere Schulter legte.
»Tut mir leid, der Liebe«, sagte Monty. Ich zuckte die Achseln. »Kann sie nicht alle retten«, sagte er.
»McKay«, sagte ich. Jetzt, wo ich aus der Wohnung heraus und wieder auf der Avenue war, glaubte ich, ihn finden zu müssen. Geheimakten und eine Falle. Ich wollte McKay finden. »Weißt du, wo er ist?«
»Ja«, sagte Monty.
»Sag mir's.«
»Am Bach«, sagte Monty. »Am Bach und nirgendwo anders findest du McKay.« Wir schauten Jose an, seine Hand auf Tonys Schulter.
»Tony weiß nicht, wo McKay ist«, sagte ich.

Monty lächelte. »Wenn du hin willst, dann ginge es jetzt. Die beiden kommen dir noch früh genug nach.«
Ich nickte und ging leise aus dem Laden. Ich mußte McKay finden, ich allein. Jose hatte mich gezwungen, die Wohnung zu verlassen und nach McKay zu suchen, aber jetzt wollte ich ihn finden. Als ich auf die Avenue kam und die Nachtluft in meine Lungen einfiel, fing ich an zu rennen. Meine Stiefel hämmerten auf den Asphalt, das Seidentuch tanzte in der Luft. Ich rannte, bis der Schmerz in meiner Brust so tief wurde, daß ich nur noch schnell gehen konnte, mit dem Daumen winkend, um zu sehen, ob mich nicht jemand am Ende der Avenue mitnahm, wo hinter Seitenstraßen und Bäumen verborgen der Bach floß.
Ein Dodge Dart nahm mich mit; nach dem Gesicht des Fahrers schaute ich nicht. Ich legte nur die Hand auf den metallenen Türhebel und schnappte nach Luft. Der Dodge setzte mich etwa einen Block vor dem Bach ab, wo es dunkel war und man das laute, ungewohnte Geräusch von Grillen und anderm Getier hörte. An die Stadt erinnerten hier nur die leeren Bierdosen, die vergilbten Fetzen der Zeitungen und das Autobahngeräusch über den Tunnels, die den Bach überquerten. Ich stand in der Dunkelheit und spürte plötzlich Durst, als ich sah, daß das Wasser in der Julihitze verdunstet und der Bach nur mehr dunkler Sand war.
Ich kletterte das steile Ufer hinab und ging den wasserlosen Bachlauf entlang. Der Bach begann an der Avenue und endete dort, etliche Kurven und Tunnels später. Als ich ging, machten meine Stiefel leise knirschende Geräusche im Sand. Jetzt dachte ich, vielleicht war es falsch, daß ich mich von Joses Gerede über eine Falle und von der Nachtluft der Avenue hatte überreden lassen, McKay zu suchen und ändern zu wollen, was nach seinem Beschluß nun einmal sein mußte. Ich hörte Geräusche von Getier in den Büschen, die das Ufer säumten. Ich ging schneller, bis ich zum letzten Tunnel kam, ehe der Bach wieder auf die Avenue führte. Ich lehnte mich

gegen die gewölbte Zementmauer des Tunnels und hörte dem langsamen Geräusch des Wassers zu, das von einem Metallrohr herabtropfte. Hin und wieder brummte der Motor eines Wagens, der über den Tunnel fuhr, auf einer Straße, die in die Stadt führte. Ich hörte Stimmen.

Ich wußte, ich hätte die Wohnung nie verlassen sollen, nie auf Joses Worte hören, nie das seidene Kopftuch umbinden sollen. Ich hätte weiter im Dunkeln warten sollen. Hatte ich denn gedacht, ich könnte die Sterne versetzen, die Hinterlist hintergehen und die Falle vereiteln? Eine Stimme erkannte ich augenblicklich, das Geschrei von Kid Harris. In der Dunkelheit des Tunnels wurde ein Streichholz angezündet, und ich konnte das Gesicht von Kid Harris und fünfzehn bis zwanzig Figuren vom Rudel um ihn her sehen. Ich versuchte, nicht zu atmen.

»Was ich will«, sagte Kid Harris, »ist der Dolphin. Und dann noch McKay. Den Rest überlaßt ihr den Schupos. Die anderen haben wir der Polizei versprochen, wenn ihr nicht direkt angegriffen werdet.«

Eine kleine, dunkle Gestalt flüsterte dem Kid etwas zu. Dann lösten sich die beiden von den messerzählenden und kettenrasselnden Wölfen und kamen auf mich zu. Mein Puls ging viel zu laut. Kid Harris deutete in meine Richtung, und ich hätte am liebsten meine Haut in den Zement eingeschmolzen. Er blieb vor mir stehen und zündete wieder ein Streichholz an, und ich sah den Schein in seinem blassen Auge.

»Trifft man sich wieder?« sagte Kid Harris. Ich war still.

»Kennen wir uns nicht schon?« sagte er leise.

»Kann nicht sagen, daß es mir ein Vergnügen ist«, sagte ich.

»Versuch's trotzdem, sag es«, sagte Kid Harris.

»Ich bin nicht gegen euch hier«, sagte ich. »Ich will nur McKay finden.«

»Versuch es zu sagen«, sagte Kid Harris. »Sag mir, es ist dir ein Vergnügen.«

Ich war still, und Kid Harris trank etwas aus einer Flasche, das wie Whiskey roch. Er trank die Flasche leer und schlug ihr dann an der Zementmauer des Tunnels den Boden ab. »Weißt du noch?« sagte er, als er mir das Glas dicht vor das Gesicht hielt. Immer mehr von Kid Harris Soldaten standen jetzt um mich herum. Ihre Farben waren nicht zu sehen, aber ich hörte ihr Atmen, gemurmelte Worte und Lachen.

»Er bringt dich um«, sagte ich.

Kid Harris lachte in sich hinein. »Was ich mal wissen möchte, warum mußtest du zu denen und dich an McKay hängen, wo du doch auch bei den Wölfen einen abgekriegt hättest?«

Ich lächelte. Ich dachte an die Wolfsnacht und lächelte. »Wieso soll ich mich mit einem Kerl mit verkrüppelten Händen auf der Avenue sehen lassen?« sagte ich.

Sogar von seinen eigenen Leuten kicherten ein paar, als ich Harris' zerschlagene Hände erwähnte, denn die waren nur geheilt, solange man nicht davon sprach. Er schlug das erste Mal nicht allzu hart zu.

»Verkrüppelte?« sagte Kid Harris. »Du hast dir den falschen Verein ausgesucht. Du bist bei den Verlierern. Du hast einen Fehler gemacht, und ich zeig dir gleich, warum.«

Kid Harris berührte meinen Hals, seine Finger strichen über mein Gesicht. Ich konnte mich nicht erinnern, ob ich in der Wohnung das Licht angelassen hatte. Und der Herd, auf dem ich am Nachmittag Kaffee gekocht hatte, hatte ich den abgeschaltet?

»Der erste Fehler ist immer der letzte«, sagte der kleine dunkle Soldat neben Kid Harris. Er lachte.

»Ist doch wahr«, sagte Kid Harris leise. Ich konnte sein rotes Haar schimmern sehen, wie ein Fuchs, wie ein Wolf, im Dunkel der Nacht.

Ich überlegte, ob Jose McKay schon gefunden hatte, ob sie jetzt vielleicht ruhig trinkend im Tin Angel saßen, über eine neue Taktik diskutierten und den Bach ganz vergessen hatten. War das möglich, daß McKay vergessen hatte? Die Stille

am Bach schien mir unerträglich. Ich hielt mir die Ohren zu.
»Was ist mit der, verrückt?« sagte Kid Harris' Soldat.
Harris könnte die Achseln gezuckt haben; es war zu dunkel, als daß ich es hätte sehen können. »Ist egal«, sagte er.
»Viel Zeit haben wir nicht mehr«, sagte einer, »wenn ihr den Dolphin und McKay kriegen wollt, ehe die Menne kommt.«
»Die Schupos rühren sich nicht, ehe sie nicht von mir das Signal haben. Sie kommen gar nicht zum Bach, erst wenn sie zwei Schüsse in die Luft gefeuert hören«, sagte Kid Harris. »Ich hab also noch ein bißchen Zeit.« Er kam dicht an mich heran und flüsterte Worte in mein Ohr. Aber ich konnte die Silben nicht unterscheiden. Die Stille des Bachs war viel zu laut.
Arme hielten mich fest. Obwohl die Jacke aus Leder war, wußte ich, es waren nicht McKays Arme. Es war dunkel, und er sagte irgendwas, was sich so anhörte wie »Stell dich nicht so an, als ob du das noch nie gemacht hast«. Meine Füße rutschten weg, und dann spürte ich den kalten Zement im Rücken, und irgendwas geschah mit meinen Kleidern. Irgendwas geschah. Ich hörte Gelächter und Kettenrasseln, und, lauter, das Geräusch, wie meine Bluse aufriß. Ich wußte nicht genau, ob meine Jeans wirklich um meine Knie lagen oder ob ich mir nur einbildete, daß die Kälte meine Haut berührte. Ich spürte keinen Unterschied mehr zwischen den Teilen meines Körpers, die noch mit Stoff bedeckt, und denen, die es nicht waren.
Meine Arme versuchten, ihn wegzuhalten, aber ich war immer noch nicht sicher, ob das mein Körper war auf dem Zement. Seine Hände auf meinen Brüsten, wenn das meine Brüste waren, wenn das mein Körper war, wenn das ich war. Meine Arme wollten nicht aufhören, ihn wegzustoßen, und einmal spürte ich, wie mein Bein ihn trat, aber dann drückte eine andere Hand mein Bein auf den Zement, und ich hatte

kein Gefühl, keine Empfindung mehr in diesem Bein, und ich dachte, daß die Haut vielleicht gefroren war von der Kälte des Zements.
Er war nun fertig. Ich dachte, es könnte sein, daß er fertig ist, denn ich spürte, wie das Gewicht von mir genommen wurde. Ringsum waren Stille, Stimmen, Zement, Erdboden. Meine Augen waren offen und starrten in die Dunkelheit, und ich hörte eine Stille, die lauter wurde.
»Macht schneller«, sagte eine Stimme.
»Weg mit ihr«, hörte ich den Soldaten an Kid Harris' Seite flüstern.
»Die kannst du vergessen«, sagte Harris, wenn es Harris war.
Ich hatte Durst, und etwas war geschehen, und ich fand, ich konnte mich nicht an die Farbe des Polsters in dem Pontiac von Danny dem Lieben erinnern. Schwarz und braun, das war McKays Chevy, aber die Farben des Pontiac fielen mir nicht mehr ein. Blau war es nicht, das wußte ich, verdammt noch mal, blau nicht.
Ich spürte Kid Harris' Nähe. Er stand über mir, und einmal streifte sein Stiefel mein Bein. Ich griff an meinen Schenkel, und er war naß, kühl vom Zement.
»Ruhe«, flüsterte Kid Harris. Die Stille wurde nur von dem leisen Echo von Fußtritten im Sand unterbrochen.
Noch mehr Fußtritte und Kid Harris Stiefel dicht neben mir. Ich griff noch einmal an meinen Schenkel, und plötzlich war ich mir ganz sicher, daß er mir gehörte. Das war mein Körper hier auf dem Zement. Ich schrie laut auf. Kid Harris trat mich, aber ich schrie noch einmal, eine Warnung für jene Fußtritte, die im Sand widerhallten.
Ich bedeckte mein Gesicht mit den Armen, um mich vor Kid Harris' Stiefel zu schützen.
Binnen Sekunden hatten die Waisen angegriffen. Ketten klirrten gegen Zement, Sand flog durch die Luft. Ich konnte mein Gesicht nicht aufdecken. Seine Arme halfen mir auf, und das Seidenfutter der Lederjecke wurde mir um die Schul-

tern gelegt. Ich zog mir die Jeans hoch und band mir das Seidentuch um den Hals, und mein Haar fiel schwer und feucht darauf. Wir gingen wie ein Liebespaar im Dunkeln, McKay und ich, zum andern Ende des Tunnels, ohne auf die Flüche um uns her zu achten.
»McKay.« Es war die Stimme von Kid Harris.
»Ich will sie hier raus haben«, sagte McKay, und ich spürte andere Arme um mich. Er war es schon wieder, der Junge, Tony. »Und dich auch«, flüsterte McKay, und der Junge nickte, obwohl ich spürte, wie sein Arm sich straffte in stummem Protest.
»McKay«, sagte die Stimme von Kid Harris.
»Ich hör dich«, antwortete McKays Stimme. Ich hielt die Lederjacke um meine Schultern und ging mit Tony zur Avenue. Der Lärm des Kampfes war nun hinter uns, und an der Mündung des Tunnels stand der Dolphin. Gegen die Tunnelwand gelehnt, schaute er zu dem Kampf hinüber. Ein Lächeln war um seine Lippen. Er griff in eine Tasche und ließ ein Springmesser aufblitzen; es schimmerte silbern in der Dunkelheit. Zum ersten Mal sah der Dolphin mich an und nickte. Dann ging er weiter, durch den Tunnel zum Schlachtfeld. Tony und ich stiegen das andere Ufer des Bachs hinauf. An der Avenue wartete Jose.
Als Tony die Tür von Joses Mustang aufmachte, zitterten ihm die Hände, und ich flüsterte: »Na, wie gefällt dir das? Wär das ein Sport für dich?«
Wir hörten einen Revolverschuß. Ich wartete auf einen zweiten, aber keine anderen Laute hallten vom Bach herüber, und ich wußte, daß der Schuß nicht Harris' Signal gewesen war. Der einzelne Schuß war McKays Antwort für Kid Harris.
»Beeilung«, sagte Jose, als ich mich vorn in den Mustang setzte. Jetzt fiel mir ein, daß ich McKays Jacke um hatte. McKay mußte sich geirrt haben; er konnte doch die Jacke nicht vergessen haben. Ich wäre gern durch den Rauch zurückgelaufen, an dem Dolphin vorbei, damit McKay sein Leder tragen

konnte im Kampf gegen die Wölfe. Aber ich hielt die Jacke nur um mich, strich über das Leder und saß da und schwieg.
»Mach schon, mach schon«, sagte Jose. »Ich warte nicht, bis die Kollegen da sind. Wenn die mich hier sehen, kann ich der Behörde den Abschiedskuß geben.«
Tony schlug von außen die Tür zu und begann zu rennen. »Hosenscheißer«, sagte Jose. Tony rannte die Avenue entlang, fort vom Bach. Ohne es zu hören, wußte ich, wie sein tiefes Atemholen klang; ich kannte den Keuchlaut der Furcht. Jose ließ den Motor an und jagte den Mustang mit Vollgas über die Avenue. Ich lehnte den Kopf aus dem offenen Fenster, und Haarsträhnen wurden mir ins Gesicht gepeitscht.
»Erzähl mir bloß nichts«, sagte Jose, »keine Aussage!« Ich konnte seine Augen auf mir spüren. »Scheiße«, sagte er, »erzähl mir bloß nichts.«
Vom Bach her hörten wir Sirenen. Ich hielt das Leder der Jacke zwischen den Fingern.
»Scheiße«, sagte Jose.
»Du kennst den Weg«, sagte ich.
»Da willst du hin?«
Wo sollte ich sonst hin?
»Du kennst den Weg«, wiederholte ich, und Jose nickte. Zu wem anders sollte ich als zu Starry?
Wir fuhren schweigend durch die Nacht, auf der Autobahn, die in die Innenstadt führte. Der Fahrtwind war heiß und kalt. An der Auffahrt der Queensboro Bridge fiel mir die Farbe vom Pontiac des Lieben wieder ein. Die Farbe war rotweiß, Felgen mit Silberspeichen. Wir fuhren, und Nacht war da, Wind und Leder, und ich wußte die Farbe vom Pontiac des Lieben. Und endlich kamen auch Tränen. Ich fing an zu weinen.

7/TANZ IM DUNKELN

1

Zum Frühstück gab es Orangensaft, Napfkuchen und Lächeln.

»Ich glaube wirklich«, sagte Starry, als sie das Marihuana zu einer dünnen, weizenfarbigen Zigarette drehte, »es wird jeden Sommer heißer«.

Als Jose mich in Starrys Wohnung gebracht hatte, wurden keine Fragen gestellt. Ohne ein Wort, ohne mit einer Wimper zu zucken, holte Starry ein Hemd mit zu kurzen Ärmeln aus dem Schrank, als Ersatz für meine zerrissene Bluse, und einen Rock, der um den Leib zu eng war, als Ersatz für meine aufgeschlitzten, dreckverschmierten Jeans. Jose versprach, Nachricht bei Monty zu hinterlassen, und liniertes gelbes Papier mit meiner Schrift drauf wartete dort an der Theke auf McKay. Tage gingen hin ohne ein Wort von ihm. In der Zeitung und in den Sechs-Uhr-Nachrichten im Fernsehen kamen Beschreibungen von Kid Harris und Andeutungen über einen Bandenkrieg, der mit dem Tod von Danny dem Lieben begonnen hatte, mit der Leiche, die man auf dem Rücksitz eines Pontiac gefunden hatte.

Ich machte mir eine Zigarette an und warf das Streichholz in einen Teller voller Asche und alter Kippen. Ich hatte noch keine Gelegenheit gehabt, mit Starry allein zu sprechen. Flash war immer um sie her, die Hand auf ihrer Schulter, mit Augen nur für sie. Jetzt saß Flash mit seinem Dealer im Schlafzimmer; sie stritten um den Preis, schnüffelnd und weißes Pulver kostend, durchsichtige Briefchen mit Heroin hin und herreichend. Jetzt, wo wir allein waren und reden konnten, wußte ich nicht, was ich sagen sollte. In den Tagen nach der Geschichte am Bach hatte ich vor Worten Angst bekommen. Ich mißtraute allem, bis auf Schweigen und Marihuana.

»Starry«, sagte ich endlich, »das hier ist nicht gut.«

»Es ist sehr gut.« Sie lächelte.
Starry war dünner, als ich sie je gesehen hatte. Ihre Arme waren von langen Ärmeln bedeckt, in ihrem blonden Haar war eine Strähne mit Platin gebleicht. Ihre Augen waren groß unter schweren Lidern; manchmal schienen sie fast geschlossen zu sein.
»Du siehst wie ein Junkie aus«, sagte ich, und Starry lächelte.
»Schau in den Spiegel«, sagte sie mir. »Du siehst so aus, als ob du schlimmer drauf wärst als ich. Ich weiß wenigstens, wo *mein* Alter ist.«
Ich winkte ab. McKay würde früher oder später an der Tür stehen. Es war nur eine Frage der Zeit. Irgendwo auf der Avenue wartete McKay ab, daß die Zeitungen den Bandenkrieg wieder vergaßen, daß die Polizei Kid Harris' Fingerabdrücke aus den Akten tilgte. Es war nur eine Frage der Zeit, wann McKay mich holen kam.
Starry und ich, wir schauten uns an. Wir wußten beide, daß Narben zurückgeblieben waren. Die Kratzer in meinem Gesicht, die Spuren an ihrem Arm waren nichts. Wir mußten nicht erst hinsehen, um zu wissen, daß Narben da waren. Und wir sprachen nicht, wir konnten nicht sprechen von der Gewalt.
Sprechen würde die Übereinkunft brechen, die Heilung stören. Wir schauten uns an; wir schauten wieder weg. Viele Heilmittel gegen Brutalität werden empfohlen; manche empfehlen Jasmintee mit Honig, manche Hirnchirurgie. Aber ich erinnerte mich, daß die meisten eines als Heilmittel gegen Gewalt empfehlen: Schweigen. Die Medizin, die Magie, der Geheimtrank, der Schlüssel: Schweigen.
Ich kannte das Rezept: Nimm einen Gewaltakt (Vergewaltigung, Messer an der Kehle, Faust in die Nieren etc.), plus aufgerissene Augen, womöglich einen kurzen, erstickten Aufschrei (oder auch nicht), einen Händedruck und kein Wort davon. Mische alle Tatsachen gut durch (bis nicht mehr klar ist, was wirklich ist und was eingebildet, ja, ob überhaupt ein

Gewaltakt geschehen ist). Kühl und trocken lagern (am besten im Hintergrund des Bewußtseins, tief im Hals geht auch). Und dann vergiß es.

»Kein Wort davon« — das ist der Trick. Wenn auch Andeutungen natürlich zulässig sind. Am besten stumme Andeutungen: es geht schon mit einem Gesichtszucken, gelegentliches Schaudern ist ausgezeichnet.

Aber Schweigen, das wußte ich, war der Schlüssel zur Genesung. Besser noch die Löschung aller an die Gewalt erinnernden Worte aus dem Bewußtsein. Bei tränenden Augen ist Luftverschmutzung zu vermuten; der Smog hat die Iris angegriffen. Bei Händezittern besteht immer die Möglichkeit eines Erdbebens. Niemals nichts zugeben; niemals zulassen, daß die Worte ihren Willen haben und die Gewalt lebendig machen. Niemand wird dem Opfer eine Frage stellen, wenn die Antwort nur ein Aufreißen der Augen sein kann, wenn der magische Balsam des Schweigens seine Wirkung tut.

Starry kannte die Formel. Ich beobachtete, wie sie es vermied, mich zu beobachten. Sie sah nicht her, denn die meisten Narben, die von der Gewalt zurückbleiben, sind unsichtbar und werden nur durch Worte wieder empfindlich. Schweigen wahren, still sein, nichts sagen.

Halt den Mund und denk nicht! Alle Theoretiker sind sich einig: Halt den Mund und paß auf, daß die Worte nicht gesagt werden. Alle Narben bleiben dann unsichtbar, und alle Narben werden zu Tränen, und alle Narben bleiben unter der Haut, da wo sie hingehören.

»Hör auf von McKay«, sagte Starry, die Augen überallhin, nur nicht auf meine gerichtet, »jetzt will ich dir mal was von *meinem* Alten erzählen.«

Und ich lächelte, denn beide wußten wir, jede Störung des Schweigezaubers könnte zu Komplikationen führen, einschließlich Schreien, einschließlich Stöhnen. Und wir wußten, dies könnte fatal sein.

»Von deinem Alten?« Ich lachte. »Na, was ist mit dem?«

Jetzt sah sie mich an, wir waren verschworen; von Gewalt, Schreien, Narben würde keine Rede sein.
»Er behandelt mich gut«, sagte Starry. »Flash macht mich high, und er ist verliebt in mich. Er glaubt, er ist verliebt in mich.«
Flash war zwar für manche von den Waisen die Heroinquelle, er selber aber rauchte nur Reefer. Ab und zu wurde er mit Starry high, so wie ich mit McKay, nur um ein wenig zum Mitwisser des Traums zu werden und das Kopfwippen zu verstehen.
»Und du?« fragte ich.
Starry lächelte. »Es macht ihn glücklich, wenn ich auch so tu. Er weiß, ich tu nur so, ich weiß, ich tu nur so, aber es macht ihn glücklich.«
Flash und der Dealer kamen aus dem Schlafzimmer. Der Dealer setzte einen breitgerandeten Samthut auf; er nickte Starry zu. Als Flash und der Dealer auf dem Flur standen, in letzter Sekunde noch ein paar Streitworte wechselnd, zog Starry die Stirn kraus. »Ein übler Vogel, der da«, flüsterte sie. »Froh, daß ich nichts mehr mit dem zu tun hab, Flash macht das jetzt alles.« Sie lächelte.
Flash kam und setzte sich zu uns an den Tisch. »Ganz reiner Stoff«, flüsterte er. Ich fühlte mich wie eine dritte Person, wenn Liebesworte gewechselt wurden, die nur für zwei bestimmt sind. »Feines Zeug«, sagte Flash, und Starry streichelte seine Hand. »Hab Nachricht«, sagte Flash zu mir. »Jose hat gestern abend angerufen und wußte Neues von McKay.« Er schob sich vom Tisch weg und lehnte sich auf seinem Stuhl weit zurück.
Schweigen trat ein, und ich machte mir noch eine Zigarette an. Ich fürchtete Nachrichten über McKay. Ich hörte, wie die Straßenstimmen und die Sommergeräusche von Manhattan hochgefiltert durchs offene Fenster hereinkamen wie Asche, wie Ruß. Ich hatte Furcht vor allem, bis auf Schweigen.

»Mach's nicht so spannend«, sagte Starry. »Sag schon, was du von deinem Cousin, dem Schutzmann, gehört hast.«
»Also«, sagte Flash zu mir, »keine gute Nachricht«.
»Nun sag schon«, sagte Starry, und ihre Augen glänzten wie die Augen der Waisen, wenn Neues von McKay zu hören war.
»Er kommt heut abend her«, sagte Flash.
Warum dachte Flash, das sei keine gute Nachricht? Ich versuchte Starrys Blick einzufangen, doch der war jetzt auf die Tür gerichtet, die zu dem reinen, feinen Stoff führte, dem Stoff, der sie die Waisen mühelos vergessen machte.
»Er kommt heut abend her, aber er muß stieben«, sagte Flash. »Die Menne ist hinter ihm her. Die wollen ihn drankriegen.«
Ich blieb still.
»Wegen Mord«, sagte Flash.
Auf der Couch, wo ich die letzten Nächte geschlafen hatte, lag die Lederjacke, die mir nun als Kissen diente. Lag es daran, daß McKay ohne Schutz gewesen war? War ich schuld?
»Den finden sie nie«, sagte ich.
Achselzucken. »Egal«, sagte Flash. »Länger als eine Nacht kann er nicht hierbleiben. Ich kann keine Durchsuchung riskieren.« Er legte die Hand auf Starrys Hand, als ihre Finger ängstlich auf die Tischplatte trommelten. Sie nickte zustimmend, und ich verstand. Ich hätte auch genickt. Ich wegen McKay, Starry wegen Heroin. Wegen des feinen Stoffs.
Den Vor- und Nachmittag wartete ich, und noch immer kein Klopfen an der Tür. In der Nacht, als Flash und Starry schon zu Bett gegangen waren, wartete ich, bis es sehr spät wurde und die Straßen still und ruhig waren. Dann schlief ich ein, den Kopf auf der Lederjacke. Als es an die Tür klopfte, rührte ich mich nicht. In dieser Wohnung war Stille die Antwort auf jedes Klopfen. Flash stand an der Tür und spähte durchs Guckloch auf den Flur. Kein Licht wurde angeschaltet. Im Schlafzimmer träumte Starry.

»Wers'n da?« flüsterte Flash. Ich hatte vom Schlafen auf der schmalen Couch einen Krampf im Bein, aber ich rührte mich nicht.
Vom Flur kam gedämpft Antwort. Als Flash die Tür aufmachte, drang ein dünner Lichtstreif in die Wohnung. Ich konnte Flashs bloßen Rücken erkennen und das Dunkel einer zweiten Figur. Es war McKay. Aber immer noch blieb ich stumm und rührte mich nicht.
»Ich hab Bedarf«, hörte ich seine Stimme sagen, aber sie klang nicht wie McKays Stimme.
Es wurde wieder dunkel, als Flash die Tür zumachte und die Riegel vorlegte.
»Bist du versorgt?« sagte McKays Stimme. »Ich bin zwei Tage nicht mehr abgefahren. Bist du versorgt?«
Ich hörte Flash beruhigend flüstern. »Mann, du weißt doch, auf Flash kannst du zählen.«
Es gab ein paar Geräusche im Bad, Wasserlaufen und Stimmen. Ich wartete. Endlich kam er zu der Couch, zu mir. Er kniete sich auf den Boden und legte den Kopf dicht neben meinen. Ich streckte den Arm aus.
Ich rückte ganz weit an die Rückseite der Couch, damit McKay neben mir Platz hatte. Und schon war er im Traum, während er noch sprach.
»Ich hab an alles gedacht«, flüsterte er, und ich legte einen Finger auf seine Lippen, um die Worte aufzuhalten. »Ich hab an alles gedacht«, sagte er. Ich sah Dunkelheit, Schatten. Ich mußte McKay anfassen, um mich zu vergewissern, daß er wirklich bei mir war.
McKay schlief fest. Ich träumte und wachte wieder auf. Am Morgen wartete ich, daß McKays Augen aufgingen. Starry und Flash saßen schon in der Küche; es duftete nach Kaffee und Marihuana. Starry nickte McKay zu; es war ihre erste Begegnung, seitdem McKay Starry gezwungen hatte, sich von den Waisen zu trennen. Starry lächelte. »Das mußte kommen.«

McKay trug wieder die Lederjacke der Waisen. Er machte sich eine Zigarette an und schwenkte die Schlüssel des Chevy am Finger. »Was mußte kommen, Mädchen?« sagte McKay leise. »Was bitte?«
»Zu früh am Morgen, um schon sauer zu sein«, sagte Flash. »Komm, rauch einen Reefer.« Ich nahm auch einen und teilte ihn mit Starry. Ihre Augen lagen auf dem Präsidenten der Waisen.
»Die werden einen neuen Präsidenten brauchen, die Wölfe hab ich gehört«, sagte Flash.
»Stimmt«, sagte McKay. »Aber die Waisen, die müssen sich auch einen neuen Idioten suchen und ein neues...« Starrys Augen lagen auf McKay, und er sprach den Satz nicht zu Ende.
Starrys Knöchel waren weiß, so fest hielt sie die Kaffeetasse. Ihre Augen starrten weiter geradeaus.
»Krieg?« fragte Flash.
»Krieg«, sagte McKay wegwerfend. »Krieg ist immer. Wir überstehen's. Wir haben's überstanden, als Cantinni abging, wir schaffen's auch jetzt.«
»Ich weiß, wo ihr bleiben könnt«, sagte Starry zu mir. Sie berührte mich an der Hand, dann schrieb sie eine Adresse auf ein Streichholzbriefchen. Außerhalb der Stadtgrenzen: Long Beach. Irene.
Ich zeigte das Briefchen McKay. »Irene?« sagte er. Er nickte.
»Irene ist seit Monaten nicht mehr auf der Avenue gewesen«, sagte ich.
»Weil sie mit ihrem Vietnam auf der Insel draußen wohnt. Sie haben geheiratet, ist das zu fassen?« Starry begann zu lachen, und ich lachte mit. Die Schlüssel des Chevy wurden ärgerlich geschüttelt.
»Geheiratet!« sagte ich, und wir lachten.
»Vietnam!« sagte Starry, und wir lachten wieder.
»He, das reicht jetzt«, sagte McKay zu mir. Ich hielt mir die Hand vor den Mund.

»Sie kriegt das fertig«, sagte Starry. »Ganz Vietnam.«
»Reicht jetzt«, sagte McKay. Starry und ich, wir konnten uns nicht mehr ansehen vor Angst zu lachen.
»Mein Cousin, der Schutzmann, sagt, du solltest für ein Weilchen untertauchen. Er sagt, es wäre nicht schlecht, wenn du von der Avenue verschwindest.«
McKay nickte. »Gib mir bloß genug Stoff für ein paar Tage mit«, sagte er. Niemand lächelte mehr. Ich machte mir eine Zigarette an und sah zu, wie McKay und Flash aus dem Zimmer gingen.
»Der ist schlimm drauf«, flüsterte Starry. »Siehst du denn nicht, wie schlimm?«
»Du irrst dich«, sagte ich. »Er ist ganz wie immer.«
»Denkst du, ich weiß nicht, wie ein Süchtiger aussieht? Der frißt Scheiße, wenn's ihn high macht.«
»Nein«, sagte ich.
Starry sah hinter Flash und McKay her. Sie wischte sich verirrte Strähnen Platinhaar aus dem Gesicht. »Ich trag dem nichts nach«, sagte sie. »Schon gar nicht einem Kerl, dem die Hände zittern, wenn er ein Streichholz ansteckt.«
»Unsinn«, sagte ich.
»Unsinn«, sagte sie. »Meinetwegen Unsinn. Sieh, was du sehn willst. Ist deine Sache. Das ist dein Alter.«
McKay kam ins Wohnzimmer und hielt die Tür offen. Ich trat zu ihm hin. »He, Präsident«, rief Starry. »Präsident, wo ist dein Einkäufer? Wieso bist du hier ohne deinen Einkäufer?«
»Halt den Mund«, sagte Flash.
Starry lächelte. »Der Dolphin macht doch die Verbindung, wie kommt's, daß du dich selber versorgst?«
»Starry«, sagte ich.
McKay trat auf sie zu, und ich stand an der offenen Tür.
»Hast du mit mir gesprochen?« sagte er. Auf Starrys Lippen war ein blasses Lächeln.
»Keinen Ton hat sie gesagt«, sagte Flash.

»Präsident, ist schon richtig«, sagte McKay zu Starry. »Der Dolphin geht hin, wo ich will. Der Dolphin macht eine Verbindung, wenn ich will, daß er eine macht.«
Starry lächelte. »Sicher«, sagte sie. »Präsident«, flüsterte sie.
McKay ging aus der Wohnung; seine Stiefel dröhnten laut auf dem Holz. Ich hörte die Tür des Treppenhauses zuknallen. Ich lief ihm nach, ich rannte. Ich hatte nicht Zeit, Aufwiedersehn zu sagen, meine Zigarette vom Tisch zu nehmen oder Starry in die Augen zu sehen. McKay wartete im Chevy. Wir fuhren los. Der Chevy war verschmiert und staubbedeckt; er glänzte nicht mehr. Aber auf der Autobahn lief er leicht wie der Wind.
Wir redeten nicht. Wir fuhren hinaus auf die Insel, zu Irenes Adresse in Long Beach. Nach einer Weile bog McKay von der Autobahn ab, und wir hielten vor einem kleinen Lokal in Levittown. Im Neonlicht beriet uns der Kellner, was wir essen könnten, aber als wir in der roten Plastiknische saßen und McKay die Augen auf den Verkehr von Hempstead Turnpike gerichtet hielt, hatte ich keinen Hunger mehr. Ich blätterte im Katalog der Jukebox, der an der Wand hing.
»Darf man reden?« sagte ich. Ich wollte nicht viel wissen, ein Wort oder ein Satz würden reichen.
»Gibt nichts zu sagen«, sagte McKay. Er verlangte ein Schweigebündnis; die Erinnerung an die Nacht am Bach lag schwer in der Luft. Weiße Porzellanteller wurden vor uns hingestellt, und draußen rollten Laster und Wohnwagen vorbei.
»Was doch alles passiert ist, und wir sagen kein Wort davon«, sagte ich. McKay sah mich scharf an und aß seine Rühreier. Ich stellte mich gegen die Magie, das wußte ich. Ich tastete nach der Kapsel, die ich trug; ich strich über das Silber.
»Was mir passiert ist«, fing ich an, die Kapsel zwischen den Fingern.
»Halt den Mund«, sagte McKay.

»Was mir passiert ist, in der Nacht am Bach«, sagte ich, »war eine Vergewaltigung.« Ich machte die Augen zu, ich machte sie wieder auf. Ich hatte es gesagt, ich hatte den Pakt gebrochen.
McKay hob seinen Teller und stieß ihn auf die Tischplatte. »Halt den Mund«, sagte er.
Die Augen der Lastwagenfahrer und des weißgeschürzten Schnellkochs lagen nun auf uns.
»Und Kid Harris ist tot«, sagte ich. Kleine Krümel Ei waren von McKays Teller gefallen und verschmierten nun die Tischplatte.
»Das ist richtig«, sagte McKay. »Das ist nicht mehr wie richtig, daß Kid Harris tot ist. Das ist die Quittung für den Lieben und für das, was er mit dir gemacht hat.«
»Was er mit mir gemacht hat?« sagte ich. »Und für den Tod des ›Idioten‹?«
»Ganz richtig«, sagte McKay, und sein Blick wich meinem aus.
»Quatsch«, flüsterte ich. »Für keins von beiden. Bloß für die Ehre. Für deine verfluchten Waisen und deine verfluchte Ehre und nichts weiter.«
»Willst du's wissen?« sagte McKay. »Ja, willst du's wissen? Ich sag dir's. Ich sag dir's ganz genau, wenn du's schon wissen willst.« Er sprach jetzt leise, ganz leise und trank Kaffee dabei, und ich war zu weit gegangen. Ich hatte ihn zu weit getrieben. Gern wäre ich wieder ins Schweigen zurückgeflüchtet. Ich hatte ja nur ein paar Worte hören wollen; nie hatte ich verlangt, alles zu erfahren.
»Vergiß es«, sagte ich.
»Ich hatte den Revolver in der Hand«, sagte McKay. »Ich zielte auf ihn, auf Kid Harris.«
»Vergiß es«, sagte ich.
»Und dann hat er sich umgedreht«, sagte McKay.
Ich stand vom Tisch auf und ging zum Chevy. Durch die Glasscheibe des Lokals sah ich wie McKay beim Kassierer bezahl-

te. McKay ging zum Chevy und setzte sich in den Fahrersitz. Er drehte den Zündschlüssel um und fuhr zur Autobahn zurück. Wir sahen uns nicht an.
»Hast du gehört?« sagte McKay. »Ich hab gesagt, er hat sich umgedreht.«
Ich machte mir eine Zigarette an. »Na dann hat er sich eben umgedreht«, sagte ich. »Was soll sein, er hat sich umgedreht. Was geht mich das an? Was geht's mich an, wenn er tot ist?«
McKay hatte den Blick auf den Spuren der Autobahn. Wir fuhren in die Stadt, wo Irene mit Vietnam lebte, wo sich die Möwen sammelten, im Sommer wie im Winter. McKay parkte den Chevy vor einem Mietshaus mit schmutzig-rosaroter Stuckfassade; die Nummer stimmte mit der überein, die Starry mir aufgeschrieben hatte. Lärm von Vergnügungsfahrten und Jahrmarktbuden war in der Luft. Wir blieben lange im Wagen sitzen. Ich rauchte mehrere Zigaretten, während McKay ausstieg, um auf der Strandpromenade herumzulaufen. Ich hörte den Möwen und dem Radio zu.
McKay kam erst zum Wagen zurück, als der Himmel so rosa war wie die Stuckfassade. Ich war eingeschlafen. Eine Zigarette war in meiner Hand zu Asche verbrannt.
McKay setzte sich auf den Bordstein gegenüber von Irenes Haus. Ich stieg aus dem Wagen und setzte mich neben ihn; unsere Füße waren Seite an Seite im Rinnstein. Ich sagte kein Wort.
»Ich hab ihn dann in den Rücken geschossen«, sagte McKay.
Seine Stimme war so leise, daß ich die Worte kaum hören konnte, so leise, daß ich sie kaum als McKays Stimme erkannte. Möwen flogen über dem Riesenrad, über den Wellen. In einem Fenster im dritten Stock glaubte ich Irene zu irgendeiner Musik aus einem Radio tanzen zu sehen, die Arme um jemanden gelegt, der vermutlich Vietnam war.
»Ist nicht wahr«, sagte ich.

»Und der Dolphin hat es gesehen. Der Dolphin stand genau daneben und hat es gesehen.«
Ich hielt die Arme um McKay und flüsterte Laute, die in seinem Ohr keine ganzen Wörter ergaben. Seine dunklen Augen waren zu, und er hielt sich die eine Hand an den Kopf. Über uns und über den Wellen war der Himmel scharlachrot und marineblau; es wurde langsam Nacht. Kid Harris hatte gewonnen, mit einer einfachen Bewegung: er hatte sich umgedreht, als seine blassen Augen in den Lauf des Zweiundzwanzigers starrten. Er hatte McKay gezwungen, ihn nicht zwischen die Augen, sondern zwischen die Schulterblätter zu treffen.
»Ausgerechnet in den Rücken«, sagte McKay.
Ich dachte nicht mehr an Kid Harris' Hände auf meinem Körper. Ich dachte nicht mehr an das Lächeln Dannys des Lieben. Ich dachte an die Ehre, nur noch an die Ehre und an McKay. McKay legte den Kopf in die Biegung meines Halses. Ich konnte das Flattern seiner Wimpern spüren, als er versuchte, die Augen aufzubehalten. Und zuletzt war Schweigen. Es schien, ich konnte nicht mit dem Schweigen leben und nicht ohne das Schweigen. Ich beobachtete die Spiegelungen von den Wohnungsfenstern. Und ich sperrte den Mund zu, sperrte den Schmerz aus, das Gesehene und das Gesicht. Ich versuchte zu vergessen, was ich wußte. Stiefel standen im Rinnstein, und die Julinachtsterne waren da. Ich wollte wissen und wollte nicht wissen. Ich wollte sehen und wollte nicht sehen.
Sehn oder Nichtsehn, Wissen oder Nichtwissen — bleibt da je eine Wahl? Gib dir die Antwort, die du hören willst, aber ich sage nein, es bleibt keine. Es bleibt der Krieg, es bleibt die Verwirrung; eine Wahl bleibt nicht.
Warum hatte ich darauf bestanden, warum hatte ich verlangt, daß er mir erzählte, was ich nicht hören wollte? Vielleicht aus dem gleichen Grunde wie McKay, als er abdrückte, obwohl Kid Harris sich schon umgedreht hatte. Weil es zu spät war,

weil der Bewegungsablauf schon festgelegt war, durch Magie oder durch die Umwelt, durch nichts, durch alles. Gründe waren zuviel verlangt, allenfalls Lügen oder Möglichkeiten.
Und so, ganz ohne Grund, war mein Feind nun tot. Mein Feind fiel, als die Kugel Kid Harris in den Rücken traf. Ein Versehen im Dunkeln, ein Wahrnehmungsfehler und eine Fußbewegung, und mein Feind, die Ehre war tot.
Für McKay war die Ehre alles gewesen. Für mich war sie nur ein Wort gewesen, aber es gibt keinen bittreren Feind als ein Wort. Ein Wort, wie es auf Seiten geschrieben werden kann, vor Fragezeichen und zwischen Kommas, in Verträgen und Gedichten und Seufzern, in alten Gerüchten und Liedertexten, in Versprechungen und Eiden. Und das Wort, von dem ich glaubte, daß es McKay immer von mir getrennt hatte, war nun gestorben in dem wasserlosen Bach in der Dunkelheit einer Julinacht. Es war gestorben, als das Blut in den Sand lief, wo Kid Harris lag, mit stummen, blassen Augen.
Aber für McKay war es alles gewesen. Ein Wort war die ganze Wahrheit gewesen, und das lag nun im Bach. Deshalb wünschte ich seine Auferstehung. Jedes Kraut wäre mir recht gewesen, ob giftig oder nicht; ich hätte den Trank selber gemischt, im schwärzesten Eisentiegel. Ohne ein Wort war McKay ohne alles, mir viel zu fern.
Ohne Grund war mein Feind nun tot. Vielleicht habe ich gelächelt oder geseufzt, aber es gab keine Feier. Ich ließ keine Berittenen auf der Avenue die Runde machen, um den Sieg auszurufen. Mein Feind hatte mich von Anfang an übertölpelt. Was ich für lebendig hielt, war längst tot gewesen, und es gibt keinen Sieg, wenn der Feind schon längst ein Kadaver gewesen ist, lange bevor der Kampf begonnen hat. Auch nicht, wenn der Feind ein Wort ist.
Wir saßen zusammen unter den Schatten. Es war Nacht, und ich dachte, wenn ich ganz genau aufpaßte, könnte ich die Töne des Karussells hören. Ich horchte, hörte aber nur die Wellen und die Möwen. Ich flüsterte Laute in McKays Ohr.

Ich bewegte die Lippen, aber bei dem Lärm der Wellen und der Möwen wären Worte sowieso nicht zu hören gewesen.

2

Vietnam fühlte sich anfangs gestört. Er rannte auf dem Wohnzimmerteppich herum, brummelte und sah uns nur aus den Augenwinkeln an. Er drängte Irene in die Küche, wo er die Stimme erhob und mit Tellern knallte. Anfangs fühlte er sich gestört.

Nach ein paar Tagen, wo McKay dunkel schwieg, nach etlichen Nachmittagen, wo Irene und ich Bier tranken und uns *Die Tage unseres Lebens* und *Wahrheit oder die Folgen* ansahen — nachdem Vietnam begriffen hatte, daß er uns so schnell nicht loswurde, hörte er auf, mit Tellern und Türen zu knallen. Er hörte auf mit dem Herumrennen. Er hörte sogar auf, nachts durch die Wohnung zu gehen, wenn McKay und ich uns auf dem Fußboden liebten, wo wir untergebracht waren. Vietnam zuckte jetzt nur noch die Achseln und gab sich alle Mühe, die Anwesenheit von Irenes Gästen zu ignorieren.

Ich half Irene die Wohnung saubermachen. Ich sah ihren Ehering blitzen, wenn sie Geschirr spülte, Bier trank oder Mehl und Zucker zu Kuchenteig verrührte. Ich las die Illustrierten und sah zu, wie sich McKays Schweigen vertiefte. Irene war noch dicker geworden, und die Lockenwickel, die sie trug, wurden nur manchmal ausgekämmt, wenn wir auf die Promenade gingen, um zu flippern oder den Reitern auf dem Karussell zuzuschauen. Obwohl Irene sich offiziell von der Avenue und von den Waisen getrennt hatte, war sie immer noch McKay und der Vergangenheit ergeben. Sie erzählte endlos von alten Zeiten, von Versammlungen und Parties, von jenen, die einst von den Waisen geschieden waren, tot oder abtrünnig. Jeden Tag saßen wir vier in der heißen

Sommer-mit-Seewind-Wohnung und hörten Irenes Erinnerungen zu oder Vietnams wiederholten Geschichten von seinen Heldentaten in Krieg und Frieden.
Eines Abends, kein Wind und kein Ventilator vermochte die Wohnung zu kühlen, wurde Irenes Speisenfolge gestört, als McKay ein Steakmesser in das Holz der Tischplatte stieß. Dies tat er, als Vietnam zum wiederholten Male seine Gipfelerlebnisse bei der Eroberung eines Dorfes voll alter Leute und Kinder zum besten gab: wie man die Hütten mit Sicherheits-Zündhölzern anstecken konnte, bis sie glühten wie ein Lagerfeuer. Das Steakmesser stak aufrecht im Holz; das Tischtuch war aufgeschlitzt und voller Splitter.
»Das verbitt ich mir aber«, sagte Vietnam, als McKay sich auf seinem Stuhl zurücklehnte. »Du bist verdammt noch mal Gast hier.«
McKay schaute zur Decke auf, und Irene bat mit ihren großen Augen um Schweigen, zuerst Vietnam und dann McKay anstarrend. »Würdest du diesem Arschloch bitte sagen, wenn ich mir dieselbe Geschichte über seinen albernen Krieg noch mal anhören muß, dann bring ich ihn um«, sagte McKay. »Ich bring ihn um.«
»Du bist Gast hier«, sagte Vietnam. »Du lägst auf der Straße mit deinem Rauschgift und deiner Hure, wenn Irene nicht wär. Was«, sagte Vietnam, rot im Gesicht und mit zitternden Händen, »was denkst du eigentlich, wer du bist?«
»Liebster«, sagte Irene, und ihre Augen waren ganz groß.
»Liebster, scheiß drauf«, sagte Vietnam und schmiß einen Teller zu Boden. Das Porzellan polterte und zerbrach dann auf dem Holzfußboden. »Was denkst du eigentlich, wer du bist?« fuhr er fort, »uns dieses feine Essen zu versauen, mit dem Irene sich solche Mühe gegeben hat! Was denn? Das möchte ich mal wissen, was denkt der denn, wer er ist?«
Ich stand vom Tisch auf.
»Was fällt dir denn ein, aufzustehn?« rief Vietnam mir nach.

»Jetzt ist Essenszeit«, sagte er, »jetzt ist Essenszeit, verdammt noch mal.«
Ich setzte mich auf die Couch und steckte mir einen Joint an. Ich inhalierte. Ich glaubte, McKay würde ihn umbringen; ich glaubte, für ihn sei Mord jetzt leicht wie Luftholen. Ich konnte sehen, daß Irene es auch glaubte: sie streckte die Hand nach Vietnam aus, doch er wischte sie weg.
»Irene«, sagte McKay. »Möchtest du ihm vielleicht sagen, daß ich ihn umbringe?«
»Er bringt dich um«, sagte Irene.
McKay nickte. »Danke«, sagte er zu Irene.
»McKay«, sagte ich. Mord mochte jetzt leicht wie Luftholen sein, aber Vietnam war die Unannehmlichkeiten nicht wert, die ein Mord mit sich brachte. »Was soll's?« sagte ich.
»Weiß nicht«, sagte McKay.
Vietnam starrte Irene an. Sie hatte einem Befehl vom Präsidenten der Waisen gehorcht. Ich deutete mit einer Kopfbewegung zur Tür hin. McKay und ich sprangen jede Nacht von der Promenade herab, um über den dunklen Strand zu laufen. Wir gingen immer weit fort von dem Lärm des Promenadenbetriebs, und McKay kniete sich dann in den Sand und holte den farblosen Umschlag hervor, während ich auf das dunkle Meereswasser hinaussah, das am Morgen wieder augenblau sein würde.
Ich wußte, McKay ging nicht nur nachts an den Strand. Einmal, als ich mit Irene herumlief, hatte ich ihn im Schatten unter dem Promenadensteg hocken gesehen, wie er sich gerade den Ärmel aufkrempelte, während vor ihm der Sand weiß in der Sonne leuchtete. Ich aber ging nur nachts mit, denn dann konnte ich in die Dunkelheit schauen, während er sich die Nadel in die Vene drückte, und ich mußte nicht hinsehen.
Wir gingen in dieselbe Richtung wie immer. Ich wußte, wir konnten nicht so weitermachen; wir konnten nicht ewig bei Irene bleiben, schon deshalb nicht, weil McKay das Heroin ausging, weil Flash Angst hatte, geschnappt zu werden, und

weil der Dolphin verschwunden zu sein schien. Ich wartete auf dem Promenadensteg, während McKay hinabsprang, dann sprang ich ihm nach. McKay stand unten bereit, mich aufzufangen, wenn ich so fallen sollte wie Tammy Leone im vorigen Sommer; sie hatte sich dabei den Hals gebrochen. Ich sprang, dann hing ich mich bei McKay ein, und wir gingen zum Wasser.

Am Himmel standen Sterne. Einmal blieb ich stehn, um meine Ledersandalen auszuziehen, damit meine Zehen den Sand spüren konnten. Als McKay sich auf den feuchten Sand am Ufer setzte, ging ich weiter, immer um einen Fußbreit von der Flut, die kalt näher kam. Bald ging McKay wieder neben mir.

»Ich muß zurück auf die Avenue«, sagte McKay. »Ich bin jetzt auf dem Letzten; muß den Dolphin finden und eine Verbindung machen.«

Ein Wind vom Meer kam auf, und wir gingen zum Steg zurück, um uns darunter zu setzen.

»Wo ist denn der Dolphin?« sagte ich.

»Läßt mich warten«, sagte McKay. »Er zeigt mir, wer wen braucht.«

»Du brauchst ihn doch nicht«, sagte ich. Aber der Dolphin hatte das Heroin und hatte mit eigenen Augen gesehen, wie McKay den Zweiundzwanziger abfeuerte, hatte die Kugel zwischen den Schulterblättern einschlagen sehen. Was ich sagte, war gelogen.

Füße gingen auf dem Holzsteg über uns. McKay nickte in einen Traum ein. Ich hatte Angst vor Wasserratten und vor der Polizei, aber ich brachte es nicht über mich, ihn zu wecken. Stunden später erwachten wir beide in der Dunkelheit. Die Mülltonnen, die den Strand säumten, waren in Nebel gehüllt, und das Meerwasser war dunkelgrau. Nieselregen fiel, und es war neblig und kalt, aber ich war froh, daß wir nicht noch eine Nacht auf dem Zottelteppich in dem rosa Stuckgebäude bei Irene und Vietnam verbracht hatten.

Wir kletterten wieder auf den Steg und kauften uns Kaffee an einem Imbißstand. Ich hielt die beiden dampfenden Plastikbecher, während McKay sich über das Geländer der Promenade erbrach. Sein Blick suchte meinen, und ich nickte und sah ihm zu, wie er hinter das Riesenrad ging und sich einen Schuß setzte. Er lächelte, als er wieder zu mir zurückkam. Wir lehnten uns auf das Geländer, tranken Kaffee und sahen zu, wie der Nebel sich vom Wasser her auf den Strand schob.
Ich legte ihm den Arm um die Hüfte. Über uns flogen Möwen im Kreise. Wir tranken den Kaffee aus; dann gingen wir weiter. Der Morgen war angebrochen, als wir zu dem rosa Mietshaus kamen. Ich hielt ihn an der Treppe auf. »McKay«, sagte ich.
»Red nicht«, sagte er. »Ich mag kein Gerede.«
»Es war ein Unfall.«
»Unfall.«
»Du konntest nicht ahnen, daß er sich umdrehen würde.«
»Unfall«, sagte McKay.
»Du bist immer noch der Alte«, sagte ich.
»So?« sagte er.
»Ja«, log ich.
»Du bist blöd oder du lügst«, sagte er. »Und schmeiß das da weg. Schmeiß es weg«, sagte er und zeigte auf die silberne Kapsel.
»Das hat nichts zu bedeuten«, sagte ich. Ich sah ihn nicht an.
»Warum trägst du's dann?« Ich gab keine Antwort und trat hinter ihm durch die Tür in Irenes Wohnung. Ich trug die Kapsel, damit sie mir Glück brachte, aber sie schien keines zu bringen. Ich wußte nicht genau, warum ich sie trug, ich wußte nur, ich wollte den Zauber nicht aufgeben. Ich blieb also still. Und so blieb auch McKay still. Wir saßen zusammen in der verdunkelten Wohnung.
Draußen auf dem Flur knarrte ein Brett der Holztreppe. »Mist«, sagte McKay und wühlte hastig in Futter und Taschen

seiner Jacke nach dem Zweiundzwanziger. Wir befürchteten schon lange, daß ein Polizist an die Tür klopfen könnte. Ich schmiegte mich eng an die harte Rückenlehne der Couch und dachte an ein Wort: »Mord«. Es war bloß ein Wort, aber das Geräusch von der Holztreppe war wirklich.

»Mist«, sagte McKay noch einmal. Er stellte sich zuerst ans Fenster und hielt Ausschau nach Streifenwagen oder Uniformen auf der Straße; dann stellte er sich neben die Tür.

Vietnam kam aus dem Schlafzimmer, nur in Unterhosen und in schweren, hochgeschnürten Kampfstiefeln. Er sah mich auf der Couch sitzen und kuckte schief. Vielleicht hatte er gedacht, als wir in der Nacht nicht wiederkamen, wir seien für immer fort. Dann sah er, wie McKay an der Tür auf dem Sprung stand, mit dem Revolver.

»Was zum Teufel!« sagte Vietnam laut. Er ging auf McKay zu; seine Kampfstiefel hinterließen Abdrücke auf dem Zottelteppich. »Jesses!« sagte er.

McKay rührte sich nicht. Er blickte auf das Holz der Tür, auf die metallene Klinke. Dann bewegte er nur den Arm, streckte ihn aus und zielte mit dem Revolver auf Vietnam. »Wenn du noch einen Schritt machst oder noch ein Wort sagst«, sagte McKay, »bring ich dich um«.

Vietnam ging rückwärts, und McKay senkte den Revolver. Ich hatte mir die Handlungen, die geschehen waren, nie als Verbrechen vorgestellt. Ich hatte das Schweigen gefürchtet, das Heroin und den Dolphin, aber an das Gesetz hatte ich nie gedacht. Die Wörter »Verbrechen« und »Verbrecher« waren mir nie eingefallen. Sie schienen nicht zu passen. Schon gar nicht auf McKay. Was hatte McKay mit Verbrechen zu tun? Mit Mord und Ehre ja, aber Verbrechen?

Die Türklinke bewegte sich ein ganz klein wenig. Ich dachte an Schießereien, an Gefängnisse, ich überlegte, was ich zu einer Gerichtsverhandlung tragen sollte (ich hatte keine geeignete Garderobe, keinen Hut, keine Handschuhe, was sollte ich bloß tragen?). McKay knipste das Licht aus, und wir war-

erwarten, daß er still war und die Sache begraben sein ließ.
»Schön«, sagte McKay. »Schön, ich bin kribblig, wie sollte ich nicht, ich bin kribblig.«
»Trau mir doch«, sagte der Dolphin.
»McKay«, sagte ich.
»Ich trau dir«, antwortete McKay. Ihm blieb keine andere Antwort, ihm blieb keine Wahl. Der Dolphin, der in dem trockenen Bachbett neben McKay gestanden hatte, wußte, daß McKay keine Wahl blieb. Er lächelte.
»Ich hab, was dir fehlt«, sagte der Dolphin. Er hielt einen Umschlag mit weißem Pulver in die Luft.
Ich ging mit McKay hinaus. Wir ließen Irene in der Tür stehen und gingen dem Dolphin nach. Auf der Straße wartete der Chevy, aber sein Glanz war weggebeizt von Sand, Salz und Nachtluft.
»Jeder hat so sein Geheimnis«, sagte der Dolphin, als er den Chevy startete. McKay saß auf dem Rücksitz und schloß die Augen. Ich saß neben ihm und machte ein Fenster auf. Der Dolphin fuhr. Ich lehnte den Kopf aus dem Fenster und zählte die Wolken. »Trau mir«, hatte der Dolphin gesagt. Den ganzen Weg bis zur Avenue zählte ich die Wolken und war still. Ich konnte den Schmetterling nicht ansehen, der sich regte, flimmernd wie *Eis,* und auch nicht McKay. Ich sah weg.

brauchte Bettlaken gab es keinen Markt. Also setzte ich mich auf den Stuhl am Fenster, sah auf die Avenue hinaus und wartete auf Antwort.
»Also«, sagte ich, als McKay nur abwinkte, »was ist denn wichtig? Worauf verflucht nochmal kommt's an?«
»Weiß nicht«, sagte er. »Schön, schön, ich weiß es nicht. Zufrieden?«
»Prima«, sagte ich, »prima«.
»Ich kann dir sagen, worauf's ankommt«, sagte die Holde.
»Halt den Mund«, sagte McKay.
»Auf die Waisen kommt's an, darum geht's. Und dir kann ich noch was sagen«, sagte sie zu mir.
McKay schmiß einen Aschbecher durchs Zimmer; Asche und Kippen flogen über den Boden. »Halt den Mund«, sagte er.
Kind bog den Kopf weg wie eine Füchsin, und wie eine Füchsin war sie still. Ich schaute sie an. Ich war nicht eifersüchtig. Seit wir von der See zurück und wieder auf der Avenue waren, wußte ich, daß McKay oft bei den Versammlungen der Waisen fehlte. Wenn er nachts nicht in die Wohnung kam, wußte ich, er war bei jemand anders. Wenn der Dolphin anrief und wissen wollte, wo sein »Präsident« sei, sagte ich, ich wisse nicht. Aber ich wußte. Ich wußte, McKay war hinter anderen Augen her als meinen, Augen, die seine Hände nicht zittern und seinen Kopf nicht wippen gesehen hatten, andere Augen auch als die des Dolphin, Augen, die nicht gesehen hatten, wie sich Kid Harris in dem trocknen Bachbett umdrehte. Er war hinter Augen her, die noch glaubten, was auf seiner Jacke stand, die an McKay glaubten.
Ich war nicht eifersüchtig, denn er war mein. Egal wie viele Nächte er mit Kind verbrachte, McKay war mein. Er gehörte dem Dolphin, und er gehörte mir. Kind verstand die Goldbuchstaben auf der Jacke so, wie McKay sie verstanden wissen wollte, der Dolphin und ich aber, wir verstanden sie so wie McKay selbst — als eine Lüge. Ich wußte zuviel, er wußte zu-

viel. Und er gehörte mir. Kinds Augen waren grün. Sie sah, was ich nicht mehr sah, und sie war wütend.
»Du bist verrückt«, sagte sie zu mir. »Du bist total verrückt«, sagte sie. Sie saß da, vom Laken nicht mehr bedeckt, und obwohl die Sommersonne monatelang geschienen hatte, war ihr Körper weiß. »Ich vögle mit deinem Alten, hörst du? Er hat dich betrogen, und du sitzt so da.«
Mir war's egal. Was wußte denn die? Ob man nun blöd oder gerissen war, was hatte das schon mit dem Wissen zu tun? Ich, ich wußte: Ich wußte, die Holde war auf den Titel Eigentum Nummer Eins aus, ich wußte, McKay hatte mich betrogen. Und ich wußte noch etwas: Ich wußte, daß McKay ein Junkie war. Und es war nicht leicht, das erst einmal zu erfahren. Anfangs, wenn er sagt, er habe den Stoff für jemand anders besorgt, glaubt man ihm. Ich hab es geglaubt, du hättest es geglaubt, jeder glaubt es. Später, wenn seine Augen schwerlidrig und dunkel werden, ist es vermutlich ein Gerstenkorn oder die Nachwirkung von zuviel Gin mit Tonic. Was denn sonst? Die Nadel gehört einem Freund; das Werkzeug ist nicht seines, es ist ein Talisman gegen böse Geister oder gehört dem Diabetiker in der Wohnung nebenan. Er hat auch gar keine Ahnung, wie die Nadel in seine Vene gekommen ist; ein übler Streich, jemand hat sie ihm da reingesteckt, als er schlief.
Es war keine Kleinigkeit, dies zu wissen, und ich wußte es. Nach all den Einstichen, die ich gesehen hatte, nachdem Pfandleihen das elektrische Zubehör, das ich schon einmal in unserer Wohnung gefunden hatte, im Schaufenster auszustellen begannen, wußte ich, daß McKay eine Gewohnheit hatte.
Aber wo blieb mein Verstand? Wie konnte ich soviel wissen und so blöd sein? Warum machte ich mich nicht davon oder erdrosselte die Holde mit den Ärmeln der Lederjacke, schmiß das Heroin aus dem Fenster und gab McKay den Abschiedskuß? Hast du dergleichen von mir erwartet? Na ja.

Früher hatte ich nichts über McKay gewußt, und jetzt wußte ich alles. Grund genug, nicht davonzulaufen. Es gibt so viele Formen des Nichtwissenwollens, und ich hatte alles versucht. Ich hatte es mit Schweigen versucht, mit Heroin, ich hatte versucht, es Liebe zu nennen. Und dann hörte ich auf, meiner Blödheit zehntausend Namen zu geben.
Ich schwamm mit dem Strom der Stimmung. Ich ließ die Gründe Gründe sein; zur Betrachtung von Luft waren sie wertlos. Ich trat die Gründe in den Staub. Die Strömung war's, und ich war drinnen. Egal was ich wußte, mein Teil war es, blöd zu sein. Und das war ich.
Und als die Holde sagte: »Ist dir das egal?«, wäre jede Antwort gelogen gewesen.
»Verrückt bist du«, sagte die Holde.
»Raus«, sagte McKay zu ihr.
»Du hast mir was versprochen«, sagte die Holde. »Er hat mir was versprochen«, sagte sie zu mir.
McKay trat vom Bett fort. Er machte sich eine Zigarette an und lächelte.
»Eigentum Nummer Eins«, sagte Kind. »Hast du versprochen.«
»Der verspricht viel«, sagte ich.
»Na«, sagte McKay.
»Der lügt aus Gewohnheit«, sagte ich.
»Er ist doch der President Of«, sagte sie. McKay lachte tief auf; er stieß Rauch aus. Er stand nackt im Dunkeln, und der Rauch hing schwer in der Luft.
»Vergiß diesen Mist«, sagte er.
»McKay«, sagte ich. Es zu wissen, war eines, es zu sagen, ein anderes. »McKay«, sagte ich.
»Schon gut, schon gut«, sagte er.
Ich lächelte und schüttelte den Kopf. »Bastard«, sagte ich, und er zuckte die Achseln.
»Ihr seid verrückt, alle beide«, sagte sie.
Nein, das nicht, nur verschworen waren wir. Und darum lä-

chelten wir. Verschworen im Wissen, im Schweigen, in der Liebe; und darum lächelten wir.
»Scheiß auf euch«, sagte die Holde. »Auf euch und auf die Waisen.
McKay zwinkerte, so gut er konnte, aber seine Augen waren schwer und dunkel. Als Kind aufstand und sich anzuziehen begann, setzte sich McKay wieder aufs Bett. Er lehnte sicht weit in die Kissen zurück und machte die Augen zu.
Es kümmerte ihn schon noch – sogar jetzt. Ich beobachtete, wie Kind sich anzog, ich beobachtete McKay, seinen Kopf auf den Kissen, die Augen geschlossen.
»Schon ein Präsident«, murmelte Kind. Ich sah, wie die Muskeln in McKays Gesicht sich spannten. Er fehlte bei offiziellen Versammlungen. Auf der Avenue war er schon ins Gerede gekommen. Die Muskeln in seinem Gesicht wurden straffer.
»Ich weiß schon«, sagte die Holde zu mir. Ihre Stimme klang ärgerlich. Sie war wütend, weil wir leichthin abtaten, was sie sich so lange gewünscht hatte. »Ich weiß, warum du nicht eifersüchtig bist«, sagte sie. »Weil er keinen hochkriegt, oder? Stimmt's, deshalb bist du nicht eifersüchtig?«
Was erwartete sie denn von der Liebe mit einem Junkie? Oder wußte sie gar nichts von Heroin? Hatte der Wind der Avenue die Botschaft noch nicht bis zu ihr getragen? War sie zu sehr mit ihrer Vorfreude beschäftigt gewesen, sich als Eigentum Nummer Eins zu sehen, um die Spuren an seinen Armen mit den Fingern zu ertasten oder die Venen zu zählen?
»Kind«, sagte ich. McKays Augen waren immer noch geschlossen, und Kind stand vor einem Spiegel, bog den Kopf beiseite wie eine Füchsin und bemalte sich die Augenlider. »Geh. Geh schon.«
»Ich gehe«, sagte die Holde. »Das kannst du glauben, ich gehe. Und das kannst du glauben, jeder auf der Avenue, die ganze Avenue wird es erfahren, was ich weiß.« Wußten sie

schon, und darum zuckte McKay mit keiner Wimper, und ich ging in die Küche, ließ Wasser in den Ausguß laufen und kühlte mir Gesicht und Hals. »Hast du gehört?« sagte Kind.

Hatte ich. Was wollte sie, Streit? Mit mir nicht, ich wußte nicht, um was.

»Ich sag alles, was ich weiß«, hörte ich Kinds Stimme sagen, als sie die Wohnungstür zuknallte. Was konnte sie sagen? Was konnte sie wissen?

Daß McKay ein Junkie war, daß er nicht mehr so auftreten konnte, wie es sich für einen Präsidenten gehörte, daß er im Schlaf murmelte, daß die Waisen ihn nicht mehr kümmerten, daß er ein miserabler Liebhaber war und ein Lügner? Und daß ich blöd, verrückt, zu dumm und zu verliebt war, um auch nur eifersüchtig zu werden? War das alles, was sie wußte und verbreiten wollte? Das mochte sie wissen, und darüber mochte sie reden.

Zu blöd und zu verliebt. Ich ließ das kalte Wasser laufen. Es schien, je mehr ich wußte, desto blöder wurde ich. Jetzt wußte ich, McKay hatte eine üble Gewohnheit; ich kannte sogar seine Lieblingsvenen. Ich wußte, was am wichtigsten war: die Waisen und die Ehre waren für McKay jetzt gestorben. Ich wußte, auf der Avenue, obwohl man sich immer noch nach McKay umdrehte, wenn er vorbeiging, hatte das Rudel keine Angst mehr vor dem Präsidenten der Waisen, und bei den Waisen selbst, auf ihren präsidentenlosen Versammlungen, war McKay jetzt im Gerede.

Und die ganze Zeit über erfuhr ich mehr und mehr. Der Chevy blieb stehen und wartete auf die Erneuerung seiner Politur und seines Vergasers. Ich kaufte mir kein Marihuana, keine Wimperntusche und keine Illustrierten mehr, damit McKay mehr Geld für Heroin hatte. Ich war blöd und verliebt.

Ich ging zu McKay zurück und setzte mich neben ihn. Es gab keine Entschuldigungen, und es waren auch keine nötig.

»Ich brauch Geld«, sagte er.
»Wer nicht?« sagte ich. Aber er hatte nicht mal mehr genug, um Patronen für den Zweiundzwanziger zu kaufen oder den Chevy volltanken zu lassen. Und er brauchte immer mehr Stoff: Die ganze Zeit über brauchte er immer mehr von der Magie, die ihm die Augen schloß.
»Der Dolphin wird dir Kredit geben«, sagte ich.
»Ha«, sagte McKay. »Der wird mir was.«
Flash wollte McKay nichts verkaufen; er hatte Angst vor dem Dolphin, Angst vor seinem Cousin Jose. Und so verfügte der Dolphin jetzt über zwei Geheimnisse, das Heroin und das trockne Bachbett. Es war richtig, von Kredit schien er nichts zu halten.
»Ich muß etwas anfangen«, sagte McKay und drehte sich um, so daß er auf dem Bauch lag, den Kopf in die Kissen vergraben, und ich sah nur seinen Rücken.
Ich streichelte seine Haut und sagte: »Ich kann Starry anrufen.«
»Flash versorgt mich nicht«, sagte McKay.
»Nicht wegen Stoff«, sagte ich. »Ich werde sie nicht wegen Stoff anrufen.«
McKay drehte sich um und sah mich an. »Was soll denn das heißen, was du da redest? Willst du mir bitte mal erklären, was das heißen soll?«
»Ich meine, Starry weiß, wie man an Geld kommt«, sagte ich und machte mir eine Zigarette an und wartete, was er antworten würde.
»Meingott«, sagte er. »Denk nicht mehr dran. Meingott, so weit bin ich noch nicht.«
Ich hatte nicht gewußt, ob er so weit war oder nicht. Ich wußte es immer noch nicht, und ich wollte wissen, ob er das Heroin so dringend brauchte, daß er daran dachte, mich Nummern machen zu lassen.
»Gibt es denn was anderes?« fragte ich. »Gibt es denn was anderes, um an Geld zu kommen?«

»Ja«, sagte McKay. »Muß es geben.«
»Klar, du wirst einfach Präsident von 'ner Bank, oder vielleicht brauchst du auch bloß ein paar Rennen mit dem Chevy zu fahren? Da fehlen dir nur ein paar Hunderter, um ihn machen zu lassen. Erkläre du mir doch mal, wie du an Geld kommen willst!«
McKay war still. Ich ging zum Telefon, immer noch gespannt, ob er wirklich dulden würde, daß ich Starry anrief. Ich wählte; er blieb still.
Bevor Starry abnehmen konnte, bevor McKay etwas sagen konnte, klopfte es an die Tür. Ich warf den Hörer wieder auf die Gabel.
Ich machte die Tür auf: der Dolphin. »Ach«, sagte ich, »du bist's.«
»Ach«, gab er zur Antwort, und seine Tätowierungen glänzten vor Schweiß und Farbe, »ich bin's.«
»Er hat zu tun«, sagte ich. Ich dachte, McKay könnte jetzt vielleicht eingeschlafen sein, vielleicht auch nicht. Ich wußte, den Dolphin wollte er nicht sehn.
»Er hat viel zu tun in letzter Zeit«, sagte der Dolphin. Ich konnte nicht erkennen, ob er mich durch seine dunkle Sonnenbrille ansah. War das eine Anspielung gewesen, auf die Holde, auf Heroin, oder auf was? »Er wird mir doch nicht aus dem Weg gehn?« sagte der Dolphin.
»Was weiß ich?« sagte ich.
»Zuviel«, sagte der Dolphin und trat an mir vorbei in die Wohnung. »Zuviel weißt du.«
McKay saß im Bett. Während ich an der Tür mit dem Dolphin sprach, hatte er seine Jeans und die Lederjacke der Waisen angezogen.
»Du machst mir Ärger jetzt«, sagte der Dolphin. »Warum denn bloß, warum mußt du mir Ärger machen?«
McKay zuckte die Achseln. »Ich weiß nicht, was du meinst, Bruder.«
»Bruder«, sagte der Dolphin, »paß auf dich auf!«

»Ich soll auf mich aufpassen?«
»Es ist mir egal, ob du dicht bist oder nicht«, sagte der Dolphin. »Ich will nur, daß sich einer um die Avenue kümmert.«
»Wer sagt, daß es deine Avenue ist?«
Der Dolphin lächelte. »Du weißt, so ist es«, sagte er.
Wenn McKay Kredit wollte, auf diese Weise würde er keinen bekommen. McKay winkte ab. »Laß mich in Ruhe.«
»Du kriegst deine Ruhe.« Der Dolphin lächelte. »Für immer.«
»Tatsache?« sagte McKay. »Tatsache?«
Ich sah McKay an und furchte die Stirn. Er hatte schon genug Ärger, was wollte er noch mehr? Was Starry einmal gesagt hatte, stimmte: Gegen den Dolphin kam man nicht an. Er wußte alles. Ja, warum sollte ich's leugnen? Der Dolphin kannte die Geheimnisse der Avenue und wußte, von welchem Wind jedes einzelne getragen wurde, ob Nord, ob Süd.
»Deine Ehre oder dein Verbrauch, das kümmert mich keinen Fatz«, sagte der Dolphin. »Entweder bist du der Präsident oder bist du nicht der Präsident. Und«, sagte der Dolphin und hielt einen farblosen Umschlag in die Luft, »ich krieg dich klein, wenn's sein muß.«
McKay war still. Er wandte sich weg. »Was willst du?« fragte er.
Der Dolphin wartete, dann sagte er: »Deinen Rücktritt.«
Kein Chevy, keine Waisen, kein Geld, kein Stoff. Ich lehnte mich an die kalte Mörtelwand. Mein Gesicht war warm, und mir war nicht gut; ich blieb still und sah ihnen zu.
»Und wenn ich nein sage?« sagte McKay.
»Wenn du nein sagst«, sagte der Dolphin. Er nahm die Sonnenbrille ab; der Schmetterlingsflügel faßte das eine Auge ein, und sein Blick war blaß und kalt. »Wenn du nein sagst, dann würde ich sagen, die Chancen sind für dich nicht besser als für Cantinni.«
Hatte er gesagt, was ich glaubte gehört zu haben? Hatte er

angedeutet, was ich glaubte verstanden zu haben? Wie weit würde er eine Lüge treiben, wie weit die Wahrheit, und was hatte er denn gesagt? Ich sah McKay an, und in der Iris seines Auges bewegte sich etwas.

»Cantinni?« sagte er.

»President Of.« Der Dolphin lächelte. »Bruder.«

»Drohst mit Mord?«

»Politische Liquidation.« Der Schmetterling bewegte sich leicht, und die Pfauenfedern schienen sich zu öffnen und unter dem Hals des Dolphin aufzufächern. »Aber was denn, ich droh mit gar nichts«, sagte er.

»Bruder«, sagte McKay. »Bruder.«

»Tret doch zurück«, sagte ich. »Gib ihm die Scheißjacke und tret zurück.«

»Wer ist Präsident?« fragte McKay.

»Herrgott, gib's doch auf«, sagte ich.

»Da war nichts?« fragte er.

Nicht einmal dies, diese eine Antwort wollte der Dolphin geben. Er lächelte.

»Nein«, sagte McKay. »Nein, mach ich nicht.«

Der Dolphin zuckte die Achseln. »Mach was du willst«, sagte er und ging zur Tür.

Alle drei lächelten wir bei diesen Worten, diesen komischen Worten. McKay lachte. »Bruder«, sagte er.

»Bruder«, antwortete der Dolphin.

Sie nickten sich zu, und der Dolphin ging zur Tür. Er drückte die Klinke, das Holz bewegte sich, und dann zögerte er. Ich konnte sehen, daß McKay litt, er hatte Schmerzen, er war entzugskrank. Aber er blieb still, und nur die Schweißperlen auf seiner Stirn verrieten ihn.

»Warum hast du mir das nicht gesagt?« fragte McKay.

Ich wollte es nicht hören. Und doch stand ich da und sah ihnen zu und hörte McKay fragen, warum man ihm nie gesagt habe, daß es keinen Präsidenten der Waisen gab, daß es keine Ehre gab und nie gegeben hatte. Nur Bemalungen, die

keine Geschichte erzählten, nur den Dolphin, nur eine Lüge.
»Warum hast du mir das nicht gesagt?« fragte er.
Der Dolphin lächelte noch einmal. Fast mild waren sie jetzt zueinander, die beiden, seitdem es keine Geheimnisse, keine Lügen mehr gab. »Du hast nie gefragt«, sagte der Dolphin, und McKay nickte. Was blieb ihm weiter, als zu nicken?
Der Dolphin ließ uns allein; er machte die Tür zu. McKay lächelte, er lächelte in die Luft. Er langte nach einer Schachtel Zigaretten, die auf dem Holzfußboden lag, und ich trat zu ihm hin, um das Streichholz anzuzünden. Ich mußte zu ihm hin, um es anzuzünden, denn als der Dolphin die Tür zumachte, begannen McKays Hände zu zittern.
Zuletzt mußte McKay mir die Zigarette herüberreichen, damit ich sie in dem Aschenbecher ausdrückte, den ich mir von der anderen Seite des Zimmers holte, von der Stelle auf den Holzdielen, wo er bei dem Wurf gelandet war. Ich sah still zu, wie er die eine Hand in die andere nahm und die Finger zurückbog. Aber es war zu spät: seine Hände hatten zu zittern begonnen.

2

Er ließ mich alles verstecken, was gefährlich sein konnte: Messer, den Zweiundzwanziger, Gabeln, Alkohol zum Einreiben, das Telefon. Er schluckte Seconal und sah die Quiz-Sendungen im Fernsehen an. Die Anfälle, die seine Hände schüttelten, waren gräßlich anzusehen, und ich sah nicht hin.
Wir hatten kein Geld und keine Aussicht auf Geld. McKay war zu schwach, als daß er ohne eine Spritze hätte einen Zug machen können, und den Chevy hatte der Mechaniker in der Garage unten eingeschlossen, als Sicherheit für zwei Monate Mietrückstände. Die Stereo-Anlage hatten wir schon an T.J.

und Gina verkauft, den Fernseher aber hatten wir nicht versetzen wollen. Wir mußten mehr zum Anschauen haben als die Wände und uns selber und das Zittern seiner Hände. Wir brauchten auch Zigaretten und Nahrung, die McKays Hunger nach Süßigkeiten stillen konnte. Ich ließ ihn allein, im Bett aufgesetzt, unter einer Steppdecke, die Rätsel in *Jeopardy* vor sich. Ich ging zu Monty, wo ich noch Kredit hatte. Bei Monty konnte ich Zigaretten und Soda anschreiben lassen.

Ich ging die Avenue entlang. Als ich bei Monty ankam, stand eine Ansammlung der Waisen vor der Tür. Ich ging an ihnen vorbei, streifte mit den Schultern an Tosh und bahnte mir mit den Ellbogen den Weg zwischen Kind und Leona hindurch. Ich wich ihren Blicken aus und blieb still.

Im Laden war die Luft dunkel und kühl, versetzt mit Malz- und Tabakduft. Ich setzte mich an die Theke und legte meine Handtasche voller Rasierklingen und Steakmesser auf das Linoleum. Damit er keinen Verbindungsmann in der Stadt anrufen konnte, hatte ich das Telefon in einer Schublade im Kleiderschrank versteckt, den Einreib-Alkohol im Gemüsefach des Kühlschranks, und alles andere, was McKay gefährlich werden konnte, trug ich bei mir.

»Kredit?« sagte ich zu Monty. Als er nickte, ließ ich mir eine Soda, mehrere Schachteln Zigaretten, ein halbes Dutzend Schokoladenriegel und Büchsen mit Cola geben. Ich wollte gleich wieder fort und zu McKay zurück, aber ich wollte nicht noch einmal an den Waisen vorbei. Darum trank ich eine Vanille-Coke und rauchte mehrere Zigaretten.

Ich beobachtete Tosh, Leona, die Holde, den Marinemartin und die anderen durch die Fensterscheibe und wartete, daß sie gingen. Monty stützte die Ellbogen auf die Theke. »Was weißt du Neues?« sagte ich zerstreut, mit dem Blick auf den Waisen.

Monty zuckte die Achseln. »Daß McKay einen Durst hat, den er mit Coca-Cola nicht stillen kann«, sagte er.

Ich lächelte. »Was sonst noch?«
Wir blieben ein Weilchen still. Der Laden war leer; nur ab und zu kaufte jemand ein Eis oder die *Daily News.* Die Glocken über der Tür klimperten leise. Tosh und die Waisen kamen herein und erfüllten den Laden mit Leder und Schweigen.
»Mist«, sagte ich leise.
Monty ging und zog sich ans andere Ende der Theke zurück. Tosh setzte sich auf den Stuhl neben mir, und die anderen Waisen und die Eigenen standen hinter uns. Der Laden war sehr eng, und die Waisen streiften mit den Rücken an Flugzeugmodelle und Teddybären.
»Schwester«, sagte Tosh.
»Nie gehört, daß wir verwandt sind«, sagte ich. Ich war neugierig, wieviel sie wußten. Was die Holde wußte, konnte McKay nicht wehtun, was der Dolphin wußte, schon.
»Na«, sagte Tosh und fuhr sich mit der Hand über den kahlen Schädel, »wenn du noch mit McKay gehst, dann sind wir wohl nicht verwandt.«
Sie wußten was. »Ich geh noch mit ihm«, sagte ich.
»Dann bist du gegen die Waisen«, sagte er.
»Mit einem Junkie«, sagte die Holde.
Schweigen.
»Ich geh immer noch mit dem Präsidenten der Waisen.«
»Falsch«, sagte Tosh.
»Der Präsident der Waisen sitzt jetzt neben dir«, sagte Leona.
Ich sah Tosh an und lächelte. »Quatsch«, sagte ich, aber ich dachte: natürlich. Natürlich, der Dolphin würde sich Tosh aussuchen, einen Soldaten, der gewohnt war, Befehle zu empfangen, und dem Ehre und Worte nie in die Quere kommen würden. Tosh würde für den Dolphin die Avenue sichern und keine Fragen stellen. »Quatsch, du und Präsident!« sagte ich.
»Sag es McKay«, sagte Tosh.
»Sag du's ihm«, sagte ich.

Tosh zögerte. Er sah die andern Waisen an, Hilfe suchend.
»Ah so?«
Blöd war der Dolphin nicht. Ich mußte lächeln.
»Ja so«, sagte ich. »Wenn du meinst, McKay soll wissen, daß du denkst, du bist Präsident der Waisen, dann sag du's ihm.«
Ich griff nach der braunen Tüte, in der mein letzter Kreditkauf war (ich schätzte, McKay und ich schuldeten Monty jetzt fünfunddreißig Dollar für Süßigkeiten und Tabak), warf die Cocas und die Zigaretten in meine Handtasche zu den Steakmessern und Rasierklingen. Ich hatte gemerkt, von der Geschichte am Bach wußten sie nichts; sie hatten keine Ahnung von dem Dolphin und von Cantinnis Tod. Aber sie wußten schon genug.
Monty blinzelte mir zu. Ich dachte an die Silberkapsel, die ich trug, und fragte mich, ob er ihretwegen blinzelte, oder ob sich nur seine Wimpern verheddert hatten. Ich stand auf. Kind stand vor mir, so daß ich sie hätte beiseiteschieben müssen, um den engen Laden zu verlassen.
»Holde«, sagte ich, »mach mir hier kein Theater.«
»Hast schon genug Theater.« Sie lächelte, ich auch. Wir waren lieb wie Zyankali und ruhig wie elektrische Drähte. Als sie beiseite trat, berührte ihr Hals die Pfote eines Teddybären.
»Schwester«, sagte ich.
»Schwester«, antwortete sie.
Die Waisen rührten sich und gaben mir einen schmalen Durchgang frei. Ich stand auf der Avenue, und wieder ging ich über den heißen Zement. Ich sah mich nicht um.
Ich ging ein Stück; weiß Gott warum, ich dachte nicht an McKay oder an Kind, sondern an Danny den Lieben. Es machte mir nichts mehr aus, an den Lieben zu denken. Besser an ihn als an Kinds Augen oder die Spuren an McKays Armen. Ich lächelte und ging vor mich hin. Die Sodabüchsen in

meiner Tasche klapperten gegen die Messer und anderes gefährliches Metall.
An einer Ecke blieb ich stehen, um die Ampel abzuwarten; jemand kam mir nach. Ich drehte den Kopf, um über die Schulter zu sehen, aber hinter mir war die Avenue ruhig. Ich war nervös. Ich ließ die Knöchel knacken und stand erst auf einem Fuß, dann auf dem andern. Als die Ampel grün wurde, sah ich nach links, ich sah nach rechts, ich sah hinter mich. Und dann rannte ich.
Hinter mir hörte ich Stiefelschritte auf dem Zement. Einen Block vor der Reparaturwerkstatt und der Wohnung, wo McKay wartete, bog ich in ein Gäßchen ein. Es war kühl und dunkel in der engen Einfassung der grauen und roten Ziegel. Ich lehnte mich an die Mauer und atmete tief. Ich hielt den Atem an und sah zum Eingang des Gäßchens hin, wo ein schwarzer Jackenärmel zögerte. Ich biß mir auf den Daumen. Eine Figur kam in die Gasse hinein; ihr Schatten verdunkelte die Sonne. Er kam auf mich zu, und ich dachte an die Dunkelheit am Bach und an die Liebkosungen von Kid Harris. Er zögerte, und ich sah, daß die Lederjacke zu groß war für ihren Träger, daß ihm die Ärmel bis auf die Knöchel reichten. Ich sah, daß es Tony war, den das schwarze Leder bedeckte.
»Hol dich der Teufel«, sagte ich. Mein Herzklopfen wurde langsamer, mein Puls ruhiger. Efeu, der einmal grün gewesen war, kletterte die Ziegelsteinmauern ringsum empor. »Hol dich der Teufel, Bengel«, sagte ich.
Ich wußte, Tony war auf der Avenue oft McKay nachgelaufen, aber ich wollte nicht, daß er mir nachlief.
»Ich muß mit McKay sprechen«, sagte er.
Ich machte mir eine Zigarette an und gab Tony auch eine. Was der Teufel kümmerten mich seine vierzehnjährigen Lungen?
»Kannst du vergessen«, sagte ich.
»Kein leeres Geschwätz bitte«, sagte Tony. Aber einem Kna-

ben, der noch zu klein und zu dünn war, um die passende Lederjacke zu finden, nahm ich freche Sprüche nicht ab.
»Na«, sagte ich, »denk nicht mehr dran, mein Junge. McKay ist krank und will niemand sehen.«
»Der wird gleich noch kränker«, sagte Tony und begann wegzugehen.
Nicht schlecht, dachte ich, kein schlechter Spruch für einen Knaben.
»Na schön«, sagte ich. »Schön, erzähl mir, was du weißt.«
Tony wandte sich zu mir um. »Heut abend ist Versammlung. Hab gehört, sie wählen ihn ab.«
»Schön«, sagte ich. Ich trat auf die sonnenhelle Avenue hinaus. Tony kam mir nach. »Schön?« sagte er.
Ich blieb vor der Esso-Tankstelle stehen. Um unsere Füße waren Rinnsale von Benzin und Öl.
»Meinetwegen«, sagte ich. »Ich werd es ihm sagen.«
»Wenn's Ärger gibt, möcht ich auch da sein, klar?« sagte Tony.
»Du Pfeife«, sagte ich. Wir traten aus der Einfahrt zu der Tankstelle, um einem ungeduldigen Firebird Platz zu machen. Ich hätte gern gelächelt, aber ich wußte, dann würde er mich dazu bringen wollen, daß ich ihn mitnahm. »Ich werd ihm sagen, daß du das herausgebracht hast mit der Versammlung.«
Tony kuckte mich schief an. »Klar?« sagte er.
»Klar.«
Ich ließ ihn auf der Straße stehn. McKay schlief, als ich in die Wohnung trat. Das leere Seconalfläschchen lag neben ihm, und sein Gesicht war mit einer Schweißschicht bedeckt. Der Fernseher quasselte ohne Publikum vor sich hin; Monty Hall verschenkte Weltreisen an menschliche Spargelstangen, Cadillacs an lebensgroße Hühner. Ich drehte den Ton ab.
»McKay«, sagte ich. Hätte ich gekonnt, ich hätte die Lederjacke mit der Aufschrift »President Of« genommen und sie auf die Avenue geschmissen; sollten sich die Souvenirsamm-

ler um sie raufen und sie in Stücke reißen. Aber ich konnte nicht. Und ich wußte, McKay blieb nichts weiter übrig, als zu der offiziellen monatlichen Versammlung der Waisen zu gehn. »McKay«, sagte ich, »sie haben eine Versammlung heut abend.«
Er machte die Augen auf. »Scheiße«, sagte er. Er stand auf und zog sich schnell an. Eine Minute lang sah ich den Präsidenten der Waisen vor mir. »Ich muß erst abfahren«, sagte er.
»Ich hab Darvon.«
»Mist, Darvon. Starry hat immer was.«
»Flash kauft nur für sie ein. Er dealt nicht, also vergiß das.«
Ich war müde. Ich setzte mich aufs Bett und machte eine Büchse Coca auf.
McKay wühlte meine Handtasche durch und fand die Darvon-Tabletten. Er schluckte mehrere. »Ich bin kein bißchen vorbereitet«, sagte er. »Wieviel Uhr heut abend?«
»Was geht dich das an?«
»Heh, was geht's dich an, wenn's mich angeht?«
Wir verstummten und sahen eine wortlose Nachrichtensendung im Fernsehen an.
»Wer ist mein Nachfolger?« sagte er schließlich.
»Tosh«, sagte ich. McKay warf den Kopf zurück und lachte heiser. »Sag ihnen das mit Cantinni«, sagte ich. »Sag ihnen, der Dolphin hat Cantinni ermordet. Das wird Tosh nervös machen.« Wie kam ich dazu, ihm Ratschläge zu geben, wie er's machen mußte, wenn er wieder Präsident werden wollte. Ich hielt den Mund, noch bevor er mir's sagte. »Halt den Mund, dafür gibt's keine Beweise.«
»Es gibt auch keine, daß du Kid Harris in den Rücken geschossen hast.«
Er brummte. »Ich hab's gesehen, das ist der Beweis.«
Ich winkte ab; es war sein Krieg.
»Ich geh jetzt den Chevy klauen«, sagte McKay.
»Meinst du?«

»Ja.«
»Ich komm mit«, sagte ich. Und McKay lächelte.
Wir gingen hinunter zu der verschlossenen Garage. McKay klemmte das Schloß mit seinem Springmesser auf. Als wir den Wagen leise auf die Straße hinausschoben, merkte ich, wie McKay mit dem Gewicht des Wagens zu kämpfen hatte. Er war nicht in Form für die Waisen; er war kaputt. Das Darvon hatte seine Sprache und seine Bewegungen verlangsamt. Ich rannte zurück, an Fässern voller Ersatzteile und Kolonnen von Reifen vorbei, die McKay vielleicht selbst geklaut hatte, und machte behutsam die Garagentür zu.
»Die eigene Karre klauen«, sagte McKay, als er den Motor anließ und den Wagen auf die Avenue hinauslenkte. Der Chevy röhrte an der Imbißstube und an der Esso-Tankstelle vorüber, dann an den grauen Steinmauern der Kirche von St. Anne. Auf einem Schulhof spielten Jungen Basketball, und vor den Mietshäusern saßen Männer in weißen, ärmellosen Unterhemden auf den Treppenstufen und tranken Bier. Ich beobachtete McKays Hände, aber das Lenkrad hielt er ruhig.
Motorräder lungerten vor dem Tin Angel, und ein Radio sang Musik in die Luft der Avenue hinaus. Als die Sonne tiefer am Himmel stand, leuchteten die Straßen rosa schillernd; das nächtliche Neongeflacker begann. Wir kamen dem Spirituosenladen näher und näher.
»McKay« sagte ich, als er den Wagen auf dem Parkplatz eines Lebensmittelgeschäfts parkte. Um die Ecke war das Klubhaus.
»Holst du mal ein bißchen Wein?« sagte er.
»McKay«, sagte ich. Ich wollte ihm sagen, daß es mir egal war, ob er sein Amt als Präsident der Waisen behielt.
»Hol ein bißchen Wein«, sagte er. »Und sieh mal nach, wie die Lage ist.«
Ich ging um die Ecke. Die Autos der Waisen parkten in der Gasse bei Munda. Im Spirituosenladen saß der Nachtkassie-

rer und blätterte in einer Illustrierten. Als ich eine Flasche Wermut nahm und damit zur Kasse ging, warf er die Zeitschrift schnell unter den Ladentisch.
»Ausweis?« sagte er. Das Gesicht des Verkäufers war bleich und schmal. Er trommelte mit den Fingern auf den Tisch vor Ungeduld, mich loszuwerden und seine Illustrierte wieder vorzunehmen.
»Ausweisen Sie Ihre Oma«, sagte ich. »Das hier ist für McKay. Er sagt, Sie sollen's auf seine Rechnung setzen.«
Der Verkäufer nickte zu McKays Namen. Er tat die Flasche in eine braune Tüte. Im Wagen saß McKay, rauchte eine Zigarette und schaute in die Luft.
»Alles glatt«, sagte ich. So glatt es eben sein konnte.
McKay machte die Flasche auf und trank, ohne die Flasche aus der Tüte zu nehmen.
»Darvon und Wermut?« sagte ich.
»Na ja«, sagte er. In einem Spirituosengeschäft gab es eben eher Kredit als bei einem Heroin-Dealer.
Als er die Flasche halb ausgetrunken hatte, war die Avenue dunkel.
»Bleib du hier«, sagte er.
Er machte die Tür auf und ging los. Ich machte meine Tür auf und trat über leere, zertrampelte Plastikbecher weg. Ich ging hinter ihm her. Er wußte, ich würde mitkommen, und streckte hinter sich die Hand nach mir aus. Ich nahm sie und hakte meine Finger in seine.
Licht und Rauch kamen aus dem offenen Kellerfenster des Klubraums. Wir stiegen die Treppe hinunter, und McKay machte die Tür auf.
Ich war hinter ihm, als er in den Keller trat. Obwohl es warm war im Klubraum, hielt ich die Arme um den Leib, als ob ich fror, und ging hinter ihm her. Schweigen war unsere Begrüßung. Rauch und Schweigen und die Augen von Mick Jagger, die aus einem Poster starrten.
McKays rosa Mottorradbrille funkelte unter den Glühbirnen

des Kellers. »Brüder«, sagte er. Das Schweigen hielt an. Ich setzte mich auf eine Apfelsinenkiste an der Tür. Ich dachte daran, wegzugehen, ich dachte an tausendundkeinen Grund, warum McKay zu der Ordentlichen Monatlichen Versammlung hatte kommen wollen. Ich machte mir eine Zigarette an und schlug die Beine übereinander.
Tosh saß auf einem großen Lehnstuhl. Hinter ihm stand der Dolphin. Von seinen Tätowierungen fiel ein farbiger Widerschein auf Toshs kahlen Schädel.
»Brüder«, sagte McKay noch einmal. Er nickte den Eigenen zu. »Schwestern.«
»McKay«, sagte Tosh. Er zögerte und streifte mit der Zunge über seine Lippen, wie um die Worte erst abzuschmecken, die er gebrauchen wollte. »McKay«, sagte er, »verpiß dich hier«.
»So?« sagte McKay. Er riß an seinem Fingernagel ein Streichholz an, steckte sich die Zigarette an und drückte das Streichholz mit dem Daumen aus. Er inhalierte. »So?«
Obwohl ihm die Hände zitterten, die Art, wie er ein Streichholz anzündete, konnte einen ganzen Raum zum Schweigen bringen; die Art, wie er den Rauch inhalierte, ließ Dutzende von Augen größer werden. McKay. Ich lächelte. Jetzt wußte ich, warum ich mit ihm in den Klub gekommen war: um ihn ein Streichholz anzünden zu sehen.
Der Dolphin verließ seinen Platz und stellte sich in der Mitte des Raums vor McKay hin.
»McKay«, sagte er, »wie gerufen.«
McKay lächelte. Er warf die Zigarette auf den Boden und trat sie mit dem Absatz aus.
»Wie gerufen«, sagte der Dolphin. »Du bringst uns die Jacke, nicht? Wir brauchen die Jacke vom President Of.«
Sie sahen sich an und fochten mit den Blicken. In der Mitte des einen Augenpaares war das trockne Bachbett, in der Mitte des andern der Verrat an Cantinni.
»Bruder«, sagte McKay. »Wirst sie dir nehmen müssen.

Wenn du diese schöne Jacke willst, wirst sie dir nehmen müssen.« Er lächelte wieder.
Der Dolphin gab den Waisen ein Zeichen, und Tosh und der Marinemartin traten an McKay heran. Jeder ergriff einen der Lederärmel, jeder nahm einen Arm von McKay. McKay sah Tosh an, dann den Marinemartin. Er lächelte, und dann machte er eine schnelle Bewegung, riß einen Arm los und erwischte Toshs Wange mit der Faust.
Als sie McKay zu Boden drückten, drehte ich mich weg. Ich sah nicht zu, wie sie ihm die Jacke auszogen und ihn dann auf dem Zement liegen ließen, mit Blut im Gesicht und der rosa Motorradbrille in Scherben.
Als es wieder still war, sah ich hin: Tosh hielt die Lederjacke über sich in die Luft, und McKay lag da und hatte nur noch Jeans und ein T-Shirt an. Man konnte nun seine Arme sehen: Sie waren voller Narben und Geschwüre, und mir war, als hätte ich diesen Teil seines Körpers noch nie gesehen.
Tosh zog sich McKays Jacke an und setzte sich hin; er rieb sich die Wange. McKay lag regungslos da. Ich hatte gewußt, daß er es mit ihnen allen nicht aufnehmen konnte, aber ich hielt immer noch die Hand vor den Mund und biß mir tief in die Haut.
Der Dolphin stand über McKay. Er griff in eine Tasche und hielt dann zwei farblose Umschläge empor. »Trennungsgeld«, sagte er. Der Dolphin warf die Umschläge zu Boden. McKay nahm sie und steckte sie sich in den Stiefel. Dann stand er auf, nickte dem Dolphin, den Waisen und den Eigenen zu. »Brüder«, sagte er. »Schwestern.«
Er ging zur Tür. Ich fragte mich, ob er mich vergessen habe. Dann ging er hinaus, und seine Stiefeltritte klangen ferner und ferner.
Ich rührte mich nicht. Ich schmeckte mein Blut. In meiner Handfläche waren Zahnspuren, und Blut lief mir über die Haut. Im Raum war es still. Tosh streichelte vorsichtig das Leder der Jacke, die er trug. Der Dolphin stand wieder hinter

ihm. Und dann dachte ich an die beiden Umschläge, und dann dachte ich an den vorigen Präsidenten der Waisen, Cantinni. Und dann wieder an die Umschläge.
»Was ist da drin?« fragte ich.
Der Dolphin lächelte. Ich dachte an Arsen, an Strychnin.
»Gift«, sagte ich.
»Nicht unbedingt«, sagte der Dolphin.
»Gift«, sagte ich.
»Heroin«, sagte er.
»Heroin? Geschenktes Heroin?«
»Genug für zwei Schuß oder für einen.«
»Geschenkt?« sagte ich.
»Kleinigkeit«, sagte der Dolphin, »für einen Ehrenmann, der merkt, Ehre ist nicht«.
Nur noch Selbstmord. Nur noch der Tanz um das weiße Geisterpulver. Ich rannte fort aus dem Keller, das Lachen des Dolphin in den Ohren, seine Worte auf den Fersen, die mich zwangen, schneller zu rennen. Der Chevy stand noch vor dem Lebensmittelgeschäft; McKay konnte nicht weit sein.
Ich rannte zurück zum Spirituosenladen und zum Klubhaus. Auf der Straße standen noch die Wagen der Waisen. Und da hielt ich an. Er lag neben der Zementmauer. Die Nadel steckte noch in seinem Arm. Ich hockte mich hin, und wiegte mich auf den Fersen vor und zurück, die Arme um die Knie. Ich dachte, wenn ich den Kopf nicht gesenkt hielte, würde mir schlecht werden. Aus meinem Hals kamen fremde Laute. Er sah ganz kalt aus, wie er da in Jeans und T-Shirt auf dem Zement lag. Sein Körper war vom Zement leicht abgehoben. Seine Brust ging. Die Haut war von blasser, bläulicher Farbe, und als ich ihn anfaßte, war er kalt. Aber seine Brust ging noch, und die Flüssigkeit in seinen Venen floß noch.
Der Nachtverkäufer aus Mundas Spirituosen-Geschäft sah uns, als er anfangen wollte, leere Kisten auf die Straße zu stellen.

»Es war ein Unfall«, flüsterte ich, als der Verkäufer loslief, um die Ambulanz anzurufen.
Ich sah zu, wie McKay atmete, bis ich die Sirenen auf der Avenue hörte. Dann machte ich die Augen zu. Stiefeltritte kamen näher und die Räder einer Bahre. Als die Sanitäter uns umringten, stand der Mond hoch, und es ging ein heißer Nachtwind. Ich hob den Kopf und sah zu, wie sie McKay auf die Bahre hoben. Ich war froh zu sehen, daß sie ihm die Sauerstoffmaske ganz behutsam übers Gesicht stülpten.
»Es war ein Unfall«, sagte ich, als ich ihnen zusah, wie sie ihn wegschafften.

JANUAR

9/SITZEN

1

Sechs Monate lang tat ich, was Sache der Frauen ist: Ich wartete. Frauen müssen gut warten können. Es heißt, das Leben einer Frau sei nur Vorbereitung auf das Urwarten der neun Monate. Was auch der Grund sein mag, sie machen ihre Sache gut. Manchmal trinken sie dabei oder kauen sich die Fingernägel bis auf die Knochen ab. Sie zählen Sterne und Anfangsbuchstaben, und sie warten: daß etwas geschieht, daß etwas vorübergeht, anders wird, anfängt, aufhört. In weiten Baumwollblusen und an leeren Wiegen warten sie auf ein Kind, schwarz und verschleiert auf den Tod. In Bademänteln und mit bemalten Augen, mit Sternezählen und Umblättern glänzender Illustriertenseiten warten sie auf ihn, den Mann. Auf den warten sie immer.

Wie vertreiben sie sich die Zeit beim Warten, und warum warten sie überhaupt, die Frauen? Interessante Fragen, die interessant beantwortet worden sind, auf den Cocktailparties allüberall, in den Hörsälen und Tagungsstätten des Universums. Die hier aufgetischte Deutung wurde noch nie prämiert, erforscht oder in Dillsahnesoße gekocht. Keine Entschuldigung, die Küchenmetapher ist unvermeidlich. Sie bakken, sie machen sauber, sie fernsehen und reden, sie können nachts schlafen oder müssen Seconal nehmen, sie küssen ihre Kinder oder schlagen sie, sie wünschen sich, sie hätten keine Kinder, damit sie beim Warten nicht gestört würden, oder sie wünschen sich, sie hätten Kinder, um das Warten auszufüllen. Sie gehen spazieren, sie trinken Kaffee, sie trinken literweise Gin oder Wein, sie stecken den Kopf in den Ofen unter dem Haartrockner, sie lassen sich fünfzig Männer auf einmal ins Schlafzimmer kommen, oder sie haben für keinen Mann Augen. Sie verfolgen Sekundenzeiger, Sonnen und Monde; sie finden immer etwas, womit sie das Warten ausfüllen.

Und der Grund, warum sie warten: Sie wissen nicht, daß sie eine andere Wahl hätten. Der Grund ist, sie warten, weil sie es so gut können, weil es von ihnen verlangt wird.
Ein nicht weiter beunruhigendes Vorkommnis beim Warten, ein voraussehbarer Nebeneffekt, ist das Weinen. Es ist allgemein üblich, beim Warten Tränen zwischen die Salatblätter oder zwischen die Zeilen eines Briefes fallen zu lassen. Und wenn auch manchmal der Fachmann zu Rate gezogen werden muß, um heiße Tränenspuren aus dem Ofenbrenner zu entfernen oder ein Schluchzen in der Geschirrspülmaschine zu lösen, ist das Weinen doch nichts Ungewöhnliches. Weinen ist ganz normal.
Und beklagen sie sich denn über all dies Warten, die Frauen? Manchmal. Manche beklagen sich manchmal. Manche dürfen sich beklagen, dürfen sich die Haare raufen, dürfen jammern oder mit Lippenstift oder Tinte eine Klageliste an die Wand schreiben. Wer es so macht, macht es gut. Manche beklagen sich, die meisten nicht.
So oder so, sie warten. Meistens auf Männer, Männer in Büros oder Männer im Gefängnis. Sie warten, bis die Männer fortgehen; sie warten, bis die Männer nachhause kommen. Sie warten auf die Männer mit dem Leben, und es trifft zu, daß viele auch auf die Männer warten mit dem Sterben. All das machen sie gut, sogar wenn das Warten lebenslang dauert; sie machen's gut.
Meistens warten sie auf das Ende des Wartens. Ich blieb ohne ihn auf der Avenue zurück, im Spätsommer, während McKay in einer sechs-mal-acht Fuß großen Zelle in Rikers Island seine Heroin-Gewohnheit abstieß. Der Chevy, den der Automechaniker von dem Parkplatz vor dem Lebensmittelgeschäft abschleppen ließ, zahlte meine Miete. Und im Frühherbst, während McKay Domino spielte und auf die Gerichtsverhandlung wartete, begann ich bei Monty hinter der Theke zu arbeiten. Bis zu dem Tag, als McKay ins Omenhaus kam, eine Rehabilitations-Anstalt in der Jones Street, hatte

ich schon das Rezept für den Schokoladen-Eierflip verbessert.

McKays Briefe waren nie länger als eine Zeile. Alle Nachrichten gingen über Jose, der offiziell mit den Waisen und der Avenue nichts zu tun hatte und der bei Gericht beantragt hatte, daß McKay an einem milderen Ort untergebracht werde als im Gefängnis. Ein oder zweimal die Woche kam Jose in die verdunkelte Wohnung. Er redete pausenlos, während wir Scotch tranken, Reefer rauchten und uns liebten. Ich hatte nicht das Gefühl, McKay zu betrügen; ich hatte nur das Gefühl zu warten. Und während Jose babbelte, im Wohnzimmer, in der Küche und im Bett, dachte ich an McKays Augen und an sein Schweigen. Manchmal war mir Jose eine Ablenkung, für ein, zwei Stunden. Aber wenn er ging, wenn er aus der Tür ging mit seinem Dienstabzeichen und seinen Geschichtchen, war ich mehr allein als zuvor. Darum schrieb ich Briefe.

Allein in der Wohnung, oder bei Monty hinter der Theke stehend, den einen Schuh abgestreift, während die Knaben Sodas oder Zigaretten verlangten, schrieb ich Briefe. Während Monty das Geld in der Kasse zählte, oder nachdem Jose aus der Tür gegangen war und ich abgeschlossen hatte, schrieb ich Briefe. Ich schrieb nichts von Tod oder Selbstmord, von Heroin oder von den Waisen, ich schrieb nur von Liebe und Wetterwechseln. Antworten bekam ich keine, nur einzeilige Botschaften, mit McKays Namen gezeichnet.

Die Waisen sah ich, kam ihnen aber nicht zu nahe. Sie ignorierten mich, strichen mich durch, so wie sie Starry gestrichen hatten. Ich besuchte Irene an Tagen, wenn Vietnam Spätschicht hatte und ich mir seine humorvollen Fragen nach McKay nicht anhören mußte. Starry und Flash kamen selten auf die Avenue, aber wenn sie einmal kamen, trafen wir uns im Tin Angel, tranken und hörten Jukebox-Musik. Aber meistens, abgesehen von Joses Besuchen und der Gewohnheit, jeden Tag mit Tony zu meiner Arbeit zu gehen, war ich allein.

Ich war allein und wartete, auf Wetterwechsel und auf McKay.
Als die Luft der Avenue schon sehr kalt geworden und der Zement der Gehsteige vereist war, fand ich zuunterst im Briefkasten der Reparatur-Werkstatt einen dicken Umschlag mit meiner Adresse drauf, in McKays Handschrift. Ich mochte ihn nicht aufmachen.
Gegenüber auf der Avenue trugen die Wärter der Esso-Tankstelle dicke Trainingsjacken mit Kapuzen. Tony wartete auf mich an der Einfahrt, wie jeden Tag. Er ging schweigend neben mir her zu Monty. Nicht daß Tony mich mochte; er konnte nichts mit mir anfangen. Aber er war McKays Schützling. McKay hatte eine seiner einzeiligen Botschaften an Tony geschrieben und ihn gebeten, ein Auge auf mich zu haben, und darum war Tony gezwungen, jeden Tag mit mir zu der Milchbar zu gehen. Und obwohl Tony ein abweisendes Gesicht machte und sich eine Zigarette ansteckte, wenn ich mit ihm zu reden versuchte, wußte ich doch, daß er nicht bloß, um mich zu beschützen, mitging. Er hatte einfach niemanden sonst, mit dem er hätte gehen können. Tony gehörte nicht zu den Waisen, und mit den Knaben aus der Nachbarschaft hatte McKay ihn auseinandergebracht. Wie konnte Tony sich noch mit dieser Bande abgeben, die auf den Schulhöfen Leim schnupfte, wo er doch schon schneller und fester als irgendwer auf der Avenue einen Joint drehen konnte, wo er doch schon Heroin probiert hatte?
Es war früh am Morgen und noch dunkel. Tony blieb an einer roten Ampel stehen und steckte sich mit einem Streichholz eine Camel an. Ich mochte ihn nicht allzusehr, aber ich hatte auch niemanden sonst, der mit mir ging.
Als wir bei Monty ankamen, hielt Tony mir die Tür auf, und wir gingen an den Morgenzeitungen vorbei, die in Bündeln auf dem kalten Zementboden lagen.
»Immer wieder eine Freude, euch zwei Lieben am Morgen zu sehen«, sagte Monty.

Tony und ich zogen die Stirn kraus. »Der hat schon wieder einen genuckelt«, sagte Tony.
Als Tony den nach Druckerschwärze riechenden Stapel der *Daily News* hereintrug und ich den Wintermantel an den Haken hängte, zog sich Monty in sein staubiges Hinterzimmer zurück. Mit einer Bedienung, der er die Registrierkasse anvertrauen konnte, sah sich Monty in der Lage, jeden Tag unbesorgt vor sich hin zu trinken. Hinter der Theke ließ er sich nicht mehr oft blicken; statt dessen lag er zwischen Staub und Zeitungen auf einer verschlissenen Chintz-Couch im Hinterzimmer.
Ich verteilte Kaffee, Zeitungen, Zigaretten und Gebäck für die frühmorgendliche Welle der Lastwagenfahrer und Schulkinder. Tony saß in der Telefonzelle, blätterte die Seiten eines *Superman*-Hefts um und rauchte Zigaretten. Als der Laden sich geleert hatte, goß ich mir selbst Kaffee ein und setzte mich auf einen Hocker. Ich hob den Brief empor. Tony hob die Augen von seinem Comic und sah mir zu.
»McKay?« sagte er, und ich nickte. »Liest du's bald mal?«
Ich nickte wieder und schlitzte mit einem Messer den Umschlag auf. Ich war Einzeiler gewöhnt; bei der Dicke des Briefes war mir unbehaglich. Ich fürchtete den Inhalt. Ich schnitt mir den Finger am scharfen Rand des Umschlags, als ich hineingriff und den Brief herausnahm. In dem einen linierten Blatt steckte Geld; die Scheine fielen auf die Theke.
Tony warf den Comic zu Boden und trat hinter mich. Ich fing an zu zählen, aber als ich zwei Hundertdollar-Scheine sah, hörte ich auf. »Eine Menge Geld«, sagte ich leise.
Ich gab es Tony zum Zählen und entfaltete das linierte Blatt.

Liebchen,
wie Baby Perez immer sagt, »es wird wieder Tag«. Wochenend-Ausgang diesen Samstag — wenn ich brav bin, krieg ich bald Bewährung. Erwarte mich um zehn unter dem Tor-

bogen. Sei da. Versetz mich nicht und laß mich nicht warten. Sei einfach da. Baby Perez gibt den Rat, daß ich in diesem Brief nichts sage — alles wird sonst gegen mich verwendet. Ich hab gehört, du willst dein Geld investieren — ich empfehle Chevrolet-Aktien. Du könntest sogar jetzt zurückkaufen, was früher abgegeben wurde. Hör auf meinen Rat. Und sei da.

Herzlichen
Gruß
McKay

Ich machte mir eine Zigarette an. Tony hielt das Geld in der Hand und schaute mich an. »Was sagt er?«
»Er sagt, den Chevy zurückkaufen.«
Tony strahlte jetzt. »Der ist schon einer! Er fährt wieder Rennen.«
Ich glaubte nicht, daß McKay gerade daran dachte. Es war nicht schwer zu erraten, wie das Geld, das McKay schickte verdient worden war. Baby Perez war vermutlich jemand mit Kontakten zum Gelde; feine Leute oder Jet-Setter traf man aber in Rikers Island oder im Omenhaus nicht. Etwas Illegales, etwas Profitables.
Ich band die weiße Küchenschürze ab, die ich trug, und griff nach meinem Mantel.
»Was hast du vor?« fragte Tony.
»Was geht's dich an?« sagte ich.
Wir schauten uns an. Tony war bös, denn aus Vorhaben ausgeschlossen zu sein, die McKay betrafen, war jedesmal eine Enttäuschung für ihn.
»In die Stadt«, sagte ich schließlich. Ich hatte vor, über Nacht bei Starry zu bleiben. Wenn McKay erst wieder auf der Avenue war, würde seine Mißbilligung, sein finsterer Blick, mich von ihr fernhalten.
»Ich fahr dich hin«, sagte Tony.
»Quatsch, du und mich hinfahren. Mit was für einem Wagen?

Und ohne Führerschein?«
»Mit dem Chevy. Wir holen uns den Chevy.«
Ich schüttelte den Kopf. Ohne MacKay wollte ich nicht im Chevy fahren. Ich stellte mich vor einen Wandspiegel, kämmte mich und sah das Spiegelbild der Silberkapsel, die ich trug. »Monty«, rief ich. Als Antwort kam nur ein murmelndes Echo aus dem Hinterzimmer. »Monty, ich muß weg.« Immer noch keine Antwort. Ich ging zur Kasse und klingelte mit der Nulltaste; der Lärm, als das Schubfach aufging, und das Klingeln brachten Monty schnell an die Tür zwischen Laden und Hinterzimmer.
»Klauen?« sagte er.
»Ich muß weg.«
»Mich sitzen lassen.«
»McKay hat Ausgang«, sagte ich.
»Denk du nicht, daß ich McKay oder seine Gewohnheiten unterstütze, wenn er rauskommt, bloß weil du hier arbeitest.«
»Wer hat was von dir verlangt?«
»Na, verlang bloß nichts von mir.«
»Schön«, sagte ich. »Schön.« Wir starrten uns an.
»Brauchst du Vorschuß?« fragte Monty.
»Ein bißchen Geld könnt ich gebrauchen.«
Monty schwenkte einen Arm durch die Luft. »Nimm dir einen Zehner«, sagte er, ohne mich anzusehen.
Ich steckte die Hand in die Kasse. »Aber bloß einen Zehner«, warnte er.
»Kriegst du zurück«, sagte ich, während ich mir ein Seidentuch um den Kopf band und meinen marineblauen Wintermantel um die Schultern warf.
»Also los mit dir«, brummte Monty. »Und tu mir wenigstens den Gefallen und schaff mir den da vom Hals.« Er zeigte auf Tony.
Ich zog Handschuhe an und legte die Finger auf die Türklinke. Ich blickte zu Monty zurück. Er hatte einen alten Lappen

genommen und wischte die Theke ab, die schon sauber war. Ich zögerte noch.
»Los mit dir, los mit dir«, deklamierte er. Mit einer Armbewegung wischte er mein Zögern weg.
Ich trat aus der Tür auf die kalte Straße hinaus, ging die Avenue entlang zur U-Bahnstation. Tony folgte mir. »Du kommst nicht mit«, sagte ich zu seinem Schatten.
Er ging schweigend neben mir, die Zementtreppe hinunter, bis auf den Bahnsteig. Tony lehnte sich gegen die Mauer und rauchte eine Zigeratte. »Du hast das Geld?« fragte ich ihn. Er nickte. »Leg's an«, sagte ich.
»Ich?«
»Was denkst denn du, mit wem ich rede? Du kannst ebensogut wie ich den Mechaniker bezahlen.«
»O ja«, sagte er.
»Dann bezahl ihn, aber laß den Chevy schön stehen, bis McKay kommt«, warnte ich.
Ein Zug ratterte auf einem Gleis heran. Die Luft war rauchigkalt. Als der Zug hielt, stieg ich ein; die Tür schlug zu, und ich sah Tony immer noch auf dem Bahnsteig stehen. Schließlich blickte ich weg, und als der Zug anfuhr, machte ich die Augen zu und zählte die Stationen bis zu Starry.
Ich stieg in U-Bahnwagen ein und stieg aus, dann stieg ich an die Luft wie eine Schlafwandlerin; ich träumte von dem Wiedersehen mit McKay am nächsten Tag. Ich ging in einen Laden. Laute Radiomusik knallte aus den Lautsprechern über den Schaufenstern, Plakate mit Sonderangeboten bedeckten die Scheiben. Ich ging durch das Gedränge in den Gängen und nahm eine Zahnbürste mit, zwei Slips, einen dünnen schwarzen Rollkragenpullover und ein billiges Fliederparfüm.
Ich klopfte bei Starry an die Tür und schwenkte dann die Hand vor dem Guckloch. Flash ließ mich ein.
»Schwester«, sagte er. »Wie steht's?«
»Gut. McKay kommt raus.«

»Bestimmt? Starry«, rief er in die Küche hinaus, »McKay kommt raus. Schon so weit?« fragte er mich, und ich nickte.
»McKay wird in nächster Zeit entlassen.«
»Dicker Hund«, rief Starrys Stimme aus der Küche.
Ich lachte. »Starry, sei nett.«
Starry kam ins Wohnzimmer. »Das krieg ich nicht fertig«, sagte sie.
Ich ließ meine Tüte mit den billigen Einkäufen zu Boden fallen und setzte mich auf die Couch. Starry war so klein wie immer, aber niemand konnte sie jetzt mehr für ein Kind halten, mit ihrem Platinhaar und manchen nicht undeutlichen Linien um die großen Augen.
Flash setzte sich hin und drehte einen Joint. »Was hör ich da über dich und meinen Cousin?« sagte er.
»Unsinn hörst du.«
»Kann sein, denn ich hab's von ihm selber gehört.«
»War nur so ein Zeitvertreib.«
»Ich bitt dich«, sagte Starry. »Da fiele mir aber was Schöneres ein.«
»Er ist ja mein Cousin, ich weiß ja«, sagte Flash. »Aber mit einem Schupo?«
»Laß mich in Frieden«, sagte ich.
Starry stieß beide Hände in die Luft, mit den Innenflächen zu mir her. »Frieden«, sagte sie.
Wir ließen einen Joint herumgehen. Nachher rauchten wir noch einen.
»Baby Perez«, sagte ich.
»So«, sagte Flash.
»Du kennst ihn?« fragte ich.
»Ich weiß, wer das ist«, sagte Flash. »Er dealt Pülverchen, Kokain und Speed.«
»Und was ist er für einer?« fragte ich.
»Schon ein übles Baby, der Kerl«, sagte Flash.
Ich war jetzt überzeugt, hätte ich die Geldscheine untersucht, ich hätte Amphetamin- oder Kokainstaub daran entdeckt.

»Wenn's nur kein Heroin ist«, sagte ich.
»Ein bißchen Schmack auch«, sagte Flash. »Ich hab gehört, er dealt auch ein bißchen Schmack.«
»Mist«, flüsterte ich. Wieder eine neue Verbindung zum Heroin.
Wir rauchten Reefer und sahen den Nachmittag über das Fernsehen an. Früh am Abend kam der Dealer an die Tür, und Flash ging auf den dunklen Flur hinaus, um das Geschäftliche zu bereden und ein bißchen Schmack für Starry einzukaufen. Ich bekam nur einmal die blaßgrünen Augen des Dealers zu sehn, wie sie träg in die Wohnung hineinblickten.
»Hat er's denn abgestoßen?« flüsterte Starry mir zu.
»McKay?« fragte ich.
»McKay, hat er immer noch die Gewohnheit?«
»Nein, wie sollte er im Bau an den Stoff kommen?«
»Also hat er's geschafft«, sagte sie. Ihm war gar nichts anderes übriggeblieben, als das Heroin zu lassen, was hatte Starry denn erwartet?
»Ich könnt's nicht«, flüsterte sie. »Ich weiß, ich würd es nicht schaffen.«
»Willst du denn?« flüsterte ich, und sah auf den breitkrempigen Hut des Dealers und auf Flashs Hände, die geschäftsmäßig gestikulierten.
Starry lachte heiser. »Nein«, sagte sie. »Ich kann nicht.«
»Laß dich schnappen, und dein Problem wird gelöst.«
Starrys Augen wurden größer. »Das passiert mir nicht«, sagte sie und legte eine Hand auf ihren flachen Leib. »Was mir passiert, ist schlimmer.«
»Wie meinst du das?« sagte ich.
»Ich muß das hier loswerden. Das hier. Ich muß es loswerden.« Starrys Flüstern wurde höher.
»Starry«, sagte ich, »was willst du machen?«
»Was schon?« flüsterte sie, die Augen auf die Tür gerichtet. »Ich hab das schon öfter gemacht. Aber er«, und sie nickte zu

Flash hin, »er hat so was noch nie durchgemacht. Der wird mich zwingen wollen, so ein verfluchtes schreiendes Junkie-Baby zu behalten, hier in dieser Wohnung. Ich kann ihm nicht sagen, ich brauch eine Abtreibung, und ich selbst hab keinen Cent.«

»Wenn ich Geld hätte«, fing ich an.

»Was ist mit diesem Perez?« fragte sie, und ihre Stimme war dringlich. »Der ist reich. Ich hab gehört, der kontrolliert das Kristall in zwei Bezirken und ist reich.«

Ich schüttelte den Kopf. »Ist ein Freund von McKay.«

»Nee«, sagte sie. »Nee, mit McKay will ich nichts zu tun haben, hast du gehört?«

»Schon gut«, flüsterte ich, als Flash hinter dem Dealer die Tür zumachte und wieder in die Wohnung kam. Seine Schritte federten leicht, und er lächelte strahlend. »Hab's«, sagte er, als er sich neben Starry setzte und ihr den Arm um die Schultern legte.

Starry lächelte schwach und küßte Flash auf die Wange. »Gute Arbeit«, sagte sie.

»Kuck nicht so, Mädchen«, zog Flash mich auf. Es war nicht zu glauben: Starry machte ihm was vor, sicher, aber es war das Vorspiegeln, das mit der Liebe Hand in Hand geht. Ich gab keine Antwort. Sie sagten mir Gutenacht und gingen dann Arm in Arm ins Schlafzimmer, die durchsichtigen Umschläge in Starrys Hand. In dieser Nacht konnte ich nicht schlafen. Ich drehte mich auf der Couch hin und her, ging im Wohnzimmer auf und ab, machte die Kühlschranktür auf und probierte Käse und Orangensaft. Als die Sonne aufging, zog ich den schwarzen Pullover an, den ich mir von Montys Vorschuß gekauft hatte und setzte mich allein an den Küchentisch, trank Kaffee und las die Inhaltsangaben auf einer Packung Frühstücksflocken.

Ich zählte die Minuten; ich wollte nicht zu spät kommen, McKay nicht warten lassen. Noch vor acht Uhr kritzelte ich eine Notiz auf das grobe Gewebe eines Papierhandtuchs, tat

mir Parfüm an Brust und Hals, stand ein Weilchen an der Tür der stillen Wohnung, und dann ging ich auf die Straße hinaus. An diesem Morgen fuhr ich mit den Bussen; ich wollte nicht in die Untergrundbahn.
Als ich mir gerade in einer Pfannkuchen-Bäckerei in der West Fourth Street Toast mit Butter und eine große Coca bestellt hatte. war es neun Uhr dreißig. Ich ließ mein Frühstück stehen und ging zum Washington Square. Um mich war Schnee, und Schläfer lagen mit Mänteln zugedeckt auf Zementbänken. Ich wartete unter dem Torbogen.
Um zehn machte ich mir eine Zigarette an, viertel nach zehn eine zweite. Ich stellte mich direkt unter den Bogen, in der Annahme, McKay würde mich nicht sehen, wenn ich links oder rechts davon stünde. Eine Stunde verging. Ich verlagerte das Gewicht von einem Fuß auf den andern und wartete. Ich spürte seine Nähe, noch bevor ich ihn sah. Als ich mich umdrehte, fiel mir die Sonne in die Augen, und ich mußte sie mit der Hand abschirmen.
McKay stand vor mir. Er lächelte. Ich flüsterte seinen Namen. Er trug einen schwarzen Armeemantel und eine Ledermütze, er rauchte eine Zigarette und stand da, einen Wollschal um den Hals und die Hände in den Taschen. Schnee fiel, und meine Hände und Füße fühlten sich taub an. Das Haar fiel ihm nicht mehr lang auf die Schultern herab, und die rosa Motorradbrille war fort.
McKay trat auf mich zu, und mir schien, ich konnte ihm nicht in die Augen sehen. Monate waren zwischen uns, und der Boden, auf dem wir standen, war nicht die Avenue, und ich war mir noch nicht sicher, ob er nicht ein Fremder sei. Ich legte die Arme um ihn; kalte Luft und Mantelstoff kamen zwischen uns. Ich machte die Augen zu und schmiegte mein Gesicht an seines, wir hielten uns lange in den Armen, und ich hörte ihn flüstern. Die Luft war sehr kalt; meine Hände und Füße waren taub. Immer mehr Schnee fiel, und obwohl ich doch gewartet hatte, mochte ich ihm nicht in die Augen sehen.

2

Baby Perez, erklärte mir McKay, hatte Frauen in allen Bezirken von New York. Eine davon hatte eine Wohnung in der MacDougall Street gemietet, mit Einkünften aus IBM-Dividenden. Ich zögerte an der Tür des Mietshauses, aber McKay versprach, wir würden ungestört sein, und tatsächlich hätten wir nirgends sonst hingehen können. Darum ging ich ihm nach durch die Tür.

Die Vorhänge waren zugezogen. Kein elektrisches Licht leuchtete, doch die Wohnung war hell: Sonnenlicht sickerte durch die verhangenen Fenster herein, und im Wohnzimmer war alles weiß. Ich setzte mich auf eine weiße Couch und zog mir die Stiefel aus. Ich konnte meine Füße nicht mehr spüren. Baby Perez stand hinter einer Bar und mixte Drinks. Sein Gesicht war fahlgelb, sein Haar lang und struppig. Er trug einen dunklen Bart und Schnurrbart, und eines seiner Ohren war von einem kleinen Goldreif durchbohrt.

Ich sah auf sein schwarzweißes Seidenhemd. »Wer ist denn dieser Perez?« flüsterte ich McKay zu.

»Wer ist Perez?« sagte Perez. »Baby Perez ist Zigeuner und gut in allem, was er anfängt.«

McKay lachte und erzählte mir, Perez' Anwalt habe auf Süchtigkeit plädiert, damit er sechs Monate Omenhaus und nicht mehrere Jahre Gefängnis bekam. Perez war aber dicht und war nie süchtig gewesen. Er war Händler, nicht Verbraucher, und er hatte seine Leute, die in Brooklyn und in der Bronx für ihn arbeiteten. Die einzigen Kunden, die er persönlich versorgte, waren — hier mischte Perez sich selbst ein — »Rock-Stars und reiche Huren«. McKay lachte schon wieder.

»Und das Geld, das du geschickt hast?« fragte ich.

»Ein Vorschuß«, sagte McKay und lächelte zu Perez hin. »Wir werden ins Geschäft kommen.«

Perez lächelte mich an. Er hatte ein paar Goldzähne. Es machte mir keinen Eindruck.
»Was für ein Geschäft?«
»Liebchen«, sagte McKay.
»Wir nehmen die Avenue im Sturm«, sagte Perez.
»Da kennen Sie den Dolphin nicht«, sagte ich.
Perez winkte ab. »Nur so ein Fisch.«
»Den kennen Sie nicht.«
»Aber ich kenn ihn«, sagte McKay, und ich schwieg still.
»Wir übernehmen die Avenue. Perez wird die Verbindung für die ganze Avenue, und wir nehmen alles in die Hand.«
»Geht das wieder von vorn los?« sagte ich zu McKay.
»Immer wieder von vorn«, sagte er.
»Mach, was du willst.«
»Machen, was ich will.« Er lachte leise.
Perez gab mir einen doppelten Scotch mit Wasser, und McKay ging an die Bar, und als er zurückkam, trank er aus einer Flasche Chivas Regal. Wir tranken in den Nachmittag hinein.
»Ich hab noch ein paar Dinge zu erledigen«, sagte Perez endlich. Er war schon ein Geschäftsmann. Kaum hatte er für ein Wochenende Ausgang, da nahm er seinen Handel wieder auf. Er warf McKay einen Schlüssel zu und sagte: »Bis später.«
»Später«, sagte McKay, und Perez schlenderte hinaus. McKay und ich blieben still und allein zurück zwischen den weißen Möbeln. Ich trank Scotch, so lange, bis ich die Wärme in den Füßen spürte, und dann sah ich McKay an.
»Du bist geisteskrank«, sagte ich zu ihm.
»Erzähl mir mehr davon.« Er lachte.
Aber ich mochte ihm nichts davon erzählen. Ich wollte nichts vom Sterben sagen, vom Dolphin oder von der Nadel. Ich schüttelte den Kopf und weigerte mich.
»Ich bin doch kein wichsender Idiot«, sagte McKay leise. »Ich kenn den Dolphin und seine Tricks, aber ich werde ihn drankriegen.«

»Ehre«, sagte ich.
»Ehre, und wie!« sagte McKay. »Und ein bißchen Gemeinheit.«
»Früher hast du's mit dem Dolphin nicht aufgenommen.«
»Quatsch. Ich wußte doch nicht, was für ein reiner Stoff das war, den er mir gab.«
»McKay«, sagte ich. Er log, ich wußte, er log. In dem Gäßchen hinter dem Klubhaus hatte McKay Selbstmord gemacht. Ich hatte seinen kalten Körper angefaßt, hatte den mühsamen Atem gehört.
»Erzähl du mir keinen Mist«, warnte mich McKay, und dabei beließ ich es fürs erste. Wir küßten uns wie zwei Fremde und tranken noch etwas Scotch.
»Bist du jetzt dicht?« fragte ich, und McKay seufzte. »Wirst du's jetzt lassen?«
»Ich werd aufpassen.«
»Mist«, sagte ich. Das hieß wieder Krieg, wieder Stoff, wieder Warten.
»Hören wir auf davon«, sagte McKay. »Reden wir nicht mehr von der Avenue.«
Er ging durchs Zimmer und schaltete eine Stereo-Anlage ein. Ich zählte die Rippen auf meinem Rollkragenpullover. Als er zurückkam und sich neben mich setzte, sagte er: »Also, was ist los mit den Waisen?« Er sah ganz uninteressiert aus und machte sich eine Zigarette an.
»Ich seh und hör nicht viel.«
»Was hast du so gehört?« beharrte er. »Wen hast du gesehn?«
»Tosh hab ich gesehn.«
»Und, trägt er meine Jacke?«
Ich zögerte. »Er trägt deine Jacke.«
McKay fluchte.
»Tony seh ich oft. Er legt jetzt gerade das Geld für den Chevy hin. Er denkt, du wirst wieder Rennen fahren.«
»Was denkst du denn, warum nicht, wenn alles vorbei

ist?« sagte McKay. »Im Frühjahr vielleicht, ja, im Frühjahr.«
Wenn was alles vorbei war? Glaubte McKay denn, der Krieg würde je ein Ende haben, wenn er ihn nicht ruhen ließ?
»Irene«, sagte ich. »Und Starry.«
»Starry, was willst du denn von der?«
Ich erzählte McKay von Starry, in der Hoffnung, wenn er von ihren Sorgen hörte, wie schlimm ihre Gewohnheit war und daß sie kein Geld für die Abtreibung hatte, dann würde er unsere Freundschaft leichter hinnehmen. Aber er schimpfte nur.
»Häng dich bloß von der ab, hörst du? Ich will nicht, daß du dich mit so was abgibst.«
Daß ich mich mit Starry traf, daß ich bloß ihren Namen erwähnt hatte, erinnerte ihn wieder an die Waisen, erinnerte ihn an die Ehre und an Dinge, von denen McKay nichts mehr wissen wollte, und darum schwieg ich still.
Nach einer Weile sagte McKay: »Und Jose?«
»Was meinst du, und Jose?« sagte ich, drehte den Kopf weg und fummelte an der Schnapsflasche herum.
»Ficken mit einem Schupo?« sagte er. »Kein Anstand.«
»Wenn du mich allein läßt! Was hast du denn erwartet?«
»Mehr«, sagte er.
Ich hatte erwartet, McKay müßte es besser wissen. Ich berührte ihn an der Schulter. »Sind wir lieber still«, sagte ich, und er lächelte.
Wir gingen ins Schlafzimmer. Ich hatte Angst, zwischen den Laken in diesem unbekannten Bett in dieser weißen Wohnung könnte ich plötzlich merken, daß der hier überhaupt nicht McKay wäre, daß der Mann, mit dem ich mich liebte, bloß McKays Lächeln und seine Augen gestohlen hätte und sich für ihn ausgäbe. Als wir im Flur an einem vergoldeten Spiegel vorbeikamen, erkannte ich McKays Spiegelbild nicht.
»Dein Haar«, konnte ich nur sagen.
McKay strich sich über den Kopf. »Ich und Tosh, wir könnten jetzt Zwillinge sein.« Er lachte.

»Nie«, sagte ich.
»Das ist dieses Verhaltenszeugs, was sie im Omenhaus mit dir machen. Du muckst ein bißchen auf, und sie scheren dich kahl, um dir klarzumachen, wenn einer was zu sagen hat, dann jedenfalls nicht du.«
Im Schlafzimmer waren die Vorhänge zugezogen. McKay streckte die Hand nach dem Lichtschalter aus. Ich hielt ihn zurück.
»Im Dunkeln?« sagte er. Ich blieb still. »Du kannst es haben, wie du willst«, sagte McKay. Ich berührte mit den Fingern seine Lippen und spürte die Kurven eines Lächelns.
Ich zog mich im Dunkeln aus und ließ meine Kleider in einem Haufen auf dem dicken, weißen Teppich liegen.
»Das mit Jose«, sagte ich, als ich im Bett lag und zusah, wie McKay sein Hemd aufknöpfte. Sollte ich sagen, daß ich jedesmal, wenn ich mit einem andern zusammenlag, immer nur an McKay dachte? Würde er das glauben, wenn ich sagte, ich hätte immer nur auf ihn gewartet?
»Will ich nicht wissen«, sagte er und setzte sich auf den Bettrand, um sich die Stiefel auszuziehen und dann die Jeans.
»McKay.«
»Hör mal, geht denn das noch weiter?«
»Nein«, sagte ich. Ich wollte Jose am nächsten Tag anrufen und ihm mitteilen, daß McKay bald aus dem Omenhaus entlassen würde.
McKay nickte. »Dann muß ich's auch nicht wissen.«
Das stimmte nicht, aber ich sagte kein Wort. Er faßte mich an und kam mir immer weniger fremd vor, und darum sagte ich zum zweiten Mal nichts. Sechs Monate hatte ich auf McKay gewartet, sechs Monate keine Liebe, nur der Versuch, mit einem Nachbarkörper das Alleinsein zu überbrücken. Die Berührung einer Hand, meinen Rücken hinunter, der Rhythmus unseres Atems, und endlich, nach sechs Monaten, wußte ich wieder, wie man sich regt bei der Liebe.
Ich vergaß die Avenue, ich vergaß ihre Adressen und Gesich-

ter. Kid Harris und der Dolphin waren nie gewesen. Starry war meilenweit weg. Und es gab keine besondere Art, wie ich es haben wollte; ich wollte nur McKay. Ich wollte ihn in mir haben. Ich wollte nicht warten und allein sein. Als ich auf der Seite lag, fühlte ich das kalte Silber der Kapsel zwischen meinen Brüsten und wurde für einen Augenblick an die Mächte und Bannkreise der Avenue erinnert. Ich schmeckte den Schnaps auf McKays Zunge und vergaß wieder. Ich wollte, daß er sich schneller bewegte, ich wollte nicht warten. Ich schlang meine Beine um die seinen, ich strich mit dem Finger über seine Haut, ich spürte sein Flüstern, hörte aber keine Worte. Als es ihm gekommen war, blieben wir liegen; meine Beine waren noch um ihn, und ich hörte der Stille im Zimmer zu. Ich spürte keine Kälte mehr, und obwohl ich den Geschmack von Scotch im Mund behielt, fühlte ich mich nicht betrunken. Meine Schenkel waren naß, und ich lag schweigend da. Ich hatte immer noch das Gefühl, zu warten.
»McKay«, sagte ich. Er gab keine Antwort. Vielleicht war er eingeschlafen. Ob er von den Waisen träumte, wußte ich nicht; sein Atem war tief. Ich lag in der weißen Wohnung und hörte der Stille zu; ich glaubte nicht, daß er von mir träumte. Ich versuchte zu schlafen. Ich zählte, machte Listen, erinnerte mich an Liedertexte und Orthographie. Jedesmal, wenn ich in einen Traum fiel, wachte ich auf. Jedesmal, wenn ich aufwachte, hörte ich die Uhr lauter ticken, die irgendwo im Zimmer versteckt war. Ich konnte nicht schlafen.
Am Morgen sah ich McKay an, bis er die Augen aufmachte. Als er lächelte, hatte ich nicht mehr soviel Angst vor dem Stundenschlag der Uhr. Jetzt, wo McKay wach war, wollte ich nicht aus dem Bett, aber ich wußte, er war mit Perez verabredet. Er mußte sich im Omenhaus zurückmelden. Ich zog mich an und ging in die Küche, Wasser aufsetzen.
Ich hatte einen weißen Kaffeefilter in der Hand, als McKay nachkam und mir sagte, wir hätten keine Zeit fürs Frühstück.

»Keine Zeit?«
»Fünfzehn Minuten.«
»Reicht nicht.«
»Wir werden noch Zeit genug haben«, sagte McKay. »In zwei Wochen bin ich ganz draußen, und dann haben wir Zeit.«
In zwei Wochen würde er auch wieder mit Perez verabredet sein; er würde sich um den Dolphin und um die Avenue kümmern müssen. Stoff würde er haben und seinen Chevy, aber ganz sicher nicht genug Zeit.
»Glaub ich dir nicht«, sagte ich.
»Doch, glaub mir«, sagte er.
Was blieb mir übrig, ich sagte, ich würde ihm glauben. Ich folgte McKay nach draußen; er schloß ab und schob den Schlüssel unter der Tür durch, bis auf den dicken Wohnzimmerteppich. Wir kamen ins Freie und blieben an einer Ecke stehen. McKay hielt eine brennende Zigarette in der Manteltasche, um sich die Hand zu wärmen; in der andern Hand hielt er meine.
»Heut nacht«, sagte er, »wie war das heut nacht?«
»Heut nacht?« fragte ich.
Der Sonntagsverkehr war dünn, aber die wenigen Autos glitten vorsichtig über die vereisten Straßen. Neben uns verkaufte ein Zeitungsjunge dicke, schwere Blätter. McKay trat rückwärts in einen Ladeneingang. Er winkte mir, nachzukommen. Wir traten ganz dicht zueinander.
»War's gut für dich?« fragte er.
Das hatte er mich noch nie gefragt, und es tat mir leid, daß er es jetzt fragte. Heute nacht war es besser gewesen als früher, gewiß, denn sich mit einem Junkie zu lieben, war kaum der Rede wert. Besser war es gewesen, aber nicht gut.
»Ja«, sagte ich, und McKay lächelte.
»Wird schon noch besser. Alles wird schon noch besser.«
»Meinst du?«
»Doch«, sagte McKay. »Ist ein Stück Geld drin, in Kokain.«

Kokain, Kokain — wieder ein weißes Pulver, eins wie das andere.
»Wirst dich mit Rock-Stars und reichen Mädchen treffen«, sagte ich.
»Wart ab«, sagte McKay. »Wart du nur ab, und du wirst sehn!«
Ich sah Baby Perez über die Jones Street auf uns zukommen.
»Du mußt doch nicht wieder auf die Avenue«, sagte ich.
»Doch, muß ich.«
Perez schlidderte uns auf dem Eis entgegen.
»Magst du Kokain?« sagte ich zu McKay.
Er zuckte die Achseln. »Ganz schön, aber nicht das Wahre.«
»Hast du Kokain genommen, seit du in dem Haus da bist?«
»Genommen?« sagte McKay. »Verkauft hab ich's.«
Ich wollte lachen, aber aus meinem Hals kam kein Ton. »Du hast schon eine Art an dir«, sagte ich.
McKays Augen fanden jetzt Perez. »Zwei Wochen«, sagte McKay. »Wart nur noch zwei Wochen.«
Ich sah in McKays Augen, Augen, so dunkel, daß sie mich beinah vergessen machten, daß ich warten würde, so lange ich bei ihm war. Mit McKay würde ich warten auf etwas, das niemals kommen würde, niemals konnte.
Ich lächelte, und dann beobachtete ich, wie McKay von mir fortging. Er schüttelte sich mit Perez die Hände, und dann verschwanden sie zusammen durch die Pforte zum Omenhaus. Ich blieb stehn, bis ich sie nicht mehr sehen konnte; dann drehte ich mich um und ging zur U-Bahn.

10/PLÄNE, PLÄNE

1

Wenn McKay versucht hätte anzurufen, hätte er gemerkt, daß der Hörer nicht aufgelegt war; ich sah nicht nach der Post im Briefkasten, und Brieftauben wären bei der Landung auf dem Fensterbrett mit den Schnäbeln gegen Glas gestoßen; abgeblätterte Farbe hätte sich zwischen ihren Krallen festgesetzt, und Federn wären vor der Garagentür der Reparaturwerkstatt vorbei zu Boden gefallen und hätten die eisige Avenue bedeckt.

Ich war am Nachdenken und wollte nicht gestört werden. Jose hatte ich schon angerufen, um alles abzusagen, was zwischen uns gewesen war. Er war nicht unglücklich. Jose hatte sein Dienstabzeichen und Verbindung zum besten Marihuana von New York, er würde nie eine Nacht allein verbringen müssen, er würde nie lange suchen müssen, um Ohren für sein Gebabbel zu finden. Aber er warnte mich: Baby Perez sei ein übler Bursche, und McKay lasse sich auf allerhand ein. Jose für sein Teil war mit McKay fertig. Mir gab er den Rat, es auch so zu halten.

Ich hörte Jose zu, aber eigentlich wollte ich nicht gestört werden. Lieber hörte ich den Schnee fallen. Ich trank Wein, sah fern. Wenn es klingelte, konnte es nur Tony sein, mit Fragen über McKay und die Waisen, auf die ich weder antworten konnte noch wollte. Zwei Wochen saß ich so allein und dachte daran, wie ungern ich allein war. Wenn mir die Wohnung zu still war, drehte ich den Fernseher lauter und hörte den Witzen und der Reklame zu.

Er kam ganz plötzlich, sehr spät an einem Abend. Merkwürdig, ich hatte das Datum seiner Entlassung vergessen. Es schien, als wäre er nie fort gewesen, als hätte ich nie alleine gewartet.

McKay stand in der offenen Tür. »McKay«, sagte ich.

»Hast du jemand anders erwartet?« sagte er.
»Nur dich«, sagte ich, aber ich hatte niemand erwartet. Ich hatte erwartet, allein zu sein.
McKay machte die Tür zu und ging sofort ans Telefon. Soviel hatte ich erwartet; ich hatte erwartet, allein zu sein. Er legte die Hand über das Mundstück. »Mal versuchen, ob ich die alte Garde zusammenkrieg.«
Konnte er glauben, daß es sowas wie eine alte Garde noch gab? Nachdem T.J. und Gina sich von allen Unternehmungen der Waisen entschuldigt hatten, nachdem ihm Jose jede Hilfe verweigert hatte, nachdem Vietnam Irene nicht an den Apparat gelassen hatte, verlangte McKay etwas zu trinken.
Ich fand eine Flasche Gordon's Gin, die Jose von einem Spirituosenladen in seinem Revier zu Weihnachten bekommen hatte, und goß zwei Gläser voll.
»Null«, sagte McKay. Er stand am Telefon, die Hand auf dem Hörer. Der schwere Wintermantel, den er trug, fiel ihm bis über die Knie. Er nahm seine Ledermütze ab und warf sie auf den Boden. »Null«, wiederholte er.
Ich gestattete mir zu hoffen, daß der Kampf gegen die Ehre vielleicht totgeboren sein werde.
»Perez wird wissen, was zu tun ist«, sagte er schließlich.
»McKay«, sagte ich, »wenn du's nicht weißt, wie zum Teufel soll's Perez wissen?«
Er achtete nicht auf meine Worte und wählte noch einmal. Aber er kam und setzte sich zu mir aufs Bett, während er mit Perez sprach. McKay schob eine Hand unter meine Bluse. Seine Finger spielten mit der Silberkapsel, und ich hörte überhaupt nicht zu, was er sagte.
Als er auflegte, sagte er: »Wir werden das Rudel einspannen.« Und dann wählte er noch einmal und gab Tony Anweisung, ein Treffen mit den Wölfen zu verabreden.
Ich rückte von ihm weg. »Du hast sie nicht mehr alle«, sagte ich, als er wieder aufgelegt hatte. Würden denn die Wölfe es eilig haben, einem zuhilfe zu kommen, dessen Zweiundzwan-

ziger ihren Präsidenten zwischen die Schulterblätter getroffen hatte?
»Sag das noch mal zu mir, und du weinst gleich.«
»Du hast sie nicht mehr alle«, wiederholte ich.
McKay trank einen Schluck Gin, dann noch einen. »Hast du gehört, was ich gesagt hab?« fragte er leise.
Ich nickte.
»Paß auf«, sagte McKay. »Der neue Presi vom Rudel macht sich nichts aus alter Rache. Der Typ ist so froh, daß er jetzt Präsident ist, der hätte mir fast einen Präsentkorb geschickt zum Dank, daß er Kid Harris los ist.«
»Wann triffst du dich mit den Wölfen?«
McKay zögerte, dann sagte er: »Heut nacht.«
»Heut nacht«, sagte ich und vergewisserte mich stillschweigend, daß ich Joses Telefonnummer wußte. McKays Augen waren zutiefst dunkel, umringt von Linien der Schlaflosigkeit. Er hatte niemanden mehr, mit dem er telefonieren, niemanden, den er herbeirufen konnte.
»Ich komme mit«, sagte ich.
»Gefährlich«, sagte er und machte sich eine Zigarette an.
Das war mir klar, aber es kümmerte mich nicht, denn ich glaubte, es sei gefährlicher ohne McKay, gefährlicher, allein zu sein.
»Der Chevy steht bereit«, sagte ich. »Schön ist er nicht mehr, aber er gehört dir wieder.« McKay lächelte. Aus einem Schubfach nahm ich zwei Schlüssel, einen für die Garagentür der Werkstatt, einen für den Chevy.
Wir gingen Arm in Arm in die Nacht hinaus. Ich wartete auf der Straße, während er in die Garage ging, dann hörte ich den Motor anlaufen und sah die Scheinwerfer zur Tür herausleuchten. Ehe wir Tony abholten, fuhren wir wieder einmal über die Avenue und hielten an der U-Bahnstation, um auf Perez zu warten. Es war wenig Verkehr, nur hin und wieder fuhr ein Streifenwagen langsam vorbei. Die Nebenstraßen

waren dunkel, und die Straßenlaternen hatten einen Hof um sich, der Schnee versprach.
»Hat der große Mann denn keinen Wagen?«
»Er hat einen«, sagte McKay. »Er hat mehrere. Aber mit der U-Bahn bist du am sichersten, daß du nicht verfolgt wirst.«
»Was für ein Quatsch!« sagte ich.
»An ein bißchen Kitzel mußt du dich gewöhnen.«
Ich dachte, ich hätte gern eine Liste aller Rock-Stars, die Perez für seine Kunden hielt, hätte gern die Statistik gesehen, wie viele »reiche Huren« auf seine Angebote hereingefallen waren. Ich glaubte nicht, daß es viele waren.
Perez kam die Zementstufen von der U-Bahn herauf, dann stellte er sich in den Lichtschein einer einzelnen Straßenlaterne, machte sich eine Zigarette an und stieß den Rauch in die kalte Winterluft aus. Auf seinem struppig behaarten Kopf trug Perez einen wildledernen Westernhut, und um die Schultern hing ihm ein braunes Samtcape, am Kragen mit Bisam besetzt. Die Beine seiner Kordsamthose waren in hohe braune Stiefel eingeschlagen.
Perez nickte leutselig einem Streifenwagen zu, der schon zum zweiten Mal an ihm vorbeifuhr. McKay wechselte die Gänge, und wir fuhren neben Perez an den Bordstein. Er machte die schwarze Tür des Chevy auf und stieg ein.
»Bruder, Bruder, Bruder«, sagte er zu McKay, »ich warte auf niemand gern, nicht mal auf dich, McKay. Ich hab Deals zu machen, das Geschäft wartet.«
»Klar«, sagte McKay zu dem Geschäftsmann.
Perez nahm seinen Hut ab und zündete einen Reefer an. Er gab ihn mir weiter. Ich nahm ihn und inhalierte, aber McKay winkte ab. Er fuhr die Avenue entlang und hielt vor dem Tin Angel.
»Was ist denn hier?« sagte Perez.
»Einen von meinen Soldaten abholen«, sagte McKay.
Ich rauchte den Joint zu Ende, während wir im Wagen warteten. Vorder- und Rückfenster waren beschlagen von der

Wärme und vom Rauch. »Sehr gutes Zeug«, sagte ich. Perez' Marihuana war noch besser als »das Feinste von New York«, das Jose rauchte.
»Natürlich«, sagte Baby Perez. »Das ist mein Kurs.«
Eine Figur in schwarzem Leder kam aus den Schatten an der Tür des Blechengels. Er machte die hintere Tür auf und setzte sich neben Perez.
»Meine Fresse«, sagte Perez. »Der Knabe hier ist dein Soldat?«
»Stimmt«, sagte McKay.
»Die Sache kommt mir immer beschissener vor. Dein einer Soldat braucht einen Baby-Sitter«, sagte Perez.
»Schnauze«, sagte Tony gelassen.
»Tony«, warnte ihn McKay. Aber ich sah, wie er über die Antwort seines Schützlings lächelte.
Perez lehnte sich vor. »Entschuldige mal«, sagte er zu McKay, »aber was hat der eben zu Perez gesagt?« Er lehnte sich wieder zurück und schob sich ganz dicht an Tony heran. »Was hat dieser Hosenscheißer gesagt?«
»Ich glaube, Sie haben's gehört«, sagte Tony.
Perez entspannte sich. Er steckte sich mit einem silbernen Feuerzeug eine schwarze russische Zigarette an. »Ich glaube auch«, sagte er. »Und ich glaube, du solltest wissen, daß ich dich gleich totschlage.«
»Heheh«, sagte McKay. Er fand Tonys freches Maul und Perez' Drohungen nun nicht mehr lustig. »Wir haben noch ein Geschäft vor.«
»Geschäft«, stimmte Perez zu. »Immer erst das Geschäft.«
Wir fuhren auf der Avenue nach Norden, an St. Anne vorbei. McKay parkte den Chevy vor dem asphaltierten Basketballplatz. Alle vier stiegen wir aus und traten auf den vereisten Platz. Keine Horde Schulknaben mit eingeprägten Mannschaftsnummern auf den T-Shirts reckte sich in die Luft, niemand dribbelte über den Platz, keine Priester pfiffen und schimpften bei den Fouls. Statt dessen standen vier junge

Männer unter dem Korb. Als wir auf sie zugingen, schlenkerte Perez' Samtcape um seine Knie, McKays schwarze Ledermütze war schief über eines der dunklen Augen gezogen, und Tonys schwarze Lederjacke reflektierte das Sternenlicht. Die vier standen still und beobachteten uns. Als wir bei ihnen waren, sagte McKay: »Brüder.«

Sie bewegten die Augen vorsichtig wie Wölfe, als sie McKay zu sich heranwinkten. Tony und ich standen abseits von einem Kreis, den McKay, Perez und zwei von den Fremden bildeten. Einer von ihnen, ein kleiner, dunkler, trug die Aufschrift

PRESIDENT OF
THE PACK

auf dem Rücken seiner Jacke. Die beiden anderen Rudelssoldaten bewachten Tony und mich.

»Was denn?« sagte einer von den beiden. »Das soll McKays Truppe sein?«

Tony machte sich eine Zigarette an, wobei er das Streichholz im Stil von McKay am Daumennagel anriß. Die beiden Wölfe beäugten den Trick voll Anerkennung, aber ich bemerkte, daß Tony nun an dem versengten Daumen lutschte.

»Ich will nur eins«, hörte ich McKay sagen, »und nichts weiter«. Er hatte die Hände in den Taschen seines langen wollenen Mantels. »Ich will den Dolphin.«

»Damit bin ich ganz einig«, sagte der Präsident vom Rudel. »Viele Leute wollen den Dolphin hochnehmen.«

»Mir gefällt die Gegend hier nicht«, sagte einer von unseren Bewachern.

Ich konnte ihn gut verstehen. Wir waren auf dem Territorium der Waisen, und ich war sicher, der Wind hatte die Nachricht von McKays Entlassung schon über die ganze Avenue getragen. Einer von den Wächtern zog eine Flasche Whiskey aus der Tasche. Er trank und gab die Flasche dann an den anderen weiter.

»Was sagt man denn?« sagte Tony zu dem Wachsoldaten.
»Ich sag dir, wenn du einen Schluck willst, zeig mir erst mal deinen Ausweis, Knabe«, sagte der Wachsoldat lachend.
»Mein Ausweis ist, mit wem ich komme«, sagte Tony, und der Wachsoldat gab ihm maulend die Flasche.
»Perez hier kriegt den Handel für die ganze Avenue, und niemand dealt Stoff, wenn er's nicht mit ihm abgemacht hat.«
Perez steckte sich noch eine schwarze Zigarette an. Als ihn die Wölfe in Augenschein nahmen, erkannte ich endlich den neuen Präsidenten. Ich hatte ihn schon einmal gesehn, nur einmal, in der Dunkelheit am Bach, als er neben Kid Harris stand. Mir war trocken im Hals. Der Präsident wandte sich Perez zu und befingerte den Samtstoff seines Capes. Dann sah er zu McKay auf.
»Den ganzen Handel auf der Avenue?« sagte der Präsident. »Für so eine Tunte?«
Perez blies dem Präsidenten Rauch ins Gesicht.
»Ich weiß nicht«, sagte Perez. »Mit eurer Avenue hier ist nicht viel los. Nur Lahmärsche.«
»Und das wären?« fragte der Präsident. Ich trank aus der Whiskeyflasche. »Unsere Avenue hier ist nicht dein Territorium«, fuhr die Nummer Eins des Rudels fort.
»Ich bin am Expandieren«, sagte Perez. »Und zum Blödeln hab ich keine Zeit. Kommen wir ins Geschäft oder nicht?«
»Moment mal, Moment«, sagte der Präsident. Er machte sich eine Zigarette an. »Wer sagt, daß ich nicht interessiert bin?«
»Was ihr mit Tosh macht, ist nicht meine Sache«, sagte McKay leise. »Aber die Jacke ist für mich. Ich bekomm die Jacke, die er anhat.«
»Kannst du haben.«
»Ich will nichts weiter«, sagte McKay, »als seine Jacke.«
»Perez kriegt den Handel auf der Avenue, aber was kriegst du?« fragte der Präsident. »Auf was bist du aus, McKay?«

»Ich bin aus auf jeden Dreck, den dich das angeht.«
Der Präsident zuckte die Achseln. »Tony«, flüsterte ich, »ich muß hier weg. Ich friere.« Mir war nicht mehr kalt, dafür hatte der Whiskey gesorgt. Aber ich mußte fort, ehe der Präsident mich erkannte. Ich würde sein Lächeln nicht ertragen können.
»Keine Panik«, sagte Tony.
»Wer macht denn Panik, verdammt?«
Tony beugte den Kopf dicht zu meinem hin. »Bring McKay seine Pläne nicht durcheinander«, sagte er.
Die Wache gab uns ein Zeichen, daß wir weiter auseinandertreten sollten.
Ich dachte, ich wäre vielleicht imstande, noch ein Weilchen dazubleiben, wenn ich nur aufhören könnte, an die Nacht am Bach zu denken. Ich sah auf den Asphalt und sagte mir das Alphabet auf. Als ich das dritte Mal bei W war, drückten der Präsident des Rudels und McKay sich die Hände.
»Alles, was ihr zu tun habt«, sagte Perez zu dem Anführer des Rudels, »ist, nichts denken. Denken tun wir, wir machen die Pläne. Ihr braucht nur die Anweisungen auszuführen, und die Avenue gehört euch.«
Alle vier kamen sie jetzt auf Tony, mich und die zwei Wachen zu. Jetzt sah ich das Gesicht des Präsidenten ganz deutlich, jetzt konnte ich mich an den Griff seiner Hand erinnern, wie er mich am Bach zu Boden gehalten hatte. Ich dachte, mir würde schlecht.
»Wer ist denn die Lady?« fragte er.
»Die Lady?« sagte McKay. »Ich glaube nicht, daß dich das interessieren sollte, wer sie ist. Interessier dich lieber dafür, daß ihr morgen abend auf dem Sprung seid.«
Der Präsident brachte sein Gesicht nahe an meines. Noch einmal fing ich stumm mit dem Alphabet an. An seinem Lächeln sah ich, daß er mich erkannt hatte, und ich sah weg und wünschte mir Schweigen. Ich wartete, daß McKay mich

rettete. McKay legte dem Präsidenten die Hand auf die Schulter; die beiden Wachen paßten scharf auf.
»Die Lady ist meine«, sagte McKay.
Ich blickte hoch. McKay und ich, wir sahen uns in die Augen wie Fremde. Oder wie Liebende. Ich buchstabierte stumm seinen Namen. McKay.
Er hielt den Arm fest um meinen Leib, und ich steckte eine Hand in seine Manteltasche und verschränkte meine Finger mit seinen, als ob wir zwischen unsern Händen die Nacht am Bachlauf fest- und stillhielten.
Ja doch, meinetwegen, ich geb's zu, ich hatte Furcht.
Ich weiß, darauf hast du schon lange gewartet. Schön, endlich geb ich's also zu, ich hatte Furcht. Hast du denn gedacht, schwarzes Leder und Mitternacht und der feine Nebel verbrannten Haschischöls könnten einen Zauber besiegen, der so stark ist wie die Furcht? In der Stimmung, in der ich war, war die Furcht eine höchst tückische, eine höchst verzwickte Art von Magie.
Manchmal erkannte ich die Furcht nicht als das, was sie war. Ich dachte, das rasende Herzklopfen könnte das Anfangsstadium eines Herzversagens sein; das Zittern könnte von zuviel Tabak kommen; dem trocknen Mund wäre mit einem Bier abzuhelfen. Niemand auf der Avenue lebte frei von Furcht. Und niemand gab es zu.
Und McKay? Seine Augen waren halb geschlossen, und die eine Gesichtshälfte regte sich leicht in einem Zucken seiner Wange. Wußte er, oder wußte ich, wie gut er mit der Furcht vertraut war? Ich glaube nicht. Er war auf der ganzen Avenue der unnahbarste Verleugner der Furcht. Seine Augen waren die dunkelsten, sein Gang der leichteste. Du hast es gesehn, sogar als er mit geschlossenen Augen in einem kalten Gäßchen der Avenue lag, da brauchte man nur ein Lid anzuheben, und man fand den entschlossenen Blick. So sicher war er in seiner Anmaßung, daß sogar ich mich sicher glaubte. Gewalt, Mord und Notzucht schrieb ich den Launen des Schick-

sals zu, und wenn ich neben McKay stand, dann glaubte ich mich frei von Furcht. Und frei von Zweifeln. Darum blieb ich bei ihm, sagte das Alphabet auf und glaubte mich frei von Furcht. Ich hielt McKay manchmal für einen Idioten, für wahnsinnig oder grausam, für einen Feigling hielt ich ihn niemals. Er würde sich mitten ins Getümmel jedes Kampfes stürzen, er würde sich um Mitternacht in die dunkelsten Straßen trauen, er würde die Wagnisse des Kriegs und des Verbrechens nicht scheuen. Wenn ich ihm glaubte, daß er keine Furcht habe, konnte ich die eigene Furcht verbergen. Also glaubte ich ihm.

Perez und Tony saßen vorn im Wagen. »Arschlöcher«, sagte Perez, er meinte die Wölfe. »Arschlöcher. Wenn diese Avenue zu etwas gut ist, dann als Markt für Stoff. Und die kämpfen darum für nichts und wieder nichts!«

Ich saß hinten, ganz dicht bei McKay, und bewegte die Finger im Kreise an seinem Halsansatz. McKay lehnte den Kopf zurück und dann wieder vor, aber die Knoten, die ich spürte, waren nicht auszutreiben. Doch wenn ich bei McKay war, was gab es dann zu fürchten? Was ich fürchtete, war schon geschehen.

Perez drehte sich zu McKay um. »Von jetzt an«, sagte er, »liegt alles bei dir. Wenn du noch mehr Kapital brauchst, das schieß ich dir vor. Aber der Betrieb ist ganz deine Sache, und wenn du geschnappt wirst, kenn ich dich nicht.«

McKay lächelte in die Luft hinein. Tony drehte den Zündschlüssel um; Abgas stieg aus dem Rohr am Heck. Die Nacht war sehr dunkel, sehr ruhig; die Fenster des Chevy waren beschlagen. Waren wir nun ganz unten angelangt? Würden wir noch einmal in eine neue Richtung getrieben, konnte es nur bergauf gehen. Nur bergauf, und doch, jedesmal, wenn ich in dem Chevy saß und das dunkle Flackern in McKays Augen gewahrte, dann klickte etwas, wie der Abzug einer Flinte, auf die Großhirnrinde zielend. Etwas, das meine Augen weiter, meine Lungen enger werden und mein Herz rasen ließ. Im-

mer sah ich bei diesen Gelegenheiten McKay heimlich von der Seite an. Ich konnte nicht feststellen, daß eines seiner Lebenszeichen sich änderte; meine Finger an seinem Puls bemerkten nie eine Unregelmäßigkeit.
Tony wechselte die Gänge und sah McKay aus dem Rückspiegel an. »Wie ist's, wieder zuhause?« sagte er zu seinem Präsidenten.
Als ich mit den Fingern abwärts und quer über seinen Halsansatz strich, lehnte McKay den Kopf in das weiche braune Polster zurück. Er antwortete nur mit einer ganz leichten Schulterbewegung.

2

»Schön«, sagte ich. »Erzähl mir bloß nichts von deinen Scheißplänen.« Ich stand hinter der Theke bei Monty. Hamburger brieten auf dem Grill, und McKay saß auf einem Barstuhl, die Beine ausgestreckt, so daß sie noch zwei andere Stühle besetzt hielten.
»Reg dich nicht auf«, sagte er.
»Wer regt sich denn auf?« sagte ich.
McKay beobachtete die Tür. Es bestand die Gefahr, daß die Waisen wußten, daß McKay wieder auf der Avenue war.
Ich beugte mich zu ihm hin; die Silberkapsel fiel auf das Linoleum der Theke. »Herzchen«, flüsterte ich ihm ins Ohr, »ich mach mir einen Dreck aus deinen Plänen«.
McKay lächelte mich an. »Tu einfach, was ich dir sage«, sagte er. »Wenn du zuviel denkst, das hat mir noch nie gefallen.«
Ich hatte schon die Anweisungen befolgt, die er mir gegeben hatte: Leona angerufen und ihr erzählt, mit McKay sei ich jetzt fertig, sie über Joses Liebesvergangenheit ausgefragt, sie — und inzwischen auch alle andern — glauben gemacht, ich sei ganz wild nach Jose. Vielleicht hatte sogar Jose selbst davon gehört, ohne zu ahnen, daß alles, was ich zu Leona gesagt hatte, von McKay ausgedacht war.

»Mir gefällt das gar nicht«, brummte ich, als ich einen Hamburger umdrehte und mir die weiße Schürze mit Fett bespritzte.
»Hab ich dich nach deiner Meinung gefragt?« sagte McKay.
Ich knallte einen Hamburger auf ein Brötchen, das Brötchen auf einen Teller und den Teller vor McKay auf die Theke.
»Es ist besser für dich, wenn du von gar nichts weißt«, sagte er.
Monty kam aus dem Hinterzimmer gestakst; er brachte Gin- und Zigarettengeruch mit. »Ah«, sagte er. »Der Bösewicht mal wieder zuhause.«
»Alter Herr«, sagte McKay, lächelnd.
»Ich muß dir sagen«, sagte Monty, »daß ich vor kurzem beschlossen habe, ich will keine Strolche mehr in diesem Laden hier haben.«
»Ah so?« sagte McKay. »Hör mal, du alter Stinker…«
Monty ließ McKay nicht ausreden. »Willst du, daß ich sie feure?« sagte er.
»Du brauchst sie nicht zu feuern«, sagte McKay. »Weil sie kündigt.«
»So«, sagte ich, »sie kündigt?«
»Sie hört hier auf, wenn ich sie feure, und nicht eher«, sagte Monty.
»Willst du Geld darauf setzen?« sagte McKay. »Wollen wir wetten?«
»Haltet ihr bitte beide die Schnauze?« sagte ich. Ich band meine Schürze ab und warf sie über die Theke. Ich setzte mich auf den Hocker am nächsten an der Tür; wenn sie weiter wegen meines Jobs stritten und drohten, wollte ich weggehen. Beide drehten sich zu mir hin und lächelten mir zu. Ich machte mir eine Zigarette an und betrachtete die beiden. Rauchschwaden stiegen vom Grill auf.
»Da brennt was an«, rief Monty.
»Stimmt«, sagte ich. Ich wippte mit den Beinen, und der Hocker drehte sich ein wenig.

Monty ging zum Grill und kippte verkohltes Rindfleisch in den Abfalleimer.
»Ich will ja keinen Streit mit dir, alter Herr«, sagte McKay schließlich. »Eigentlich will ich dir ein Angebot machen.«
»Du?« sagte Monty. »Mach du mir keine Angebote.«
Ich streifte meine Schuhe an und nahm mir eine Ausgabe des *Enquirer.*
»Eine Frage nur«, sagte McKay.
»Schön, also denn«, sagte Monty. Er blinzelte McKay zu, doch war ich sicher, daß er das nicht wollte. »Eine Frage. Na los, dann frag!«
McKay lächelte träg. Es war still; ich blickte vom *Enquirer* auf, um zu sehen, wie sie sich anschauten. »Na frag ihn schon«, sagte ich. Ich war neugierig; McKay war kein Mann von vielen Fragen.
»Also«, sagte McKay langsam, »was ich wissen will: Wieviel würdest du dafür verlangen, wenn ich deinen Stall für eine Nacht miete?«
»McKay, du bist ein ganz kleiner Eierdieb, wenn du denkst, mich kannst du kaufen«, sagte Monty.
»Kleiner Eierdieb?« sagte McKay. Er griff in seine Jeanstasche, zog eine Brieftasche heraus und begann zu zählen. Als er hundert Dollar abgezählt hatte, unterbrach ihn Monty.
»Also, wo willst du hin damit?« sagte er.
»Wieviel willst du für den Schuppen?« sagte McKay.
Monty war still. Er langte unter die Theke, und seine Hände kamen mit einer Flasche Gin wieder zum Vorschein, aus der er sich ein Coca-Glas vollschenkte.
»Du hast selbst mal gesagt, alles hat seinen Preis, alter Herr«, sagte McKay.
»Der alte Herr ist ein Haufen Widersprüche, hast du das nicht gewußt?« rief ich.
»Was meinst du?« fragte McKay. »Werden wir einig?«
»Nicht so rasch«, sagte Monty.

»Es muß aber rasch sein.«
»Wieviel bietest du?« sagte Monty schließlich.
»Hundert Scheine.«
»Ha«, sagte Monty verächtlich.
»Hundertfünfundzwanzig.«
»Hundertfünfundsiebzig oder nichts.«
»Du Halunke!«
»Nicht einen weniger.«
»Du bist ein sturer Kerl«, rief ich Monty zu.
»Ich bin ein Säufer«, sagte er, achselzuckend.
»Das auch«, sagte ich.
»Und Kaution«, sagte Monty zu McKay.
»Was soll das heißen, Kaution?«
»Eine Horde Junkies hier drin, das kann heißen, zerschlagene Scheiben und eine Riesensauerei, die nachher saubergemacht werden muß.«
»Was soll das heißen, Junkies?« sagte McKay. »Ich bin dicht.«
»Du bist dicht. Du bist dicht. Du kannst viel sagen, mein Junge. Kaution.«
»Sie kriegt doch Lohn von dir, oder?« sagte McKay und zeigte auf mich. »Wenn etwas im Laden zu Bruch geht, nimmst du's von ihrem Lohn.«
»Kommt nicht in Frage«, sagte ich. Ich wollte nicht als Bedienung an Monty verpfändet werden, um für zerschlagene Scheiben aufzukommen.
»Na schön, den Chevy«, sagte McKay widerwillig.
»Der Wagen ist für mich nichts wert«, sagte Monty.
»Der ist aus dem edelsten Stahl von Detroit! Nichts wert?« McKay schüttelte verständnislos den Kopf über Montys Einschätzung.
»Na gut, den Chevy«, sagte Monty.
Sie drückten sich die Hand, um das Geschäft zu besiegeln.
»Wann?« sagte ich zu McKay.
»Heut nacht«, sagte er, »nach Ladenschluß«.

Geschlossen wurde um zehn. Viel Zeit hatte McKay nicht mehr, wenn er den Dolphin kriegen wollte, ehe die ganze Avenue seinen Plan in allen Einzelheiten kannte.
»McKay«, sagte ich.
»Reg dich nicht auf«, sagte er. »Es ist ganz leicht. Es ist…«, begann McKay.
»Und möglichst kein Gebolze«, unterbrach Monty.
»… kinderleicht«, sagte McKay.
»Das gibt was aufzuwischen morgen«, sagte Monty zu mir.
»Nicht für sie«, sagte McKay. »Denn ab heut nacht hört sie bei dir auf.«
»Wie oft soll ich's dir noch sagen, McKay, das ist nicht deine Sache.«
McKay drehte sich um und sah mich scharf an. »Doch ist es meine Sache. Du bist meine Sache. Ob es dir paßt oder nicht, du hörst in diesem Stall auf.« Er stieß mit dem Absatz an einen Stuhl, daß er wild rotierte.
Wer würde schon bei Monty arbeiten wollen, wenn er bei Trost war? Und wenn ich irgendwas wollte, dann dies, McKays Sache sein. Aber ich war's nicht. Ich kam erst ganz unten auf der Liste — nach dem Kokain, Heroin, der Rache und den Waisen.
»Hör mir mal gut zu«, sagte ich zu McKay. »Ich will mein eigenes Geld haben.« Auch das war richtig. Ich wollte nicht so leben wie Starry, die nicht genug Geld hatte, um mit dem Bus in die Stadt zu fahren.
»Geld willst du, Geld?« brüllte McKay. Inzwischen waren ein paar Kunden im Laden, Monty klingelte mit der Registrierkasse. McKay warf seine Brieftasche auf die Theke. »Was sagst du denn, was das hier ist, wenn das kein Geld ist?« sagte er.
»Ich sag, das ist deins«, sagte ich.
McKay schmiß eine Münze aufs Linoleum. Sie rollte von der Theke, wirbelte metallisch klingend herum und fiel vor mir auf den Boden. Zehn Cent.

»Du willst Geld, da ist welches«, sagte McKay. »Es reicht, um Starry anzurufen.«
Warum Starry? Warum hatte er sie auch nur erwähnt?
Monty hatte seine Kunden abgefertigt und kam nun zurück zu McKay und seiner Brieftasche. McKay hielt die Hand über das Geld. »Sag ihr, daß sie entlassen ist«, sagte er zu Monty.
Monty sah mich an. Seine Wimpern und der Gin machten seinen Blick taumelig. »Herzchen«, sagte er zu mir, »hundertfünfundsiebzig Dollar«.
»Ich weiß«, sagte ich.
»Eine Menge Gin«, sagte McKay.
»Sag du mir, was du willst«, sagte Monty.
»Was ich will?« sagte ich. Ich lachte. Also, ich wollte aufhören und ich wollte bleiben und ich glaubte, daß beides nicht allzu viel Unterschied machte. »Nimm das Geld«, sagte ich.
McKay zog die Hand von der Theke; die grünen Scheine rauschten wie Flügel.
»Ich glaube«, sagte Monty, als er das Geld behutsam von der Theke nahm und es in das Schränkchen unter dem Ausguß steckte, »deinen größten Fehler machst du erst noch, McKay.«
McKay gab keine Antwort.
»Ich glaube…«, fing Monty wieder an.
»Ach, wen interessiert denn, was du glaubst, alte Schnapsdrossel«, sagte McKay leise. Er drehte sich zu mir um. »Ruf Starry an«, sagte er.
»Und wenn ich's nun nicht mach?« sagte ich. »Und wenn ich nein sag?« fragte ich.
»Wenn«, sagte er. »Es ist egal, was wäre, wenn, denn du wirst sie anrufen.«
Er hatte recht. Ich wollte tun, was er sagte, da gab es keine Wenns. Ich ging zur Telefonkabine und setzte mich hin. »Was soll ich ihr denn sagen?« fragte ich.
McKay kam zur Tür der Kabine. »So«, sagte er lächelnd. »So bist du mein Mädchen.«

Ich sah zu McKay hoch und erwartete seine Anweisungen.
»Mit mir wird sie nicht sprechen wollen«, sagte McKay, »bevor du ihr nicht erklärt hast, wie wichtig das für sie sein wird.«
»Was denn? Was soll für sie wichtig sein?«
»Der Handel, den ich für sie abmachen kann.« McKay lächelte.
Ich sollte sie verraten, ich sollte Starry verraten, und ich konnte mich nicht davon abhalten.
»Du erzählst ihr«, sagte McKay, »ich werde für ihre Abtreibung sorgen, und sie wird mir einen Fisch fangen.«
Starry fürchtete den Dolphin nicht nur wegen der Möglichkeit, nicht einkaufen zu können. Einmal hatte sie mir gesagt, sie würde sich nie gegen ihn stellen. Jetzt würde ihr vermutlich nichts weiter übrigbleiben. Ich hatte McKay von ihren Nöten erzählt, und damit hatte ich sie verraten.
»Du bist ein Bastard«, sagte ich leise. Ich war zu müde, um zu schreien oder mir viel draus zu machen.
»Stimmt«, sagte McKay.
Als Starry sich meldete, sagte ich ihr, was McKay mir aufgetragen hatte: daß er ihr ein Geschäft anzubieten habe, daß McKay für eine Abtreibung sorgen werde, wenn sie Flash etwas erzählen könnte, um für eine Nacht von Manhattan fortzukommen. Und mehr noch: er würde es auch bezahlen.
»Du hast es ihm erzählt?« sagte Starry.
»Das wär das Geschäft«, sagte ich.
»Und was soll ich machen, meine Seele verkaufen? Was ist der Haken?«
»Der Dolphin«, sagte ich.
»Laß mich mit ihr reden«, sagte McKay. Er stand in der Tür der Kabine, so daß ich im Dunkeln saß, von seinem Schatten bedeckt.
»Wart mal«, sagte ich, »einen Moment«.
McKay riß mir den Hörer aus der Hand.

»Starry, ich brauch dich«, sagte er. »Und noch was, du brauchst mich auch.«
Die Avenue war wertlos. Und McKay wußte das. Aber er wollte sie nun einmal. Wenn er sie erst hätte, wäre nichts gewonnen, hätte er gar nichts.
»Du verabredest dich mit dem Dolphin bei Monty. Du sagst ihm, du willst mich verladen, du und die Intimverbindung, die darauf brennt, mich loszuwerden, damit sie mit Jose abhauen kann.«
McKay sah mich an. »Und sag ihm, du willst dafür bloß zwei Löffel Stoff. Du verkaufst mich für Heroin, denn daß du ihm was schenkst, würde der Dolphin nie glauben, nicht mal ein Geschenk, das dir so zuwider ist wie ich.« McKay lachte.
Als ich ihn lachen hörte, als ich sah, wie er den Kopf im Lachen zurückwarf und wie seine Lippen sich über den weißen Zähnen schürzten, da hatte ich das Gefühl, die Telefonkabine sei zu klein und zu dunkel, als daß ich länger darin bleiben könnte.
»Laß mich vorbei«, sagte ich. Ich stand auf und versuchte an McKay vorbeizukommen, aber er stand mir im Weg. Ich hatte getan, was er wollte, sein Wille war geschehen, aber er rückte keinen Zoll beiseite. Er stand da, die Augen dunkel wie Nachthimmel, und versperrte mir den Weg. Ich versuchte ihn wegzuschieben, aber er legte einen Arm um meine Hüfte.
»McKay«, flüsterte ich.
Er sprach weiter mit Starry, aber ich hörte nicht mehr zu. Ich fühlte mich schwach, und die Stirn brannte mir.
Schließlich hörte ich, wie McKay zu Starry sagte, daß sie sich einen Stift holen solle, um etwas aufzuschreiben. »Ich bleib dran«, sagte er in die Muschel; dann klemmte er sich den Hörer zwischen Hals und Schulter. Mit einer Hand strich er sanft über mein Gesicht, den anderen Arm hielt er fest um mich. Ich fühlte mich entsetzlich schwach; ich dachte ich würde ohnmächtig.
»Streit nicht mit mir«, sagte McKay sehr leise. Sein Arm hielt

mich noch fester, und mir wurde noch schwächer. Wir standen ganz dicht beisammen in der Telefonkabine. Es schien kein Wohin mehr zu geben. Und während Starry in ihrer Wohnung die Küchenschubladen nach Papier und Bleistift durchwühlte, tat ich die Arme um McKays Hals und legte mein Gesicht dicht an seines.

11/WIEDERSEHEN

1

Ich hatte eine weiße Kellnerinnen-Schürze an. Durch die große Fensterscheibe sah man die Nacht, dunkel und voller Eis. Das Radio hatte Schnee vorausgesagt, Wetterberichte warnten vor tückischen Straßen, vor Unfällen und verborgener Eisglätte. Ich trank eine Tasse ungezuckerten Kaffee und beobachtete die Zeiger der Uhr, die über der Tür zum Hinterzimmer des Ladens hing.

Ich zählte Sekunden. Ich knöpfte die beiden obersten Knöpfe meiner weißen Seidenbluse auf, dann knöpfte ich sie bis zum Kragen wieder zu. Ich beobachtete Bewegungen der Venen in meinen Handgelenken. Ich trank noch etwas Kaffee. Monty war um halb zehn aus dem Laden gegangen, ohne ein Wort, ohne jeden Blick des Vorwurfs. Er war still und einfach gegangen, mit den hundertfünfundsiebzig Dollar und einer Flasche Gin. Der Verkehr auf der Avenue war dünn, und seit fast einer Stunde war kein Kunde mehr dagewesen. Ein Wind kam auf; Schilder und Neonröhren bebten unter dem Luftstrom. Ich ging zur Tür. Draußen hockte Tony regungslos vor dem Eingang. Ich machte die Tür einen Spalt weit auf; kalte Luft strömte in den Laden.

»Mach das nicht«, sagte Tony. Seine Stimme kippte um. Er war aufgeregt. Er machte sich gegen den Wind eine Zigarette an und stand auf, ins Dunkel der Avenue blickend.

»Alles ruhig«, sagte ich.

»Nicht mehr lange«, sagte Tony.

»Du wirst anfrieren hier draußen.«

»Ich tu, was man mir sagt«, sagte er.

Er hatte Befehl, nach den Waisen und nach der Polizei Ausschau zu halten, und das tat er nun, ohne Rücksicht auf das Thermometer. Auch ich hatte meine Befehle; darum machte ich die Tür zu und zog mich hinter die Theke zurück. Ich trank weiter Kaffee und sah zu, wie der Wächter an der Tür vorsichtig die Schatten der Avenue beäugte.

Endlich, kurz vor Ladenschluß machte Tony die Tür auf, und Starry kam herein. Ich sah erst zu Boden, dann ihr ins Gesicht, als sie auf mich zukam. Ich wußte nicht, welche Lüge ihr geholfen hatte, Flashs wachsamen Blicken zu entkommen, und ich wollte es nicht wissen. Starry trug einen alten Waschbärmantel, der ihr die Schultern dick wattierte. Ihr Gesicht war blaß, die Haut schimmerte weiß vor Kälte, aber ihre Augen leuchteten hell und blau.

Sie langte hinter die Theke nach einer Schachtel Tareytons.

»Starry«, sagte ich. Ich war nicht sicher, ob sie mit mir reden würde. Ich mochte selbst nicht mit mir reden.

»Wieder mal auf der Avenue«, sagte sie nachdenklich.

»Ich rede zuviel«, entschuldigte ich mich. »Ich wußte nicht, daß er dich hineinziehen würde.«

»Na ja«, sagte sie und machte sich eine Zigarette an. »Für einen guten Kampf war ich schon immer zu haben. Bei dem hier ist mir ziemlich egal, wer gewinnt. Aber, wie auch immer, ich werde zukucken.«

»Der Dolphin glaubt also, ich will McKay verraten?«

»Warum soll er's nicht glauben. Wenn du schlau wärst, tätest du's.«

Ich schüttelte den Kopf.

»Ich muß aber sagen«, fuhr Starry fort, »wenn McKay heut nacht nicht gut ist, sind wir alle am Arsch. Es macht mir nichts aus, den Dolphin gegen mich zu haben, wenn McKay ihn erledigt. Aber laß irgendwas schiefgehn, und wir kriegen es mit dem Dolphin zu tun.«

»Ich mach mir keine Sorgen«, sagte ich. »McKay hat alles eingefädelt.«

»Kann sein.«

Ich goß Starry etwas Kaffee ein. Dann sagte ich: »Mord, ob es ein Mord wird?«

»Na, ich bete zu Jesus, daß es einer wird«, sagte Starry.

»Dann wär dies alles erledigt.«
Ich konnte mir die Avenue ohne Krieg nicht vorstellen. Es war zehn. Ich schaltete den Strom ab, der Montys Namen in Neon ausschrieb. Spiel, Doppelspiel. Ich hielt das silberne Amulett zwischen den Fingern. Der Dolphin glaubte, Starry und ich wollten McKay verladen, Starry für Heroin und aus Rache, ich aus Sehnsucht nach Jose, dem babbelnden Schutzmann. Wenn McKay mich von der Arbeit abholen kam, würde der Dolphin auf ihn warten; Mord wartete in der Milchbar.
Ein grüner Lastwagen hielt vor dem Laden. »Verflucht«, sagte ich, »ein Reparaturwagen?« Vielleicht hatte Monty beschlossen, McKays Plan zu stören, dachte ich, und einen Kühlschrank gemeldet, an dem etwas nicht funktionierte.
»Mach die Außentür vom Hinterzimmer auf«, befahl mir Starry. »Geh schon«, sagte sie.
Ich ging durch den Staub, die Zeitungen und leeren Schnapsflaschen, die in Montys Höhle herumlagen. Eine Maus spritzte vor meinen Füßen davon. Ich schloß die Hintertür auf. Als ich zur Theke zurückkam, saß Starry gelassen da, trank Kaffee, rauchte eine Zigarette und blätterte in *Glamour*.
»Gibt noch Betrieb heut nacht«, sagte sie. Weitere Minuten vergingen, und die Haare auf meinem Arm sträubten sich wie elektrisch geladen, aber Starry trank bloß ihren Kaffee mit Sahne. Ich trommelte mit den Fingernägeln einen wilden Takt auf der Theke. »Beruhige dich doch«, sagte Starry zu mir. Konnte ich nicht, aber ich biß mir auf den Daumen und war still. Ich machte mir gerade mit einem Streichholz eine Zigarette an, als die Tür aufging. Der Wind der Avenue blies in den Laden, und das Streichholz ging aus, bevor die Zigarette an war.
Als erster kam Tosh herein. Er trug die schwarze Lederjacke von McKay. Dann kam der Marinemartin, in Jeanszeug, die langen Arme schüttelnd, wie um einen Krampf aufzulösen.

Hinter diesen beiden Waisen kam der Dolphin. Der Besitzer der Avenue stand in der Tür. Schneefall hatte begonnen, und der Dolphin streifte sich mit seinen bemalten Händen Flokken von den Tätowierungen, die seinen Hals und seine Arme bedeckten.

»Die Damen«, grüßte uns der Dolphin.

Einen Augenblick meinte ich, als wir den Dolphin mit Kopfnicken begrüßten, daß wir wirklich dabei seien, McKay zu verraten. Die Haut kribbelte mir. Warum hatte ich eingewilligt, das Spiel mitzumachen, in der Rolle der Verräterin? Hätte ich es irgendwie ablehnen, zu McKay nein sagen können?

Der Dolphin warf einen Plastikbeutel mit weißem Pulver vor Starry auf die Theke. Sie machte Augen wie Untertassen. In dem halbvollen Beutel waren so viele Schüsse, daß Starry Händezittern vom Anschauen bekam und ihre Zunge leicht an der Oberlippe leckte. Sie wollte es nehmen.

»Noch nicht«, warnte der Dolphin.

Sie hielt die Hand mitten in der Bewegung an.

»Das sind fast zwei Löffel, Herzchen, und wenn ich McKay kriege«, sagte der Dolphin, »dann kriegst du den Stoff.« Er lächelte, dann wandte er sich mir zu. Ich hatte Angst, mir könnte eine Warnung herausplatzen. Ich wollte lieber nicht sprechen. »Und du«, sagte der Dolphin zu mir, »du kriegst deine neue Liebe«.

Ich schwieg still. Schon wenn ich bloß Joses Namen hätte aussprechen wollen, wäre ich womöglich in hysterisches Lachen ausgebrochen.

»Wann kommt McKay dich denn abholen?« fragte der Dolphin.

»Inner Viertelstunde ist er hier«, antwortete Starry.

»Kriegt das Mädchen den Mund denn nicht selber auf?«

»Was denkst'n du?« sagte Starry. »Denkst du vielleicht, das fällt ihr leicht, McKay verraten?«

Ich sah Starry voller Bewunderung an; sie konnte aalglatt

lügen. Der Dolphin zuckte die Achseln. Ich goß den drei Waisen Kaffee ein. Wir warteten schweigend. Der Kaffee blieb unberührt und wurde kalt. Der Wind draußen wurde heftiger.

»Sturm«, sagte ich zu Starry.

»Was meint sie damit?« sagte Tosh nervös.

»Sie meint, es ist schlechtes Wetter«, sagte Starry.

»Wie meinst du das, schlechtes *Wetter*?« beharrte Tosh. Der Präsident der Waisen suchte nach dem Kodewort des Verrats.

»Halt den Mund«, sagte der Dolphin leise.

Tosh trommelte mit den Schuhsohlen auf den Kachelboden. Bei jedem Windstoß auf der Avenue gingen seine Blicke zur Tür. Draußen kauerte Tony im Schnee.

»Was macht der Knabe da draußen?« wollte Tosh wissen.

»Ja doch, was ist mit dem Knaben?« fragte auch Marinemartin, der sonst meist still war.

»Meingott«, sagte Starry, »ist doch bloß der kleine Scheißer von der Straße. Der ist doch verknallt in dich, nicht, Herzchen?« sagte sie zu mir.

Ich nickte. Wenn Tony in irgendwen verknallt war, dann bestimmt nicht in mich.

Starry lachte. »Der läuft ihr überallhin nach.«

»Mir gefällt der Knabe da draußen nicht«, sagte Tosh.

»Halt den Mund«, sagte der Dolphin.

Wieder war Schweigen. Ich zog die weiße Schürze aus und begann das Kleingeld in der Kasse zu zählen, wie jeden Abend bei Ladenschluß. Und dann leuchteten Scheinwerfer durchs Fenster. McKays Chevy hielt unter einer vereinzelten bläulichen Straßenlaterne. Um die Lichter trieb kalter kreiselnder Schnee. Wir hörten, wie der Motor stotterte und ausging, sahen, wie die Scheinwerfer trüb und dann dunkel wurden. Der Dolphin rührte sich nicht.

Ein Schatten fiel über den mondhellen Schnee vor der Tür,

dann machte McKay die Tür von Montys Laden auf und stieß die Glocken an, die über dem Rahmen hingen.
»Bruder«, sagte der Dolphin leise.
McKay und der Dolphin standen sich von neuem gegenüber. Ich trat hinter McKay und schloß die Tür ab. Beide dachten sie, ich schlösse den andern ein.
Tosh und der Marinemartin schoben sich vor. Tosh hielt einen Revolver in der Hand.
»Ah«, sagte McKay, »der Präsident der Waisen, Samstagnacht braucht er Sonderschutz.«
Tosh stotterte. »Was meinst du, wer hier Schutz braucht?« sagte er endlich.
McKay hatte für Tosh nur noch eine Handbewegung, dann wandte er sich dem Dolphin zu. »Mein Bruder«, sagte er leise.
Ganz stillsitzend, streckte Starry langsam die Hand aus und ließ den halbvollen Beutel Heroin in ihrer Handtasche verschwinden.
»Du, McKay«, sagte der Dolphin, »bist ein Feigling.«
McKay warf den Kopf zurück und begann zu lachen. Vier vom Rudel standen jetzt unbemerkt im Hintergrund des Ladens.
»Hinter euch«, sagte McKay schnell.
Tosh und Marinemartin sprangen. Der Samstagnacht-Sonderschutz polterte auf die Kacheln. Der Dolphin wandte nur leicht den Kopf, so daß die Pfauenfedern an seinem Hals sich zu sträuben schienen.
»Und ich sag's noch mal«, sagte der Dolphin. »McKay, du bist ein Feigling.
»Feigling?« sagte McKay. Er ging zu Tosh hin und riß ihm die Jacke vom Leib. Mit schnellen Bewegungen seines Messers trennte er das Wort »Waisen« von dem schwarzen Leder.
»Feigling?« sagte er noch mal und hüllte sich in die Jacke, die so lange sein gewesen war.

Der Dolphin lächelte Starry und dann mich an. »Natürlich«, sagte er. »Wer könnte euch zwei Huren trauen?«
Von Starry kam Achselzucken. Ich gab dem Dolphin im stillen recht.
»Erst Kid Harris in den Rücken schießen«, sagte der Dolphin, und von den Wölfen kam keine Reaktion, »dann einen Bruder verraten. McKay!«
Es war Schweigen.
»Wo ist deine Ehre hin, Mann?« sagte der Dolphin.
Uns anderen bedeutete es nichts, was der Dolphin sagte. McKay bebte. Wie um gegen diese Worte zu kämpfen, griff er sich einen Stapel Comics vom Boden und schmiß sie über die Theke, eine Reihe Zuckerdosen umwerfend.
»Wir machen Frieden«, stammelte Tosh. »Hört mal, wir machen Waffenstillstand, und dann 'ne Versammlung, wir alle.«
McKay lachte. Er zupfte an den Ärmeln der Lederjacke, die sich schon wieder der Form seines Körpers anschmiegte. »Nein«, sagte er. »Nein, machen wir nicht. Denn die Avenue gehört jetzt dem Rudel. Ich geb die Avenue dem Rudel.«
»Das ist meine Avenue«, sagte der Dolphin. »War sie schon immer, bleibt sie immer.«
»Wart mal'n Moment«, sagte Tosh zu dem Dolphin.
»Halt den Mund«, sagte der Dolphin.
»Ich hab 'ne Neuigkeit für dich«, sagte McKay. »Sie gehört dir nicht mehr.«
»Weißt du denn nicht«, flüsterte der Dolphin, mit Worten, die nur für McKay bestimmt waren, »daß du um nichts kämpfst?«
McKays Lächeln war wie gefroren. »Ja, ich weiß«, sagte er. »Und wie gut ich das weiß, Bruder.« McKay gab mir eine braune Tüte. »Mach das auf«, sagte er zu mir. Ich spürte die Umrisse einer Flasche. Es war auch wirklich ein grünes Fläschchen, das ich McKay reichte. Die Flüssigkeit darin bewegte sich wie ein kleines Meer.

»Himmel, was?« sagte Tosh. Alle hatten wir das Stilett oder den Zweiundzwanziger erwartet.

Tosh und der Marinemartin verlagerten das Gewicht von einem Fuß auf den andern. Die Wölfe paßten scharf auf und warteten.

»McKay«, sagte der Dolphin. Er stand still wie Eisen, und doch schienen die Bemalungen auf seiner Haut sich zu bewegen. Der Schmetterling bebte und faltete die Flügel um das kalte Auge des Dolphins.

McKay hob das grüne Fläschchen wie zu einem Trinkspruch. »Dafür, daß du mich alles gelehrt hast, was ich weiß«, sagte er zu dem Dolphin. Das Gelächter, das aus McKays Kehle klang, war tief und schien überhaupt nicht von ihm zu kommen. Ich glaubte nicht, daß sein Lachen ein so dunkler Laut sein könnte.

»Das ist Säure«, sagte jemand. »Salzsäure.«

Ich stand dicht genug bei McKay, um zu merken, wie sein Atem tiefer ging. Ich wußte, ohne ihn zu berühren, daß er zitterte. McKay bewegte die Hand schnell wie Licht. Die Säure war in der Luft. Wie im Traum sahen wir alle im Laden McKay zu, wie im Traum hörten wir den Dolphin aufschreien. Dann griff er nach seinen Augen. McKay zuckte zusammen, strich sich mit einer Hand über die linke Gesichtshälfte und lächelte. Er gab dem Rudel ein Zeichen, und dann gab es Geschrei und Geräusche von Schlagringen und Stiefeln. Im trüben Neonlicht kniete der Dolphin vor McKay auf dem Kachelboden. Ich stand neben McKay und sah, wie der Dolphin mit seinen tätowierten Händen an seinen brennenden Augen zerrte.

»McKay«, hörte ich Starry sagen. »Meingott, warum hast du ihn nicht einfach erschossen?«

Tosh und der Marinemartin lagen regungslos auf dem Boden. Arme waren gebrochen, Haut zerschnitten, Schreie und Proteste zum Schweigen gebracht worden. Die Wölfe begannen die beiden halb bewußtlosen Waisen in den gestohlenen

Lastwagen hinauszutragen; sie sollten in das Brooklyner Marschland gefahren werden, und dort würden sie erwachen mit einem Blutgeschmack im Mund und mit dem Wissen, daß die Avenue verloren war.

Starry saß auf einem Hocker an der Theke. Sie zog ihre kleinen, dünnen Beine hoch, damit der Dolphin sie nicht berührte, als er blind über die Kacheln kroch. Er stöhnte und betastete zärtlich seine Augen. Die Säure hatte ihn geblendet, und sogar die Tätowierungen, welche die Narben auf seiner Haut verbergen sollten, waren entstellt.

Ich hielt den Arm um McKay, aber McKay starrte vor sich hin. Er hielt sich eine Hand ans Gesicht. Dann küßte ich ihn, ich küßte ihn lange. Ich wollte ihn so lange küssen, daß ich, wenn ich die Lippen von den seinen wegnahm, den Laden wieder leer sehen würde. Als ich mich aber von ihm löste, saß Starry noch immer an der Theke, und der Dolphin lag noch immer auf dem Boden.

Ich flüsterte McKays Namen, aber er antwortete meiner Stimme ebensowenig, wie er meinen Kuß erwidert hatte. Ich bedeckte die Hand, die er sich ans Gesicht hielt, mit meiner Hand, und dann spürten meine Finger, was nun nicht mehr unter seinen verborgen war: die flüssige Wärme des Bluts auf seiner Haut. Nur ein paar Tropfen von der Säure, die er dem Dolphin in die Augen geschleudert hatte, waren in sein eigenes Gesicht gespritzt, aber sie hatten sich durch seine Haut gefressen wie Maden.

Ich rannte zum Spülbecken, blieb stehen und suchte in meiner Manteltasche nach einem Seidentuch. Ich ließ kaltes Wasser über das Tuch laufen. Dann legte ich die Seide auf McKays Haut und wusch das Fleisch, das die Säure berührt hatte. Ein kleines, aber sehr tiefes Loch war in seiner linken Wange. McKay rührte sich nicht und sprach nicht. Und erst als ich die Wunde nicht länger ansehen konnte und endlich auf seinen Mund blickte, bemerkte ich die Biegung seiner Lippe. Draußen auf der Avenue wurde der Wind still, aber der Schnee fiel immer dichter und dichter, und nun sah ich McKay lächeln.

2

McKay und Baby Perez hatten sich für Mitternacht auf dem Parkplatz des Queue I, eines Billardsaals, verabredet. Perez sollte dann mit Starry zu dem Abtreiber in der Süd-Bronx fahren, von dem Perez behauptete, daß er ein medizinisches Diplom vom Albert-Einstein-College habe. Das Queue I lag auf dem Territorium des Rudels. Perez wollte bis halb eins warten und nicht länger; wenn McKay nicht käme, wüßte er, die Avenue gehörte noch immer dem Dolphin.

Wir fuhren schnell, trotz des Eises, um nicht zu spät zu kommen; jedesmal, wenn uns eine rote Ampel aufhielt und McKay auf die Bremse trat, schleuderte der Chevy heftig. McKay hielt das Seidentuch auf die Wunde an seiner Wange, er lenkte mit einer Hand. Auf dem Rücksitz hatte Starry aus Versehen ein brennendes Streichholz auf das Polster fallen lassen, als sie sich eine Zigarette anmachen wollte. »Meine Fresse«, murmelte sie.

Es waren nur noch ein paar Minuten bis Mitternacht. Ich rückte dicht an McKay heran und hob die Hand, um ihn im Gesicht zu berühren. »Laß mal sehn«, sagte ich.

Er riß den Kopf von mir zurück. »Nein«, sagte er nur.

Wir fuhren auf den fast leeren Parkplatz des Billardsaals. McKay schaltete den Motor ab und kurbelte sein Fenster herunter.

»Mir ist kalt«, sagte ich. Auf dem Rücksitz schimpfte Starry vor sich hin und zündete Streichhölzer an.

»Halt den Mund«, sagte McKay zu mir.

»Halt du den Mund«, sagte sie.

»Er kommt zu spät«, sagte ich, über Perez.

McKay gab mir keine Antwort.

»Ich hab gesagt, er kommt zu spät«, sagte ich.
Wir warteten eine Weile schweigend. Dann leuchteten auf der Avenue die Scheinwerfer eines kleinen Sportwagens auf. Perez parkte einen roten MG neben dem Chevy. Sein Samtcape wirbelte Schneeflocken um seine Stiefel, als er zu McKays Fenster hinging.
»Na ja«, sagte Perez. »Alles ist eins, und wir haben's beisammen.«
»Mir ist kalt«, flüsterte ich.
»Halt den Mund«, sagte McKay.
»Keine Schwierigkeiten?« fragte Perez.
»Keine«, sagte McKay.
Perez sah sich McKays Gesicht an. »Hast einen Schnitt abgekriegt«, sagte er, und McKay winkte ab. »Hauptsache, der andre Typ sieht schlimmer aus.« Er lachte. McKay blieb still. »Der andre sieht schlimmer aus, oder? Ist der Dolphin bedient?«
»Der Dolphin ist bedient«, sagte McKay. »Auf der Avenue kannst du jetzt dealen, was du willst.«
»Fein«, sagte Perez. Er lugte zum Rücksitz. »Das ist die Mieze?«
»Scheiße«, sagte Starry. »Was ist denn das für ein Komiker?« fragte sie.
»Mit diesem Komiker ist nicht zu spaßen«, sagte Perez. »Also hör auf zu babbeln und komm jetzt.«
»Ich bin noch nicht soweit«, sagte Starry.
»Besser, du kommst jetzt«, sagte Perez.
»Ein paar Minuten werden dich nicht ruinieren«, sagte McKay.
»Scheiße, Mann«, sagte Perez, »das ist'n Arzt, und ein Arzt hält sich an seinen Terminplan.«
»Meingott ja, ein Arzt«, sagte McKay. »Wir haben noch eine Kleinigkeit zu regeln, zum Schluß.«
Perez willigte ein, zu warten. Er ging zu seinem Sportwagen zurück. Er wippte mit dem Kopf im Rhythmus des Radios.

McKay drehte sich um. »Gib mir den Stoff«, sagte er zu Starry.
»Ich weiß nicht, was du willst, McKay.«
»Ich will den Löffelvoll«, sagte McKay.
»McKay«, sagte Starry. »Ich hab ihn nicht, ich dachte, du hast ihn genommen. Einer von den Scheißern vom Rudel muß ihn geklaut haben.«
McKay machte seine Tür auf. Er stieg aus und machte die hintere Tür auf. »Komm raus«, sagte er.
»He, Mann, das ist kalt da draußen«, protestierte Starry.
Ich stieg aus und ging um den Wagen herum zu McKay. Ich hielt mir den Wintermantel um die Schultern, und die Luft stach wie mit kalten Nadeln durch den Stoff meiner Bluse. Ich nahm ihn beim Arm. »McKay«, sagte ich. »Mach's nicht. Du mußt doch nicht.«
»Komm raus«, sagte er zu Starry.
»Herzchen, wenn's dir weh tut, wenn dein Gesicht schlimm ist, ich hab doch Darvon und ich hab Kodein.«
McKay gab mir keine Antwort.
»Wir können auch zu einer Unfallstation fahren, vielleicht kriegst du da Demerol. Du sagst einfach, dir ist eine Flasche Putzsäure aus der Hand gerutscht.«
Starry kam langsam vom Rücksitz des Chevy hervor. Ihre Augen schienen die möglichen Fluchtwege zu erkunden. Sie brauchte McKay und Perez, wenn sie die Fahrt nach der Süd-Bronx machen wollte. Aber das Heroin wollte sie auch behalten, und ich wußte, daß es in ihrer Handtasche war. »McKay«, sagte sie, als wir im Schnee standen, »was willst du denn mit dem Heroin? Du kannst doch soviel Geld kriegen, wie du nur willst, wenn du für Perez Koks dealst. Und du bist doch dicht, du hast doch keine Gewohnheit.«
»Gib den Löffel her«, sagte McKay und packte sie beim Arm.
»Du fängst wieder damit an«, sagte ich. »Scheiße, du fängst wieder an.«

»Was willst denn du? Was zum Teufel willst denn du von mir?« sagte McKay.
»Ich will nachhause«, sagte ich. »McKay, ich will weiter nichts als nachhause.« Er hatte doch jetzt die Avenue; er konnte sich an jeder Ecke sehen lassen und handeln. Der Dolphin war bedient, und McKay hatte bewiesen, daß es mit der Ehre aus war und daß er sich von niemand mehr foppen ließ. Was wollte er noch?
Starry gab ihm den Plastikbeutel. McKay untersuchte den Stoff. »Fast zwei Löffel«, sinnierte er.
»Du Scheißkerl!« sagte Starry.
»Die Fixe auch«, sagte McKay. »Gib mir deine Fixe.«
Starry gab ihm eine stumpfe Nadel und einen Löffel aus trüb angelaufenem Metall.
»Gib mir was für einen Schuß«, sagte sie. »Nur für eine Abfahrt. Ich will nicht, daß mir schlecht wird.«
»Einer vom Rudel muß den Stoff geklaut haben«, frozzelte McKay.
»Gib's ihr«, sagte ich. Starry zitterte.
»Gehen wir rein«, sagte McKay. »Gehen wir alle drei rein.«
Ich nahm Starrys Arm, und wir gingen hinter McKay her in den Billardsaal. Wir kamen an den grünen Filztischen vorbei und gingen weiter nach hinten, bis zu einem schmalen Gang vor der Toilettentür.
»Wart' hier draußen«, sagte ich zu McKay.
»Der soll ich mit dem Stoff trauen?« lachte McKay. »Kommt nicht in Frage.« Er machte die Tür auf, und zu dritt traten wir in die neonbeleuchtete Toilette; unsere Bilder gingen über den Spiegel, der über dem schmutzigen Porzellan eines Waschbeckens hing. McKay verriegelte die Tür, er nahm seinen Gürtel ab.
»Ist nicht nötig«, sagte Starry. Aus ihrer Handtasche zog sie einen Gummischlauch und eine Klammer. Sie wand sich den Schlauch straff um den Arm und klammerte ihn fest. »Was

sagst du dazu?« fragte sie McKay. McKay begann das Heroin bereitzumachen. »Wie in der guten alten Zeit«, witzelte Starry.
Ich wollte nicht bei ihnen bleiben. »Ich warte draußen«, sagte ich.
»Nein, du bleibst hier«, sagte McKay. Er machte sich nicht mehr die Mühe, das Tuch an sein Gesicht zu halten. Das Loch in seiner Haut ging tief ins rohe Fleisch.
»Na, 'n schöner Mann wirste nie wieder«, sagte Starry zu McKay. Sie warf ihren Waschbärmantel auf den Boden und setzte sich drauf. Die Klammer hielt den Gummischlauch fest; ihre Venen traten blaßblau hervor.
»Mach schon«, sagte sie zu McKay. »Mach schon«, drängte sie.
McKay trat zu ihr. Starry hatte noch einen wollenen Hut über ihr Haar gezogen. Sie schaute zu McKay hoch, und er kniete sich hin. Als das Heroin in sie eindrang, stöhnte Starry wie beim Liebesakt.
McKay stand am Waschbecken und machte noch mehr Heroin fertig. Das Wasser lief. McKay schaute mich an und nickte.
»McKay«, sagte ich. Diese Nacht schien zu lang zu sein, diese Nacht schien ewig zu dauern.
»Komm her«, sagte er. Ich schüttelte den Kopf. »Heh!« McKay lächelte. »Komm mal her.«
Ich stand mit dem Rücken gegen die Wand. »Mach du nur und bring dich um«, sagte ich. »Mach du nur und fang wieder an, aber ich hab nichts damit zu tun.«
»Weißt du«, sagte McKay, »das macht keinen Spaß mehr mit dir. Überhaupt keinen.« Starry saß hingesunken auf den Kacheln; sie sah uns zu, bis sie die Augen nicht mehr offenhalten konnte. »Wann bist du denn das letzte Mal high gewesen?« fragte McKay.
»Weiß ich nicht«, sagte ich. Ich biß mir auf den Daumen und fing an die Kacheln der schalldichten Decke zu zählen.

»Wird Zeit«, sagte er. »Wird Zeit, daß du's wieder weißt.«
Jedesmal, wenn wir früher zusammen high wurden, war ich es gewesen, die McKay darum bat. Nur ein paar Mal hatte er mir Heroin gestattet. Und auch dann hatte er immer meine Venen vermieden.
»Warum?« fragte ich.
»Ich will dich bei mir haben«, sagte er.
»Ich bin doch bei dir«, sagte ich.
McKay schüttelte den Kopf. »Ich will, daß du mit mir high bist.«
Für mich war Heroin immer der Weg zur Verbindung mit McKay gewesen, und jetzt wollte er die Verbindung. Er nahm mich in den Arm und flüsterte: »Bitte.«
Ich fing an zu zittern. »Sag das doch nicht«, sagte ich.
»Was?« flüsterte McKay.
»Sag nicht bitte zu mir.«
Wir waren so weit auseinander, es gab keinen andern Weg der Verbindung, und darum trat ich von ihm weg und krempelte mir einen Ärmel auf.
Es schien, ich konnte nicht nein sagen.
Bevor McKay auch nur die Worte für eine Frage bilden konnte, hatte ich schon ja gesagt. Keine Forderung, keine Bitte — nichts konnte ich ihm abschlagen. Ich konnte nicht nein sagen.
Ich wollte nicht in den Krieg gegen die Waisen verwickelt werden, ich wollte kein Heroin; aber McKay, ich konnte nicht anders, den wollte ich immer noch. Und ich glaubte, ich könnte ihn haben, wenn ich ja sagte. Darum sagte ich ja zu Lügen und ja zur Nadel, darum stimmte ich zu, wenn ich nicht zustimmte, darum wollte ich, was ich nicht wollte.
Schrecklicher als die Folgen von Morden und Schlägereien war der Gedanke an die Folgen des Wortes nein. Würde McKay mich verlassen, würde ich allein bleiben, würde ich später einsehen, daß »ja« immer die richtige Antwort gewesen wäre, und wußte es McKay denn nicht auf jeden Fall bes-

ser? Wer war ich, daß ich zu ihm hätte nein sagen können, besonders, wenn er mich doch brauchte? Wenn er mich brauchte zum Jasagen?
Es war das Heroin, die Strömung, in der wir trieben, aber ich wollte nicht, daß das Heroin in mir strömte. Ich konnte nicht zweien zu eigen sein, McKay und dem Heroin. Doch vernarbte ich mir für ihn den Arm mit Einstichen, so wie andere sich für ihn die Beine vernarbt hatten, indem sie McKays Initialen hineinritzen, von Herzchen umrahmt. Aber ich dachte nicht, daß es Heroin sei, was McKay mir in die Venen drückte. Ich dachte, es sei Liebe, sei Bedarf und Begehren. Wie hätte ich nein sagen können? Beide bedurften wir der Magie, um Verbindung zu finden, ich der Amulette, er des Pulvers. Was war denn am Ende der Unterschied? Wir hatten unsern Bedarf, und es war so schwer, eine Verbindung zu finden, daß ich nicht ablehnen konnte, als sich eine anbot. Ich wagte nicht abzulehnen. Ich streckte den Arm hin und nickte, ja.
Auf der Zunge aber hatte ich ein anderes Wort.
»So muß es sein«, flüsterte er. Ich machte die Augen zu und hörte ihn noch mal flüstern. »Ja, so ist's richtig.« Aber es kam mir nicht so vor, als wenn er mit mir sprach, und darum gab ich keine Antwort.
Ich fühlte, wie der Gürtel um meinen Arm festgezogen wurde, ich fühlte, wie mein Atem tiefer ging.
»Du spritzt es doch nur unter die Haut, oder?« sagte ich zu McKay.
Er gab mir keine Antwort. Er stand neben dem Waschbecken und hielt ein brennendes Streichholz unter den Löffel.
»McKay«, sagte ich.
»Du wirst sehen, wieviel besser das ist«, sagte er.
Natürlich wußte ich, wieviel stärker, wieviel besser der Stoß in die Venen war. Aber ich wollte das nicht; so high wollte ich nicht sein. »Du wirst sehen«, sagte McKay. Er nahm nun meinen Arm, er drückte die Lippen auf die Vene, die auf der Innenseite meines Ellbogens pulsierte.

Und ich war sicher, als ich mit der Hand über McKays Gesicht strich, und ich war sicher, als er den Gürtel um meinen Arm noch fester zog, daß er mich brauchte. McKay brauchte mich, ich sollte bei ihm sein, und ich glaubte nicht, daß ich imstande sein würde, nein zu sagen, ich glaubte nicht, daß ich imstande sein würde, zu sprechen.

Ich spürte den Stoß sofort, spürte die Wärme und Süße des Heroins im ganzen Körper, als ob alles Blut, das durch meine Adern floß, durch weißes Pulver ersetzt worden wäre.

Es war gut.

»Das ist doch besser, nicht?« hörte ich McKay sagen, und ich nickte.

Er lockerte den Gürtel, dann nahm er ihn von meinem Arm ab. Mir war sehr leicht und langsam; ich lehnte mich gegen die Wand, um Halt zu finden. Ich schaute auf McKays Rücken. Er war wieder am Becken. Im Mund hatte er die Lasche des Gürtels, der jetzt um seinen Arm geschlungen war. Er zog ihn mit den Zähnen fest, bis er straff war wie Draht.

Starry stand auf. Sie warf sich den Waschbärmantel um die Schultern. »Weißt du was?« flüsterte sie mir zu. Ich sah ihr in die blassen Augen, und die Pupillen waren winzig wie Mottenaugen. »Er ist verändert. Er ist richtig verändert, verstehst du, was ich meine?«

»Er's' im Schock«, flüsterte ich. Ich wußte nicht, ob meine Worte verständlich waren. Ich merkte, ich verschliff die Silben.

»Herzchen«, sagte Starry, »im Schock sind wir alle«.

»So?« sagte ich. Ich wollte schlafen. Ich wollte hier weg, denn ich hatte das Gefühl, wenn ich nicht bald ginge, würde ich mich auf den Kachelboden legen und mich mit einem Wintermantel und einem Traum zudecken müssen.

»Du bist kaputt«, sagte Starry. »Du bist ganz kaputt«, flüsterte sie, wie mir schien, in mein Ohr. »Was mußt du dich mit diesem Zeug einlassen?«

»Psscht«, sagte ich zu ihr. Ich mochte nicht sprechen.

Endlich war McKay fertig. Er hüllte sich wieder in das schwarze Leder, das er ausgezogen hatte, ehe er sich den Schuß setzte.
»Seid ihr fertig?« fragte er leise.
»Wer wartet hier auf wen?« sagte Starry, machte die Tür auf und trat auf den Gang hinaus. »Ist der Abschied von der Avenue für mich«, rief Starry hinter sich. »Dank sei dem Herrn, das ist der Abschied.«
»Laß uns gehn«, sagte McKay zu mir. Er hielt einen Arm um meine Schulter. Ich lehnte mich schwer gegen ihn und legte den Kopf an seine Brust. Wir gingen Starry nach durch den Billardsaal, an den Scharfschützen vorbei, die mit den Queues zielten, und auf die Straße. Meine Knie waren weich, und die Luft schien unglaublich kalt zu sein.
»Die Arktis«, sagte ich und bibberte, obwohl McKay mich im Gehen umfaßt hielt.
Starry blieb stehen, bevor sie den MG erreicht hatte. Sie stand auf dem Eis, in der Nacht, die Augen geschlossen. Ich mußte brechen.
»McKay«, flüsterte ich. Ich machte mich frei von seinem Arm, ich kniete mich neben dem Chevy hin. Ich spürte Eis an den Knien, ich beugte den Kopf. Ich konnte spüren, daß McKay immer noch neben mir stand. »Geh weg!« sagte ich.
»Ich geh nicht«, sagte er.
»Verdammt, geh doch weg«, sagte ich. Ich wollte allein sein beim Erbrechen. Ich erbrach mich mehrere Mal. Ich glaubte, ich hätte nicht mehr die Kraft aufzustehen, aber ich stand auf. McKay machte die Türen des Chevy auf; er setzte sich ans Lenkrad und legte den Kopf ins Polster. Starry saß jetzt in dem roten MG, über dem eine Wolke Marihuanarauch hing, der durch die offenen Fenster in die Nacht hinausgekrochen war. Ich stand allein auf dem Parkplatz des Queue I und sah Starry an. Perez hatte den Motor gestartet. Als Starry bemerkte, daß ich zu ihr hinschaute, kurbelte sie ihr Fenster

herunter. Sie lächelte nicht, sie winkte nicht. Abschiedsworte wurden nicht gewechselt. Sie kurbelte nur ihr Fenster herunter und schüttelte den Kopf.
Perez fuhr davon; die schwarzen Abgase des Sportwagens und der Marihuanageruch blieben in der Luft hängen. Starry würde nicht mehr zurückkommen — sie hatte keinen Grund. Ich sah die Rücklichter auf der Avenue verschwinden, und dann merkte ich, daß mir kalt war. Ich merkte, wie kalt mir war. Ich stieg in den Chevy und machte die Tür zu. Ich konnte nicht sagen, ob McKay wußte, ob ich jetzt bei ihm war oder nicht. Seine Augen waren geschlossen, sein Kopf wippte tief auf seiner Schulter.
Ich flüsterte einmal seinen Namen, aber kein zweites Mal. Ich wartete, daß McKay die Augen aufmachte. Er schluckte und rieb sich die Nase. Er machte eine Zigarette für sich und eine für mich an. Meine Finger waren wie Gummi. Ich ließ die Zigarette auf den Boden des Wagens fallen. Ich beugte mich vor und fand den brennenden Tabak.
»Fahren wir nachhause«, sagte McKay. Wir rauchten die Zigaretten zu Ende, und dann startete McKay den Motor. Ich strengte mich an, die Augen offen zu halten, aber die Lider waren mir so schwer, daß ich nicht anders konnte als den Kopf zurücklehnen und die Augen zumachen. Ich wußte nicht, daß McKay mich ansah, bis er die Hand ausstreckte und meine Schulter berührte. Ich fuhr bei seiner Berührung ein wenig zusammen; ich machte die Augen weit auf, um seinen dunklen Blick auf mir ruhen zu sehen. Seine Hand lag leicht auf meiner Schulter, doch ich rückte von ihm weg. Ich mußte das Fenster aufmachen und Nachtluft einatmen, denn ich fürchtete, mir würde noch einmal schlecht.

12/AUSSTEIGEN

1

»Ich trau dem Schleimer einfach nicht«, sagte McKay, als wir im Chevy über die Avenue zum Klubhaus der Waisen fuhren.
»Du bist eben nervös«, sagte ich.
»Nein, verdammt noch mal«, sagte McKay. Er rieb sich die Nase und machte sich eine Zigarette an, als wir an einer Ampel auf das grüne Licht warteten. Die Ätzwunde in seinem Gesicht war geheilt, aber eine dünne Narbe zog sich nun über seine linke Wange.
»Schön«, sagte ich. »Biste eben nicht nervös.«
In drei Tagen hatte McKay die von dem Dolphin gestohlenen zwei Löffel Heroin verbraucht, und nun sollte er mit dem Handel für Baby Perez beginnen.
»McKay«, sagte ich. »Perez wird schon kommen.«
»Jaja doch«, sagte er. »Und wenn nicht?«
»Der kommt ins Klubhaus«, sagte ich. Wenn Perez am verabredeten Ort und Zeitpunkt nicht erschien, würde McKay dasitzen, ohne Geld und ohne Stoff. »Endlich wirst du jetzt noch berufstätig«, sagte ich.
»Quatsch«, sagte McKay.
»Du wirst doch arbeiten für Perez«, sagte ich.
McKay lachte. »Soll ich jetzt also ›Pusher‹ als Beruf angeben?«
»Es ist doch nur ein Anfang«, sagte ich.
McKay fuhr beim Schnellimbiß vorbei, um ein paar Cocas mitzunehmen. Wir saßen im Wagen, die Scheinwerfer angeschaltet.
»Na ja«, sagte McKay, nachdem er bei der Kellnerin, die ans Fenster kam, bestellt hatte, »einen Beruf, der was einbringt, kann ich gut gebrauchen, wo ich jetzt zwei Gewohnheiten zu pflegen hab.«

»Wieso zwei?« sagte ich, als die Kellnerin mit zwei großen Plastikbechern wiederkam.
»Deine und meine«, antwortete McKay. Ich blieb still, während er die Cocas bezahlte, das Fenster hochkurbelte und wieder startete.
Als wir aus der Ausfahrt vom Schnellimbiß heraus und wieder auf der Avenue waren, sagte ich: »Du spinnst. Ich hab keine.«
McKay lachte. Er lenkte mit der einen Hand den Chevy, mit der andern trank er. Als er die Gänge wechselte, spritzten Cocatropfen auf mein Bein.
»Scheiße, nein, ich hab keine«, sagte ich. Ich konnte noch zählen, wie oft ich es in die Venen bekommen hatte. Also hatte ich nur genascht, was sollte das Theater?
»Schon gut«, sagte McKay. »Schon gut, schon gut.«
»Ich find das nicht lustig«, sagte ich.
Ein Ford Falcon voller Mädchen hielt neben uns vor einer roten Ampel; die Mädchen glotzten McKay an.
»Ich hab gesagt, schon gut«, sagte McKay.
Die Ampel wurde grün, McKay machte sich eine Zigarette an. Der Wagen neben uns fuhr nicht los, und die Mädchen glotzten immer noch McKay an.
»Grün«, sagte ich.
»Ich weiß«, sagte McKay und legte den Gang ein.
Der Falcon kam uns nach. Ich wußte, in dem Wagen stöhnten und kicherten sie jetzt.
»Wirst du denn nicht jeden Tag high?« fragte McKay. Ich trank meine Coca aus, warf den Becher auf den Boden und gab keine Antwort. Es stimmte: Von irgendwas wurde ich jeden Tag high, aber nur, weil es nichts anderes zu tun gab, und nur, weil McKay immer high war und weil ich wußte, er wollte, daß ich mitmachte. »Aber das ist ganz normal«, frozzelte McKay. »Willst du mir erzählen, du bist dicht?«
»Sei bloß still«, sagte ich.
Der Chevy war zu schnell, als daß der Ford hätte mithalten

können; wir verloren ihn an einer Kurve der Avenue. McKay parkte vor Mundas Spirituosengeschäft. »Da freust du dich«, sagte ich. »Da bist du richtig glücklich, weil du denkst, ich bin genauso ein Junkie wie du.«
»Paß auf«, sagte McKay.
Aber ich wußte, so war's; natürlich freute es ihn. Ich war auch mit Marihuana und einem Budweiser zufrieden, aber McKay lächelte, wenn ich mit ihm am Küchentisch saß und wir das Heroin aus dem Cellophanbeutel abmaßen.
»Kein Junkie glaubt je, daß er ein Junkie ist«, sagte McKay kurz.
Diese Omenhaus-Platitüde hatte ich schon oft genug gehört. »Und kein Arschloch glaubt je, daß es ein Arschloch ist«, sagte ich. Ich stieg aus dem Wagen, knallte die Tür zu und schaute ins Schaufenster des Spirituosenladens. Als ich mich wieder umdrehte, saß McKay noch am Steuer des Chevy, beide Hände fest auf dem Lenkrad. Ich dachte, er könne vielleicht recht haben: Wenn man Liebe simuliert, läuft man Gefahr, sich wirklich zu verlieben — bestand dieselbe Gefahr beim Simulieren einer Gewohnheit? McKay machte die Wagentür auf; er stand in schwarzem Leder auf dem Gehsteig.
»Fang nicht mit mir an«, warnte er mich.
»Weißt du, was du machen kannst?« sagte ich.
»Hör mal, nimm dich zusammen.«
»Dein Heroin kannst du behalten. Behalt's doch«, sagte ich.
»Ich brauch's doch nicht.«
»Komm, hör jetzt auf damit«, sagte McKay, als Perez in einem 62er Corvette mit New Jerseyer Nummernschild an den Bordstein fuhr. »Hör jetzt auf; wenn du eine Szene machst oder mich bloßstellst, bring ich dich um.«
Perez kam über das Eis. Er trug einen Anzug aus burgunderrotem Samt. Er begrüßte McKay mit Händeschütteln. In der linken Hand hielt er eine große lederne Aktentasche. McKay hielt meinen Arm ganz fest. Wir gingen an dem Spirituosen-

laden vorbei und dann die Zementstufen zum Klubraum hinunter. McKay öffnete das Vorhängeschloß. Ich hatte nicht gewußt, daß er immer noch den Schlüssel besaß. Wir traten in den Kellerraum, und McKay knipste das Licht an. Perez stellte seine Aktentasche auf den Boden.

Perez inspizierte den Raum. »Wenn ich doch nur«, sagte er, »in der Sprache der rumänischen Zigeuner mit euch reden könnte! Denn in der Sprache gibt es noch Worte für einen Ort wie diesen hier.«

»Ein Stall«, sagte ich.

Perez nickte. »Ein Stall«, stimmte er zu.

Der Klubraum sah tatsächlich übel aus: Durch ein Fenster war eingebrochen worden, von den Wölfen oder den Knaben aus der Nachbarschaft; Schnee, den der Wind der Avenue hereingeweht hatte, war geschmolzen und überschwemmte nun den Boden, auf dem die Matratzen lagen. Überall roch es nach Schimmel. Büchsen und Flaschen lagen herum, Poster waren von den Wänden gerissen, und Mick Jagger blickte nur noch mit einem Auge von der Wand auf uns herab.

Ich ging im Raum umher und besah den Trümmerhaufen. »Richtig hübsch«, sagte ich.

»Halt den Mund«, sagte McKay. »Halt du bloß den Mund.« Er fing an, Büchsen und Zeitungen vom Boden aufzuheben. Ich setzte mich auf eine Apfelsinenkiste. Perez zog sich eine andere herbei und setzte sich auch hin.

»Schimmel auf Samt, das geht nie mehr raus«, vertraute er mir an.

Ich wußte nicht, ob McKay Perez und mich vergessen hatte, denn er beachtete uns nicht und setzte seine Aufräumarbeiten fort.

»Kommen wir zur Sache«, sagte Perez endlich. McKay warf einen Stapel nasse Zeitungen und Illustrierte in ein Ecke. »Zuerst einmal«, sagte Perez, »du kommst zu mir, nicht ich zu dir. Von jetzt an werden wir uns immer in der Bronx treffen. Dieses Hin- und Herpendeln ist nichts für mich.«

»Gut«, stimmte McKay zu. Er lehnte sich auf den Tisch, um den einst die Soldaten der Waisen Rat gehalten hatten.
»Ich rechne zu jeder Zeit mit zweihundert Prozent Gewinn«, sagte Perez. Er sah mich an. »Ist das Zigeunerblut in mir. Bist du eben zu mir, bin ich eben zu dir«, sagte er zu McKay.
McKay machte sich eine Zigarette an; seine Hände bebten leicht. Er brauchte einen Schuß, und ich wollte Perez' Blick von McKays zittrigen Händen ablenken.
»Alligator, die Tasche?« fragte ich.
»Nein, nein, Krokodil«, sagte er.
»Hör dir das an, McKay«, sagte ich. »Krokodil!«
McKay packte mich am Arm. »Du hälst jetzt entweder den Mund...«, sagte er.
»Oder was?« sagte ich. Ich hatte keine Angst vor McKays Drohungen.
»Krieg dich wieder ein«, sagte Perez. »Sie hat doch bloß gesagt: ›Es ist Krokodil.‹« Perez lächelte. »Ah so«, sagte er, »das hat was Besondres zu bedeuten zwischen euch?«
Geheimkode der Liebespaare? Es amüsierte mich, daß Perez so etwas glaubte. Zwischen McKay und mir konnte jedes Wort zum Streit führen. Da brauchten wir keinen Kode, jedes Wort war recht.
»Bist schon ein kitzliger Vogel«, sagte Perez. »Ganz schön kitzlig bist du für einen, der seine Gewohnheit abgestoßen hat. Du bist doch dicht jetzt, oder?«
»Scheiße, ja«, sagte McKay und stampfte seine Zigarette auf dem Boden des Kellers aus.
»Es macht dir doch nichts, wenn ich mal deine Arme sehe?« sagte Perez.
McKay trat einen Schritt zurück.
»Was ist denn mit Starry?« fragte ich. »Ging das mit Starry in Ordnung, als du sie zum Arzt gefahren hast?« Wenn er McKays Arme sah, würden die Spuren eine Gewohnheit verraten, die angefangen hatte, als McKay erst eine Woche aus dem Omenhaus entlassen war.

»Sie ist 'ne Nutte, aber der Typ hat gesagt, 'ne kerngesunde«, sagte Perez. Während er mir antwortete, sah er weiter McKay an. »Deinen Arm«, beharrte er. »Das gehört zum Geschäft, versteh mich bitte.«

»Schau, ich fahr bloß an den Wochenenden ein bißchen ab, dann kann ich die Woche über dicht bleiben und dealen.«

»Bloß an den Wochenenden!« Perez lachte.

»Wir haben ein bißchen gefeiert, zum Abschied für den Dolphin«, sagte McKay. »Aber ich hab's unter Kontrolle.«

»Versuch nicht, mir was vorzumachen«, warnte Perez. »Denn einen Junkie laß ich nicht für mich dealen. 'n Junkie, der dealt, is'n Junkie, der stiehlt. Du verstehst, was ich meine.«

McKay nickte. »Ich versteh dich schon«, sagte er.

Perez stellte seine Aktentasche auf die Tischplatte. Als das Schloß aufschnappte, wurden drei getrennte Fächer sichtbar. »Kokain, Amphetamin, Heroin«, sagte Perez.

»Fein«, sagte McKay.

»Kannst deinen Arsch drauf wetten, daß es fein ist. Und noch feiner ist es, wenn ich die Tasche zurückkriege, und sie ist voller Geld.«

McKay beäugte die weißen Pulver. »Die Tasche brauch ich nicht«, sagte er. Er zog seine Lederjacke aus und zeigte Perez die ins Innenfutter eingenähten Taschen.

Perez wußte die Geheimtaschen zu würdigen. »Klasse«, sagte er. »Hast du'n Schneider für so was?«

McKay lachte, als er anfing, die Plastikbeutel in seiner Jacke zu verstauen. »Nee, 'n Schneider hab ich nicht.«

Perez zuckte die Achseln. »Ich glaub, mir kann's egal sein, wie du's machst, Hauptsache du machst keinen Beschiß. Du verstehst, was ich meine?« Perez lächelte. »Denn, ich sage dir, ich bring dich um, wenn du krumme Touren machst. Ist Geschäft, versteh mich bitte.«

»Schon klar«, sagte McKay. Er hielt den Beutel mit Heroin gegen das Licht. »Sieht gut aus.«

»Ist auch gut«, antwortete Perez.
»Ich muß aber wissen, was ich verkaufe«, sagte McKay.
Perez nickte, und McKay gab mir einen Wink, ihm den kleinen Silberlöffel zu reichen, den ich in der Tasche hatte. Er schnupfte ein bißchen von dem Heroin. Er wartete ein Weilchen und dann sagte er: »Ganz prima.«
»Na denn, abgemacht«, sagte Perez. Sie drückten sich noch einmal die Hand. »Gleiche Zeit nächste Woche, aber du kommst zu mir, hörst du?«
McKay hüllte sich in die nun mit Rauschgift gefütterte schwarze Lederjacke; wir verließen den Klubkeller und trennten uns von Perez, der auf einem schmalen Bogen Papier, den er auf seine Aktentasche legte, noch ein paar Berechnungen anstellte.
»Bis später«, rief uns Perez nach. Sobald wir draußen auf der Avenue standen, nahm McKay meine Hand.
»Wir könnten's schaffen, weißt du«, sagte McKay. »Wir könnten's schon schaffen, wenn du bloß lernen würdest, wann du den Mund halten und wann du reden mußt.«
»War ich denn nicht gut eben?« sagte ich.
»Doch«, mußte er zugeben.
Ich dachte, wir könnten's schaffen, wenn er nur das Heroin sein ließe und nicht mehr auf die Avenue ginge; aber kaum saßen wir wieder im Chevy, da sprach McKay schon von seinem Handel.
»Zuerst nehm ich mir mal, was für mich ist« sagte er, als wir über die Avenue zurückfuhren, am Schnellimbiß vorbei, dann an Montys Laden und an St. Anne. »Dann verschneide ich den Rest mit Zucker und verdiene ein Vermögen.«
»McKay«, sagte ich, als wir an die Pumpe der Esso-Tankstelle gegenüber unserer Wohnung heranfuhren, »was ist, wenn Perez dich auf Spuren untersucht?«
McKay gab dem Wärter Anweisung, den Tank zu füllen. »Was dann ist? Keinen Fatz wird er finden. Ich schieß mir's

unter die Zunge oder in die Kniekehlen. Perez erfährt nie etwas.«

Ich sah McKay an und seufzte.

»Mußt du so seufzen, wenn du mich ankuckst?« sagte McKay.

Die Hintertür des Wagens ging auf, und Tony stieg ein. »Bruder«, sagte der Knabe.

»Kommst genau richtig«, sagte McKay. »Hast du schon mal Stoff abgepackt?« fragte er. Als Tony den Kopf schüttelte, sagte McKay: »Wir müssen den Stoff verschneiden und in kleine Tüten verpacken.«

»Die ganze Avenue weiß, daß du jetzt die Hauptquelle bist«, sagte Tony.

McKay hatte die Stelle des Dolphin als Dealer der Avenue eingenommen. Bald würde bei uns das Telefon läuten, und nachts würde es an die Tür klopfen, und gereizte Stimmen würden flüsternd um Deals feilschen. »Die ganze Avenue weiß, wohin man sich wendet, wenn man Bedarf hat.«

McKay lächelte. Er bezahlte das Benzin und lenkte den Chevy quer über die Avenue. Alle drei gingen wir nach oben.

»Muß ein paar Riegel an der Tür hier anbringen«, sagte McKay. Daß es in unserer Wohnung Stoff gab, gehörte jetzt zur allgemeinen Ortskunde der Avenue. McKay entleerte seine Jackentasche auf den Holzfußboden.

»Heilige Scheiße!« sagte Tony.

McKay legte Zeitungen aus, und aus einem Fach im Schrank holte er Cellophanumschläge, eine Waage und ein Pfund Zucker. Ich ging in die Küche, in der Absicht, Essen zu kochen, in der Absicht, so laut mit Töpfen und Pfannen zu klappern und das Wasser laufen zu lassen, daß ich ihr Gerede nicht hörte. Ich sah in der Speisekammer und im Kühlschrank nach: nur Hafermehl war da, Brot, Bier, Thunfisch und der Zweiundzwanziger, der neben einer Kaffeebüchse lag.

»Scheiße, McKay«, rief ich. »Nie haben wir irgendwas im Hause. Nie haben wir Eier, nie haben wir Butter. Himmel,

was haben wir denn?« Ich setzte mich an den Küchentisch; ich fing an zu weinen.
McKay kam in die Küche. Ich hielt mir die Hand vor die Augen. Er machte eine Zigarette an und gab sie mir. Ich sah ihn nicht an. McKay setzte sich zu mir an den Küchentisch. Schließlich sah ich ihn doch an: seine Augen lagen warm und dunkel auf mir.
»Wir haben nichts zu kochen«, sagte ich. Tony saß im Zimmer nebenan auf dem Holzfußboden.
»Willst du, daß ich mit dir irgendwohin gehe?« fragte McKay. Ich schüttelte den Kopf. »Möchtest du high werden?« fragte er leise.
»Nein«, sagte ich. »Nein.«
McKay griff nach seiner Brieftasche und legte einen Fünfdollarschein auf den Tisch. »Geh was einkaufen«, sagte er. »Ich warte hier auf dich. Ich bleib hier.«
Als ich ins andere Zimmer ging, hatte McKay den Arm um mich. Aber es war schon zu spät am Tag oder in der Jahreszeit, und meine Augen waren schon zu weit offen, als daß ich sie wieder hätte zumachen können. Ich beschloß, ihn zu verlassen.
Nach all den Nächten, dem Warten, den Lügen wußte ich, die Avenue war immer noch die alte — sie würde an ihrem Ort bleiben zwischen den Stadtgrenzen, durchfahren von schnellen Chevys und Fords, in Eis und Leder und feinen weißen Staub gehüllt. Und auch die Stimmung würde bleiben, gepreßt zwischen den unaufgeschlagenen Seiten der Kino-Illustrierten, in Atemzügen auf den Rücksitzen der Kabrioletts. Der Schnee wird dieselben Muster auf die Gehsteige zeichnen, der Efeu wird die Backsteinmauern hinaufwachsen, der Wellenschlag der Flüssigkeiten in den Venen wird konstant bleiben. McKays Augen werden immer noch genauso dunkel sein, und die Nadel wird immer wieder einen Weg in dieselbe Vene finden.
McKay half mir in den Wintermantel. Als ich aus der Tür

ging, probierten McKay und Tony schon das Kokain. Ich ging die Avenue entlang, an den Tankstellen vorbei, zu einem kleinen Lebensmittelladen. Ich nahm Eier und Milch; meine Augen fühlten sich müd an. Ich ging an dem Fach mit Molkereiwaren entlang; ich fing an zu weinen. Als ich in die Manteltasche griff, merkte ich, ich hatte die fünf Dollar auf dem Küchentisch liegen lassen — es schien auch nicht mehr wichtig, ich war nicht sicher, ob ich je fähig sein würde, mich zwischen saurer Sahne und Quark zu entscheiden. Ich war nur sicher, wenn ich nur mit einem Fuß aus dem Kreis heraustrat, dann könnte ich fortgehen: Was mich hielt, war nur Luft, was mich hielt, war nur Staub.

Die Avenue war in der Stimmung gefangen, ich nicht. Und verlassen würde ich nicht McKay, nicht das Heroin oder die Avenue. Nur die Stimmung. Langsam bewegte ich den einen Fuß, der gelähmt gewesen war, von der Luft. Ich beschloß, aus dem Kreis zu treten.

2

Als ich erwachte, sah ich als erstes seinen Arm auf dem Kissen. Auf seiner Haut waren schon wieder die ersten Abszesse, blasse weiße Eindrücke liefen in die Blutbahnen.

Ich stieg aus dem Bett, und obwohl die Luft kalt und ich nackt war, riß ich ein Fenster auf. Draußen auf der Avenue waren Januar und Eis. Ich wandte mich vom Fenster weg. McKay schlief mit offenem Mund. Ich lächelte und machte mir eine Zigarette an; mit dem ersten Zug spürte ich, wie der Morgen in meinem Blut erwachte. Jetzt würde ich ihn verlassen.

Ich setzte mich wieder aufs Bett, neben McKay; ich sah seinen Atemzügen zu. Ich strich mit der Hand über die Haut an seiner Schulter, und im Schlaf rückte er näher zu mir. Er war schön, wenn er schlief. Ich langte auf den Boden hinunter und drückte meine Zigarette aus in dem Aschbecher, der überfloß von Kippen und Streichhölzern, bis auf die Holzdielen. Unter uns war der Automechaniker schon an der Arbeit; fein gestimmte Maschinen summten und schüttelten unseren Fußboden in sanftem Vibrieren. Wintersonne und Winterluft kamen durchs offene Fenster herein; ich fror nicht, weil ich dicht bei McKay lag.

Ich verlangsamte meinen Atem, so daß unsere Leiber sich zusammen regten und atmeten. Ich strich mit der Hand an seinem Gesicht entlang, wie um die Flächen und Winkel mit den Fingern aufzuzeichnen; die Narbe auf seiner Wange vermied ich. Ich strich mit der Hand seinen Körper entlang, als ob ich blind wäre, als ob ich seinen Körper als Blindenschrift läse. Ich wollte ihn sofort wecken und es ihm sagen und gleichzeitig wollte ich weiter zusehen, wie er schlief.

Während ich darauf wartete, daß McKay erwachte, begann ich mir im Stillen eine Liste der Dinge zu machen, die ich in meinen Koffer packen wollte. Die Liste war nicht lang. Mit der Zeit schien immer mehr Sonne herein, aber das Zimmer wurde kälter. Ich konnte nicht länger warten. Endlich flüsterte ich seinen Namen. McKay wollte die Augen nicht aufmachen. Er hielt mich dicht an sich und flüsterte: »Halt den Mund«, aber ich wollte ihn nicht schlafen lassen.

»McKay«, sagte ich.

Er hielt einen Finger an seine Lippen. »Red nicht«, sagte er.

Ich legte mich auf ihn. »Ich will dir bloß eins sagen«, sagte ich.

»Still«, sagte er.

Ich berührte seine Lippen mit der Zunge; er hatte die Arme um mich. »Ich geh fort von dir«, sagte ich.

McKay lachte.

Durchs offene Fenster sickerten die Geräusche der Avenue herein — Motoren und quietschende Reifen. Draußen kreisten Tauben, und Schnee fror hart wie Eis.

»Ich geh fort von dir«, sagte ich noch mal.

»Hast du das Fenster offengelassen?« fragte er.

Ich stand auf, ging zum Fenster, machte es zu und kam dann ins Bett zurück.
»McKay«, sagte ich.
»Ich hab's gehört, ja doch«, sagte er. »Du gehst nicht weg.«
Ich gab keine Antwort. »Ist das Heroin«, sagte er schließlich.
Ich schüttelte den Kopf. Nein, das Heroin war's nicht. Ich war mit McKay drauf gewesen und wieder herunter, in Versorgungsschwierigkeiten und wieder drauf. Jetzt hatte er eine Gewohnheit. Er hatte Geld genug, um sie zu pflegen, und er würde wieder geschnappt werden und sie wieder abstoßen. Und so weiter von vorn.
»Was ist es denn? Was denn?« fragte er. »Ist doch nichts Neues. Hat sich doch nichts geändert.«
»Ich weiß«, sagte ich.
»Also?« fragte er. »Erzähl mir doch nicht, daß dir das hier was ausmacht.« Er berührte die Narbe in seinem Gesicht.
»Du meinst, ob du immer noch schön bist?« fragte ich. »Du bist immer noch schön.«
»Hmmh«, sagte McKay. »Du gehst mir nicht weg.«
Wir liebten uns lange. Und diesmal mußte ich nicht simulieren, es kam von selbst. Ich vergaß alte Bewegungen und Seufzer, ich vergaß die Avenue mit ihren Bannkreisen und Gesichtern. Ich war ich; ich fühlte und bewegte mich wie ich. Es war, weil ich fortging, daß es mir kam. Als McKay von mir wegrückte, hatte ich nicht gleich Lust, aus dem Bett zu steigen; es gab keinen Grund zur Eile.
»Nein«, sagte McKay. »Nein, du gehst mir nicht weg. Sag mir, daß das nicht gut war«, sagte er, »und ich sag dir, du lügst.«
Ich lächelte.
»Ich hab's doch gewußt«, sagte er und machte sich eine Zigarette an. »Ich hab's doch gewußt.«
Ich stieg aus dem Bett und griff unter die Matratze, wo mein Koffer verstaut war. Ich stellte den Koffer aufs Bett und schnappte das Schloß auf. Viel war nicht zu packen.

Staubflusen, die sich auf den Rändern des Koffers angesammelt hatten, fielen auf das Laken.
Als ich zum Schrank gehen wollte, stand McKay auf und packte mich bei der Schulter. »Hör auf mit dem Quatsch«, sagte er. Ich sah ihm in die Augen und dann, als er losließ, wollte ich wieder zum Schrank.
Er griff wieder nach mir, bekam aber die Kette meiner Silberkapsel zu fassen, als er meine Haut berührte. Die Kette riß, die Kapsel fiel zu Boden. Das Metall gab einen leisen Ton auf den Holzdielen. »Hast du mich gehört?« sagte er.
»Ich hör dich«, sagte ich. »Hast du mich gehört?«
Wir standen mitten im Zimmer und küßten uns. Und dann lachte McKay. »Ich glaub nicht, daß ich dich gehört hab«, sagte er.
Er trat von mir weg und machte das Schubfach auf, worin die Umschläge mit dem Heroin verstaut waren. Dann ging er zur Toilette. Ich saß auf dem Bett und sah zu, wie er ging. An der Tür zögerte McKay und drehte sich zu mir um. »Du wartest hier auf mich«, sagte er. Als er die Badezimmertür zugemacht hatte, stand ich auf. Ich zog Jeans und einen Pullover an und dann legte ich ein paar Kleidungsstücke zusammengefaltet in den Koffer. Ich behielt die Badezimmertür im Auge und machte langsam — Eile schien nicht geboten.
Als ich die Treppe hinunterging und auf die Straße trat, an der Reparaturwerkstatt vorbei, wußte ich, jetzt hatte McKay angefangen, sich den Ärmel aufzukrempeln. Als ich an dem Chevy vorbeikam, mit dem McKay im Frühjahr wieder Rennen fahren wollte, maß er schon das Heroin in einem Silberlöffel ab. Ich stieg in die U-Bahn, und als die Zugtür hinter mir zuging, dachte ich mir, jetzt hat er den Gürtel um seinen Arm festgezogen. Das Heroin würde wie Schnee einschmelzen in die blaue Flüssigkeit, die durch seine Venen rann. Ich wußte, wie er auf dem Rand der Badewanne saß, waren seine dunklen Augen geschlossen.
Ich schob die Tür zum nächsten Wagen auf und stellte mich

auf die Plattform, den Koffer neben mir, den Fahrtwind um mich. Ich dachte, jetzt hat er die Augen schon geschlossen. Ich machte mir eine Zigarette an. Ich fuhr durch den Tunnel zwischen andern Zügen, und in keinen konnte ich hineinsehn wegen des Untergrundstaubs, der die Fenster bedeckte. Und als der Zug seiner Bahn folgte, und hart an den Tunnelwänden entlangratterte, schrieb ich die Buchstaben meines Namens in den Staub auf dem Fenster. Ich löschte die Schrift mit der Handfläche aus. Dann schrieb ich meinen Namen noch einmal, mit spitzestem Finger, und diesmal mußte ich lächeln.

Inhalt

Joy Chant

Roter Mond und Schwarzer Berg

Ullstein Buch 39034

Klett-Cotta im
Ullstein Taschenbuch

Ein Debut und eine Überraschung: die Talentprobe einer jungen englischen Autorin, die sich anschickt, aus der Kraft eigener Imagination dem Fabelreich des Erzmagiers Tolkien das Dominium einer anderen erdachten, autonom gestalteten Weltlandschaft entgegenzusetzen.
Kinder sind die Hauptfiguren dieser Geschichte; die traumhaften Abenteuer, in die junge Akteure jählings verstrickt werden, erweisen sich als Momente eines mythischen Kampfes, in dem einem der Unmündigen eine entscheidende Rolle zufällt.

Alice Hoffman
Ertrinkenstage

Roman. Aus dem Amerikanischen übersetzt von Wolfgang Krege.
234 Seiten, engl. brosch., ISBN 3-12-903830-2

Der Roman spielt an einem Ort, »Der Hof« genannt, einem umwirtlichen, unfruchtbaren Stück Sandstrand in Long Island, das nur von der Familie, der es gehört, bewohnt wird. Die Figuren haben Namen wie im Märchen: Esther die Weiße, Esther die Schwarze, Max der Zwerg, Solo der Tätowierte, Phillip der Ertrunkene Mann. Die Geschichte selbst entwickelt sich nach den Regeln eines Traums oder besser eines Alptraums, in dem Bilder ganz unvermittelt auftauchen und den Leser beunruhigen, in dem nur die Grundmotive des Lebens: Liebe, Tod, Zeit, eine Rolle spielen.
Esther die Weiße ist die Großmutter von Esther der Schwarzen. Esther die Weiße wird an Krebs sterben, und sie war nie fähig zu lieben. Esther die Schwarze ist 18, und ist nie von jemandem geliebt worden. Das Schicksal gibt den beiden Esthers eine letzte Chance, sich gegenseitig kennenzulernen und zu verstehen. Sie nehmen die Chance wahr, und sie entdecken, daß die Vertrautheit genauso schmerzvoll sein kann wie das Alleinsein. Kern und Erklärung des Romans liegen in der Erzählung der Vergangenheit von Esther der Weißen: ihr erbärmliches Leben als adoptierte Haustochter in einer russischen Kleinbürgerfamilie, die Flucht, die sie mit ihren Halbbrüdern Mischa und Max plant, und ihre einsame Reise aus der Furcht und der Kälte, aus der Armut in eine trügerische Geborgenheit des Hofes, der sich als wertlos, als Illusion erweist. Der Traum vom goldenen Amerika wird nie Realität. Mischa und Esther die Weiße heiraten und verkaufen Max den Zwerg an einen Wanderzirkus. Ihr einziger Sohn Phillip ist geistig gestört und versucht sich jedes Jahr einmal während der heißen Monate im Meer zu ertränken. Alle Figuren dieses Romans sind aneinander gekettet, sei es durch Verwandtschaftsbeziehungen, sei es durch ein Schicksal, nicht jedoch durch eine freie Entscheidung.
»Ertrinkenstage« ist eine ganz ungewöhnliche Geschichte einer jungen Autorin. Es ist mit Sicherheit kein überfrachtetes Buch, sondern eher ein lustiges Buch, voller absurder und verrückter Einfälle. Auf intelligente Weise führt Alice Hoffman die alte Tradition des amerikanischen Familienromans weiter, führt sie aber gleichzeitig ad absurdum, indem sie die alptraumhafte Isoliertheit des Familienclans mit melodramatischen Mitteln und in Form eines neuen Märchens einkleidet.

Klett-Cotta

Alice Munro
Das Bettlermädchen

Roman. Aus dem Amerikanischen übersetzt von Hildegard Petry.
289 Seiten, engl. brosch., ISBN 3-12-905571-1

Über diesen Roman schreibt Joyce Carol Oates: »Die hochbegabte Alice Munro ist zwar noch nicht allgemein bekannt, aber sie gehört in Kanada unbestritten zu den beliebtesten und geschätztesten Romanciers. Sie gewann zweimal den Governor General's Award für Literatur, kürzlich erst für dieses neue Buch, eine Sammlung von ineinander verschränkten Erzählungen. Das Bettlermädchen ist ihr viertes und zugleich ihr stärkstes Buch. Zwar handelt es von alltäglichen Dingen – die Reaktion eines sensiblen Mädchens auf ihre meist gefühllose Umgebung, eine unkluge Heirat, eine ›befreiende‹ Scheidung und den daraus entstehenden Folgen –, doch die Dichte der Erzählung und der geschliffene Stil der Autorin machen daraus ein kleines Meisterwerk.«

Susan Hill
Wieviel Schritte gibst du mir?

Roman. Aus dem Englischen übersetzt von Ellen Krahe.
275 Seiten, engl. brosch, ISBN 3-12-903750-0

Daß er seinem elfjährigen Sohn Edmund etwas vorenthält, wenn er ihn ohne Spielgefährten in einem großen, häßlichen, viktorianischen Landhaus aufwachsen läßt, davon ist Mr. Hopper vollkommen überzeugt, und so nutzt er die Gelegenheit, die sich bietet, als die verwitwete Mrs. Kingshaw mit ihrem ebenfalls elfjährigen Sohn Charles sich als Haushälterin bei ihm bewirbt.
Aber Edmund sieht die Sache völlig anders: Die neuen Hausbewohner sind für ihn Eindringlinge, und besonders Charles betrachtet er vom ersten Tag an als seinen Feind, den er zu vertreiben hat. Wie ein Tier, das sein Revier verteidigt, beobachtet er seinen Widersacher, macht seine Schwächen ausfindig und beginnt, sie erbarmungslos zu nutzen. Mit planmäßigem, subtilem Terror verfolgt er den sensiblen Charles, der sich verzweifelt zu wehren sucht. Als er keinen anderen Ausweg mehr sieht, versucht er wegzulaufen: aber Edmund ist wachsam und verfolgt jeden Schritt, den Charles macht.
Mit einprägsamen Bildern und in präzisen Dialogen entwickelt sie aus der Geschichte der beiden Kinder das Paradigma einer Wirklichkeit, in der Haß und Angst die einzig bestimmenden Triebe sind.

Klett-Cotta